七等生全集[7]

銀波翅膀

七等生 著

1983年在美國愛荷華與國際作家合影

1983年在美國肯塔基州二妹家留影

七等生
冷眼看繽紛世界
熱心度灰色人生

《七等生全集》總序

七等生

黎明前，詹生駕車來到進城的那條道路上停下，無數的日月他駛過平原田疇和爬山越嶺，經歷許多的鄉村街巷，意欲想回到城市，探望年紀老邁的母親，以及分離許久的妻子兒女，但他不能確信除了他自個孑然獨身之外還有什麼親人，或許他盼望重見老友。他停下車是因爲前面有車擋住，灰灰濛濛的霧氣中，他沒有看到城門，蜿蜒的山路上停靠著一排長龍似的各形各色車子，不知綿延有多少距離。他下車向前走到前面去，一部大卡車的車窗裡，一個斜頭坐睡的人朝車外露出一張錫白的面孔，當詹生走近時，半睡半醒的他緩慢地微開眼皮，裂出眼瞳的一條黑線和一點晶亮的白光，沒有說話，司空見慣似地有種幽深隱埋的表情，眼皮又合上像他先前的休息和等待般的樣子。詹生再走前幾步，注視另一部車子的景象，有一男一女睡著很熟，他沒有叫醒他們，感悟不會探問到任何什麼事，只好往回到他自己的車旁。他想他們和他們的車子都是在等候天亮預備進城，但這景象的意味是他所料不及的，好像回到了久遠的古代。在這黎明的時刻，他是最後到達的一個。他無法可想將來進城是否要有手續，他不能明白將來會遇到什麼事，爲何前面那些人只顧睡覺，沒有聚集談論事情，也沒有任何跡象好教他能夠了解狀況。或許根本就沒有情況會發生，只是詹生個人的一種疑慮而已。一個熟悉的聲音在他耳膜響起：「你總以為這個世界的人誤解你，其實是你對這個世界充滿了誤會。」他回想起許久以前他是如何離城的，那時刻他年輕，現在他年老了；十年前，二十年前，三十年前……他有些記不清楚，無法可想他是什麼原因出城的。那時似乎是在一個人潮擁擠的車站，他搭上火車，然後火車移動後就迅速消失了城市的踪影。而現在由這山區的隘口進城似乎有些離譜。他自己什麼時候像大家一樣開起汽車來也有點糊塗了。時光或時代在不知不覺中移轉了，他懷疑自己的存在和記憶，似乎個人活命的感覺是無法言傳的……

這段話頗像我寫小說的開頭，我曾經寫過「離城記」，陳述想像和眞實搞不清楚孰是孰非。我們知道在現實生活中是不能有任何含糊不清的事體，否則會有爭執和打戰。但是在思考的世界裡，語言變得十分詭譎和有趣。譬如我總是由現實出發，以免讓人搞不清狀況和分不出頭緒，而有的人的閱讀習慣很頑硬，當小說由現實轉入虛構時，他們不肯跟隨進入，以致大叫荒謬和違背語法倫常。但所幸還有一些認眞和能掌握感覺的人，他們明白沒有幻想的部分是無法釐清現實眞相的。經過了這半世紀的努力和陶冶，人們更為認清存在的現象是一種單獨、短暫、變幻和多樣的事物，而這一切事物似乎越來越快速地往前行邁，感覺現實和想像是一體的兩面，互為裏外和互為眞假，經由電的傳導，知悉宇宙的事物，經由符號而獲得普遍的知識。我們吃食物，是在吸收各種的元素，我們是由元素發酵而成長和演化的不同軀體，個別由意志形成不同的容貌表情。然後由感覺產生了快樂和痛苦的意識，我們意圖在痛苦的意識中尋覓途徑去追求快樂的人生意義。

我的一生徬徨和掙扎於思考和寫作，由年輕到年老力衰，這些思想的記錄累積，似乎歸不到任何的結論，僅只約略而勉強踏出一個平庸者苟且存活的方法而已。如果人生的目的是在追求快樂的感覺，那是純粹的幻想，就像我們藉助短暫的生涯遙想永恒，想到要全靠這虛無的幻覺去體會眞實存在，不免悲從衷來，有如百姓期盼聖君帶來和平和幸福。此番生存的境遇，重憶過往種種情事，一切屈辱和承受都拋諸於腦後而不復遺留。我的存在意識不外保留一份擁有的醒敏，但這層意涵與酒醉沉迷或昏昏噩噩沒有兩樣。我一直感激於我的父母賜給我這份涵容的軀身，讓我流連在寫作和繪畫的天地裡自由自在獨來獨往。好笑的是，我在鄉下的教職退休後，意想天開地遷來台北，這個城市曾是我受學和遊蕩的所在，年邁的我依然如故，喜歡縱情聲色，想和這打扮起來的都會一同邁向二十一世紀，想到這個，有詩自我調侃一下：

粗茶淡飯人猶在
夜遊酒廊入庸塞
高麗歌女唱哭河
站看雲裳天使懷

最後，全集的出版要歸功和感激兩位特別的人士，一位是夢幻出版家沈登恩先生，一位是資深的台灣文學的文評家張恆豪先生。後者說好高興義不容辭地負起編輯的責任，前者表示有始有終地出版七等生的作品是一種對台灣的愛。呈現一個大略的全貌給二十一世紀的新興讀者，我自己也有提前告別的意味，尤其想在此刻向陪伴我度過貧賤半生的尤麗（百合）致敬和感謝，她辛勤而負責任地養育三個子女長大成人然後隱居身退，我常想起她年輕時美麗的樣子，在早年艱困的日子裡如果沒有她爲伴，不會使我持續不輟進行幾近苦行般的寫作。還有少數幾位不嫌和我飲酒笑鬧的朋友，祝你們健康快樂。

二〇〇〇年七月

編輯說明

張恆豪

一、本全集包括《初見曙光》等十卷，蒐集七等生一九六二年首次在「聯合副刊」發表的〈失業、撲克、炸魷魚〉，至一九九七年「拾穗雜誌」發表的〈一紙相思〉，歷經三十五年的創作及論述作品。

二、全集的分卷，不以文類做區隔，而是以寫作年代來劃分，此一編輯構想來自作者七等生本人，自是有別於本公司過去出版的版本，是作者親編的新版本。

三、第一卷《初見曙光》，蒐有小說與散文，是七等生在一九六二年至一九六五年作品，即寫作於二十三至二十六歲。

第二卷《我愛黑眼珠》，蒐有小說、散文與論文，是七等生在一九六六年至一九六七年作品，即寫作於二十七至二十八歲。

第三卷《僵局》，蒐有小說與詩，是七等生在一九六八年至一九七一年作品，即寫作於二十九至三十二歲。

第四卷《離城記》，蒐有小說與論文，是七等生在一九七二年至一九七四年作品，即寫作於三十三至三十五歲。
第五卷《沙河悲歌》，蒐有小說、散文與論文，是七等生在一九七五年至一九七七年作品，即寫作於三十六至三十八歲。
第六卷《城之迷》，蒐有小說與散文，是七等生在一九七七年至一九七八年作品，即寫作於三十八至三十九歲。
第七卷《銀波翅膀》，蒐有散文、詩與小說，是七等生在一九七八年至一九七九年作品，即寫作於三十九至四十歲。
第八卷《重回沙河》，蒐有散文、小說、講辭與詩，是七等生在一九八一年至一九八三年作品，即寫作於四十二至四十四歲。
第九卷《譚郎的書信》，蒐有小說與詩，是七等生在一九八四年至一九八八年作品，即寫作於四十五至四十九歲。
第十卷《一紙相思》，蒐有小說、散文及序文，小說與散文，寫於一九九〇年至一九九九年，是七等生五十一至六十歲作品。

四、每卷七等生作品之後，大多附有評論者與該卷作品相關的論文，這些論文都由七等生選定，論文之後，都附有評論者簡介。

五、每卷本文之前，都蒐有相關的照片身影，提供讀者對照參考。尾卷作品之後，另附有七等生生平年表及歷來相關評論引得，以便於有興趣的讀者查閱。

《銀波翅膀》目次

散文：

小說：

銀波翅膀

耶穌的藝術

一　前言

今年（民國六十七年）六月三日，我心情萬分焦望，從通霄趕去臺南，尋找童年時就與我分別的胞弟；我能獲得他的消息，是一位同鄉的老婦人前來告知的。幾日之前，她前往臺南探訪女兒，她女兒的丈夫在那裡開一家租書舖子，從女兒口中得悉屋後有一對母子，那個男孩子常到書舖來看書，相熟識後驚喜原來是同鄉人；他說他出生在通霄，年幼時送給做鉛工的夫婦做養子，經過二三十年的變遷，養父已死，服完兵役後，母子從新竹移居來臺南謀生，從事木匠的工作。我抵達臺南時已臨近深夜，預先在飯店訂一個房間，旋即僱車趕到胞弟的居家；不料他飯後外出，他的養母亦不知他何處去排遣。我回到飯店，洗身喫飯，想準備就寢；當我躺靠在床上時，思緒紛雜，對我的胞弟倍覺思念，心中不免對幼年時代的環境感傷起來。那時我無法獲得安寧，疲乏的身體無法寄託於睡眠；我發現床頭桌上擺放著一本新約聖經，便伸手拿來翻讀；頃刻我便爲其中簡潔詩體的文字所引導，愈讀愈覺興奮，心頭的焦慮無形中消遁，也獲得平靜。

翌日早晨，我與胞弟終得晤面，傾談之後，我特地向飯店服務生問詢，是否可以購買我昨夜閱讀的那本聖經；他請示主管後，笑容表示可以相贈，使我大喜過望。回家後，我日夜研讀，將此緣分之書視爲寶貝。

二

近十幾年來，工作之餘，讀書寫作，對一般書籍日感乏味，思想變得厄困阻塞，苦惱萬分。得此聖經後，再度打開我的心性，經文中闡揚的生命之理，深得我心的喜悅。

三

我不是基督徒，亦未深切研究過宗教神學，僅以一個平庸的現代人的有限知識做了解，其筆記的文字並不是純粹詮釋經文的工作，只希望從我的了解中，揭顯我個人的無知。我亦不在僞裝信仰，卻希望在生活的諸樣煩雜的理念之外，找尋另一個榜樣，再做一次虔誠和有益的學習，盼能在懷疑的思想中，尋獲內心的信仰。

四

以下的分章筆記，僅僅有關馬太福音的部份，是耶穌誕生，至被釘十字架，死後復活的故事。我沒有蓄意要得罪基督教信仰的人士，也沒有奉命爲某督教做宣揚。本質上，我認爲福音是可理解的知識，和現實事物息息相關，因此，凡有踰越的陳述皆應視爲我個人的揣想，不能當爲鐵定的事實去相信。信仰問題是個人自我選擇的權利，原則上，可做進一步的討論和了解，不應任意加以干涉。我對經文的章法和意涵十分欽慕，因此將我的筆記名爲：〈耶穌的藝術〉。

第一章　誕生

亞伯拉罕的後裔，大衛的子孫，耶穌基督的家譜，這樣的開頭，往後要一章一章有序地敘述耶穌一生的行爲，無不令人肅然起敬，使我頃刻而直接地生起了莫有的信仰。但是，耶穌的母親瑪利亞是先懷孕再嫁給約瑟，他畢竟不是約瑟的種；不是約瑟使瑪利亞懷孕，耶穌在血統上便不是亞伯拉罕的後裔，大衛的子孫了，只是名分上屬是而已。因此以這樣的偉大血統的家族，冠在耶穌的名分上，實在是一件嚇人的作法，也必定有驚人的用意。撰寫聖經馬太福音的人的用心非常的使人敬佩，他說從亞伯拉罕到大衛王是十四代，從大衛到約西亞帶領二個兒子移居巴比倫是十四代，從移居巴比倫到約瑟是十四代，這是有意做巧合的安排，以說明一種不容抗辯的天意，以阻止人的懷疑。可是。這個高貴的家系，到了約瑟也就完結了；耶穌根本不是這個血統下的人，理想上也是個大異端，不可能符合這個家系的期望。看聖經的人約可分爲二類；一類是普通的信徒和不很經心的讀衆，一類是神學家和學者。聖經要給普通的信徒和讀衆一種直接生信的印象，要神學家或學者考量宗教的品質。我應該算是一位普通的讀衆，我要記錄我讀馬太福音的感想，就像記日記一樣，是最近我對其他的書籍甚感乏味；我現在披讀馬太福音是居於中間人的位置，寧可採取懷疑的態度；一個普通人無論站在那一個觀點來讀福音書，都有其缺漏和表現可笑之處，好在我並不計較得失，只管以輕鬆的情緒來排遣。有識之士看到我的筆記，請不要在這開頭就生厭煩和指責的心理；就好像我們求學問的作法，未到全部完成，不做輕率的結論。我這數石頭的工作，過程中一定會情緒繁生，我不是經過教堂註冊的基督徒，胡言亂語在所不免。

耶穌名分上雖屬於亞伯拉罕族系，事實上他是個私生子，眞正的父親也許是瑪利亞的一個情人，無從考查耶穌的眞正父親是誰，所以在後世的崇拜上，把瑪利亞稱爲聖母，其他的一概放棄崇拜。在這樣的情形下，說是從聖靈懷了孕，是很聰明得體的說法；所以凡是人間的私生子都應該驕傲，他們的存在也是從聖靈而來，不必因爲在戶籍和名分上有空欄而感到自卑。說眞確的，人和萬物都是造物主上帝創造的，只要是存在便會具有聖靈寓居其中的資質。關於耶穌的出生，情形是這樣的；約瑟知道未婚妻瑪利亞有身孕，便非常的氣憤。任何人遇到這樣的事，都會受不了。經上說，她丈夫約瑟是個義人，不願意明明的羞辱她，想要暗暗的把她休了。這是說的極爲實在的事。我想，瑪利亞必定是非常美麗的女人，也唯有美麗的女人，才能讓愛她的男人寬諒她的過錯；設若是一個笨醜的女人，她不論表現得多麼貞德，難免遭到男人的卑視；因爲，普天下的男子愛的是美麗而不是善德的女人。唯一能撫平約瑟的心，就是設想瑪利亞的身孕是從聖靈來的，從這一點，就可稱讚約瑟智能的不凡。他愛瑪利亞，也要愛瑪利亞所生的孩子；男人表現這種道德勇氣，必能深獲女子的傾心。約瑟的博愛和容忍的情懷，必定使耶穌在童年習染這種氣質；從耶穌早年的教育上設想，他是道地的亞伯拉罕的族系，其中大衛王是他心目中的英雄偶像，因此他有強烈的民族意識。他成年以後的革命運動，也順理成章地以自己是神的兒子自居。這一切都是來自有因，從約瑟寬慰自己迎娶瑪利亞後，便種下了後果。在羅馬帝國君王統治下的猶太地區，約瑟由於自己身世的不凡，必定是受人注目的人物，他本身也必定對政治抱有濃厚的興趣，所以他的願望便化身爲耶穌的品格，耶穌本身的感性和知識化的教育融合一起，使他成爲一位懷有政治理想的技巧家。耶穌的誕生已爲他的死規劃好一條應行的宿命之路，這一切的事成就，是要應驗主藉先知所說的話，說，

Behold, the virgin shall be with child, and shall bring forth a son, And they shall call his name Immanuel; which is, being interpreted, God with us.

「必有童女，懷孕生子，人要稱他的名爲以馬內利。」

（以馬內利繙出來，就是神與我們同在。）

他（約瑟）將要有一個兒子，要給他起名叫耶穌，因他要將自己的百姓從罪惡裡救出來。這不是十分的明顯嗎？約瑟的政治意識使他培養出耶穌這樣的人物，這是自有人類以來最具有理想的計劃，我們與其譏誚他，不如對他加以讚美，因爲他畢竟有個高貴的理想；將自己的百姓從罪惡裡救出來。

雖然所有的政治理想大都具有相似的口號，有如現今巴勒斯坦人的奮鬥一樣。有趣的是，耶穌這個人，他不是約瑟的親兒子，不流亞伯拉罕、大衛王的強烈血液，他所採取的步驟，大爲違背一般革命激烈戰鬥的原則，他以個人外表柔弱，內心仁慈的資質，超越了世俗革命的範疇，進

行了神權與王權之爭。這種表現，我們可以料想他的外表一定顯得呆癡木訥，不像一般革命領袖或政治家有明銳敏捷的外表和行動力。最後，約瑟必定對他失望透了，因爲耶穌不會領兵，沒有世俗性統御的稟賦，來組織群衆，完全不像是大衛王子孫的樣子。不論是否有人反對我這樣的解釋，我還是要先將俗世的可能情形做一描述，經文中誠實可見的句子也都符合我的想像，因爲我們如不能試圖做這樣的了解，我們也幾乎完全不能進一步對經文做另外了解。所謂神學和宗教，並非艱難不可解的學問，只要對其系統和觀念有所掌握，也就能憑一般的知識去做初步的透視。當初撰寫馬太福音是要給猶太人看的，藉耶穌的死，以便鼓起愛國的情潮；所謂天國的福音，是藉信仰而成爲一股團結的力量，猶太復國在當時　並沒有成功，要到二十世紀之後才實現。當時的目標沒有達成，卻漸漸演成而成就了另一個更遠大的目標，不止將自己（猶太人）的百姓從罪惡裡救出，更推展到爲全人類，基督教成爲一股服務人世的精神標誌，每一個時代都有顯現基督精神的動人故事，如聖方濟，如近代的史懷哲醫生。這種精神完全以耶穌的高貴人格爲榜樣，我們將要一章一章的讀下去，了解他的一生事蹟，同時做爲了解自己的一面鏡子，也許可以做到自我的評價，把它視爲認知的一種必要的工作。晚安。

第二章 逃去埃及

當希律王的時候，耶穌生在猶太的伯利恆，有幾個博士從東方來到耶路撒冷；說，那生下來做猶太人之王的在哪裡？我們在東方看見他的星，特來拜他。希律王聽見了，就心裡不安；耶路撒冷城的人，也都不安。從這裡我們察知了某些事實的眞相；猶太人在醞釀推翻征服的統治者，他們的工作中心集中在約瑟的家族身上，這件事早就傳播到外地去了；猶太人有他們的歷史傳統，和政治意識，追懷大衛王，使猶太人能夠藉著象徵而復國，猶太人自古以來就信仰上帝，約瑟是個聰明而有計謀的人，他蓄意要復國運動能夠藉傳統的信仰來達成。因此傳言滿天飛，所謂東方的博士，也許就是外地資助此一復國運動的贊助人，因爲從他們帶來的三件東西裡有黃金，就是一項事實證明。有猶太人的王要降生，對猶太人來說是一件大喜事，如果大家能體察這是愛國復國所必須的，這個傳言（或迷信）是値得同情和讚許的。難怪希律王聽見了，就心裡不安。但現實和勢利成性的猶太人，並不贊助和鼓舞，反而害怕引起戰亂而喪失現有的私自利益，所以耶路撒冷全城的人，也都不安。希律王召集了祭司和民間的文士，問他們說，基督當生在何處？

他們回答說，在猶太的伯利恆；因爲有先知記著說：

And thou Bethlehem, land of Judah, art in no wise least among the princes of Judah: for out of thee shall came forth a governor, which shall be shepherd of my people Israel.

「猶太地的伯利恆啊！你在猶太諸城中，並不是最小的；因爲將來有一位君王，要從你那裡出來，牧養我以色列民。」

先知是觀察情勢說出未來可能的事實以造成事實者。像上面這樣動人的話語，便能夠聚合人的心靈，而成就了意義。在當時民智不彰的時代，有心而又具有知識的人，便假藉著天象，來啓示一般的民衆。現代則不然，各種智識十分普遍，小學生都知道太陽系和恆星的事；每年天文臺都會在報紙上告知一般人，來觀賞各種的天象奇景；登陸月球後，月球已不再神秘，慧星的出現亦不再感到恐懼了。古時的先知，就是現在的科學家，和研究各類知識的博士；但今日與昔時的先知性質大迥其異，因爲現在博學的人，不再拿知識來做爲恐嚇，或製造事端的工具，不爲政治提供服務。那麼現在的先知，性質還和古時相似的，就是杞人憂天的詩人和小說家了。古時將知識做爲勸善，或爲愛國的理想，是值得我們讚賞的，而其中以告慰猶太人說，一個收養我以色列民的王要降生，這件事就更爲感動人的肺腑了。

希律王心懷計謀，表面禮待著三位博士，細詢那星出現的事體，就差他們往伯利恆去，要他們仔細尋訪那小孩子；尋到了，就來報信，希律王也好去拜他。我小時學習下象棋，我哥哥告訴我，王不能見王。我們憑常識知道這件事是不可能的。希律王不是要去拜那小孩子，是要藉著博士的拜訪，獲得眞確的情報，要把那傳說中的猶太王給予除滅。三位博士動身時，又看見在東方所看見的那星，在他們的頭上，引導他們到達小孩子的地方。如果我能夠看到那星出現的這等景象，我也將跪下來，直呼榮耀歸於主。這三位博士何其榮幸，看見那星，就大大歡喜；他們是有智識且膽大的人，一般無知之輩，恐怕就要當場嚇死了。他們進了房子，看見小孩子和他母親瑪利亞，就俯伏拜那小孩子，揭開寶盒，拿黃金乳香沒藥爲禮物獻給他。眞實的事體恐怕是來和約瑟議計，當時情勢看來很急危，恐怕希律王的兵已跟隨著博士的腳後跟而至，要不趕快逃逸，就要性命不保，於是三位博士便從別路回本地去了。約瑟得到博士的勸告，認爲走爲上策；那時約瑟在危急中的機智表現，經文說是他在夢中得主的使者的指示；無論如何，這是同一件事的兩種說法，表示聖經宗教神學的觀點，和一般事實常識的觀點。經文說，起來，帶著小孩子同他母親，逃往埃及，住在那裡，等我吩咐你；因爲希律必尋找小孩子要除滅他。由這件事，我們可以相信思想或靈感，是一種和神的交通。上面的故事情節，和我國民間傳說或戲曲，有關奸臣要害太子的情形相似，神仙總是出現在他們逃亡的危急困難中，然後經過多少年的苦難和奮鬪，得到英雄豪傑的幫助，斬除奸臣，班師回朝，恢復太平日子。古今中外所有的政治故事都是如出一轍，唯有耶穌的復國故事結果不一樣；事實上耶穌的故事未完，不知要再延長多少千年；因爲他不甘失敗，死而復活，硬說還要再降臨；也許他說得對，我不知道如何評斷；也許有一天，他的故事會和我國那些短篇故事一樣，得個圓滿的收場，做一次總算；壞人得砍，好人得償，好叫人心快慰。

三位博士爲了自己性命的關係，要了個迷魂陣，叫希律的兵士沒有跟蹤到，於是就在伯利恆城裡亂殺亂砍，把凡兩歲以下的小孩子都殺盡了。我不知道希律的兵士有沒有分性別，女孩子是否也同樣遭殃！耶穌爲人類贖罪似乎是應該的，因爲他甫降生就使千萬小孩子爲他而死。撰寫者硬說這是應了先知耶利米的話，說：

A voice was heard in Ramah, weeping and great mourning, Rachel weeping for her children; And she would not be comforted because they are not.

「在拉瑪聽見號咷大哭的聲音，是拉結哭他兒女，不肯受安慰，因爲他們都不在了。」

我大哥亡故時，我母親也不肯受安慰，雖然大哥是肺病而死的，何況那些無緣無故的伯利恆城的天眞的小孩子，不是因病而死，而是因爲政治陰謀而受禍害。製造事端者約瑟家族，倒自己先逃掉了。歷史裡充滿了這種的事。所謂先知耶利米的話，是安慰人用的，意思是天意如此；我想，很可能是馬後炮，不是先知。不過，說眞確的。這句話也倒說得很動人心惻，到底該恨希律王無道，或責怪約瑟這班人，是其次追究的瑣碎問題，事實上追究是無效的，所以現在我們只有欣賞這句用語的精妙了：

And she would not be comforted because they are not.

「她不肯受安慰，因爲他們都不在了。」

約瑟一家人在埃及也是以隱密的身分躲藏著，要是讓別人知道他們就是希律王要找的人，恐怕埃及的當局政府也不肯容留他們，與現在的世界政治情勢沒有什麼差別。希律王終於死了。這期間局勢一定顯得混亂，約瑟他們動身回來，看看是否有機可乘。雖然經文中說是有主的使者，在埃及向約瑟夢中顯現說：起來，帶著小孩子和他母親往以色列地去；因爲要害小孩子性命的人已經死了。約瑟常常做夢，我們是不難了解其夢中的涵義。他們回去時，局勢又穩定了，亞基老是個頗不平凡的角色，繼承他父親希律做了猶太王，繼續通緝約瑟這一班人，所以約瑟怕往那裡去；又在夢中被主指示，便往加利利境內去了。他們定居拿撒勒，以木匠維生，把耶穌養大成人，他做個木匠，以後便稱耶穌爲拿撒勒人。當他依循教養的意旨，起來行事時，他是一個沒有自我的人，在他以後的行蹟裡，處處以超我自居；但他是個不同凡響的角色，像個東方世界的忍俠，大出一般現實觀的人的想像之外。晚安。

第三章　約翰大兄

那時，有施洗的約翰出來，在猶太的曠野傳道，說，天國近了，你們應當悔改。施洗的約翰是誰？他的出生如何？爲何他要出來傳道，爲人施洗？馬太福音裡沒有交代這些事，他在本章開頭出現，就是一個頗完備的姿態，但翻到路加福音，卻有說到約翰出生的事。他出生和耶穌有點大同小異。當猶太王希律的時候，亞比雅班裡有一個祭司，名叫撒迦科亞；他妻子是亞倫的後人，名叫以利沙伯。他們二人，在神面前都是義人，遵行主的一切誡命禮儀，沒有可指摘的。只是沒有孩子，因爲以利沙伯不生育，兩個人又年紀老邁了。撒迦利亞按班次，在神面前供祭司的職分，照祭司的規矩掣籤，得進主殿燒香。燒香的時候，衆百姓在外面禱告。有主的使者站在香壇的右邊，向他顯現。撒迦利亞看見，就驚慌害怕。我甚不明白，爲何一個虔誠信神的人，當神的使者顯現時，會露出害怕的神色？虔信不是一件很明顯的事嗎？何況他是一位祭司，應該甚明道理，沒有害怕反要喜悅才是。不論如何，他是看見了，天使對他說，撒迦利亞，不要害怕；因爲你的祈禱已經被聽見了，你的妻子以利沙伯要給你生一個兒子，你要給他起名叫約翰。他的妻子以利沙伯眞的懷孕了，隱藏了五個月，說，主在眷顧我的日子，這樣看待我，要把我在人間的羞恥除掉。現代的人可不管不生育是一件羞恥的事，要是在年老的時候才懷孕生子，恐怕就會覺得難爲情。再說，到了六個月，天使加百列奉神的差遣，再往加利利的拿撒勒去，到一個童女那裡，是已經許配大衛家的一個人，名叫約瑟，童女的名字叫瑪利亞。天使對她說，妳要懷孕生子，可以給他起名叫耶穌。瑪利亞認爲她還未出嫁就生子，甚爲難爲情。天使又說，況且你的親戚以利沙伯，在年老的時候，也懷了男胎；就是那素來稱不生育的，現在有孕六個月了。瑪利亞聽天使的話後，急忙往撒迦利亞的家，問以利沙伯安。他們同住約有三個月，就回家去了。以利沙伯的產期到了，就生了一個兒子，到了第八日，要給孩子行割禮；並要照他父親的名子，叫他撒迦利亞。他母親說，不可，要叫他約翰。那孩子漸漸長大，心靈強健，住在曠野，直到他顯明在以色列人面前的日子。這一段敘述裡，我們清楚了許多事：約翰此耶穌大六個月；他們是親戚；一個是年輕未婚懷孕，一個是年老久婚才懷孕；兩個孩子都是感應聖靈而來的。眞正的事實如何呢？破除自然律以聖靈懷孕是可能的嗎？我們應該相信這件巧合的奇事嗎？加百列如果以肉體顯現，他應該是他們的情人；瑪利亞到以利沙伯家住了三個月，就因此兩人都懷了聖靈的胎。這麼多的巧合，約翰和耶穌同出於聖靈，直到長大成人才會合，這是一幕戲，百分之百的杜撰故事。

所以我以爲大衛家的人，爲了要造就耶穌，才安排約翰出來，由約翰扮演報幕的人，經由他把耶穌介紹給群衆，經文有這樣的記載：

For this is he that was spoken of by Isaiah the prophet saying, The voice of one Crying in the wilderness, Make ye ready the way of the Lord, Make his pathsstraight.

「這人就是先知以賽亞所說的，他說：在曠野有人聲喊著說，預備主的道，修直他的路。」施洗的約翰的身分就此昭然若揭了。如果不依據上面摘錄的，約翰和耶穌出生的種種巧合關係，在同一性質的事業的競爭上，約翰斷不可能謙讓於耶穌，且自貶身價，讓我們猜測他們兩人是事先具有同謀。不論如何，我們再往下看看，約翰如何將耶穌捧上至高的位置。

那時，耶路撒冷和猶太全地，並約旦河一帶地方的人，都出去到約翰那裡。約翰的裝扮怪異，像是演一場眞戲；這約翰身穿駱駝毛的衣服，腰束皮帶，吃的是蝗蟲野蜜。他對前來受洗的法利賽人和撒都該人說，毒蛇的種類，誰指示你們逃避將來的忿怒呢？這是政治的謾罵，非常獨特的民族主義的色彩；因爲他說，有亞伯拉罕爲我們的祖宗；我告訴你們，神能從這些石頭中，給亞伯拉罕興起子孫來。他又說又恐嚇他們說：你們要結出果子來，與悔改的心相稱；現在斧子已經放在樹根上，凡不結好果子的樹，就砍下來，丟在火裡。然後預告出耶穌來：

I indeed baptize you with water unto repentance: but he that cometh after me is mightier than I, whose shoes I am not worthy to bear: he shall baptize you with the Holy Ghost and with fire.

「我是用水給你們施洗，叫你們悔改，但那在我以後來的，能力比我更大，我就是給他提鞋，也不配；他要用聖靈與火給你們施洗。」

約翰這個人，是自人類以來，表現最爲謙卑，犧牲小我，完成大我的人。人類的本性本非如此，尤其在政治利益，或爭名中，往往是殘殺或誹謗。我想在民族主義的運動中，效法約翰的作爲是有用的。於是一個重要的戲劇情節展現出來了，有點像中國古代那個黃袍加身的故事，給趙匡胤成就了宋的天下。當下，耶穌從加利利來到約旦河，見了約翰，要受他的洗。約翰想要攔住他，說，我當受你的洗，你反倒上我這裡來麼？耶穌回答說，你暫且許我；因爲我們理當這樣盡諸般的義（或作禮）；於是約翰許了他。爲了世界的愛和和平，大家應該效法這句話：

for thus it becometh us to fulfil all righteousness.

「因爲我們理當這樣盡諸般的義禮。」

這個儀式做了；約翰的奇形怪狀招引了許多人前來，就是爲了要表演這一幕給大家認識；那麼耶穌受了洗，隨即從水裡上來；天忽然爲他開了，他就看見神的靈，彷彿鴿子降下，落在他身上。從天上有聲音說，這是我的愛子，我所喜悅的。這些話可說得動人，也合乎撰寫者的主旨，但我們不免要問：同是聖靈投下的肉身，應具有不凡的身手，這些儀式不是多此一舉嗎？或是爲了將來立下榜樣，成爲將來入教的法規呢？晚安。

第四章　試探

當時，耶穌被聖靈引到曠野，受魔鬼的試探。魔鬼是反抗上帝的勢力：如果上帝是善，則魔鬼就是惡。人是處在善惡兩方之間。古中國時，孟子主張人性本善，荀子則主張人性本惡；在古希臘哲學的時代裡，亦分成兩派主要的哲學；即斯多葛的禁慾主義和伊壁鳩魯的快樂主義。佛教認爲人生是虛幻的，它的特徵是無神論，如南無阿彌陀佛，與基督教的上帝唯一神論形成對比的特色。可是在宗教儀式和神殿的崇拜上，卻很迷惑我們；唯一神論的基督教聖堂中無偶像存在，佛堂中卻供奉著觀音和許多羅漢的神像，民間的廟堂裡神像的名目更多，有些面目猙獰，使人感到害怕。達摩到中國來傳教，教中國人修禪，禪否定一切神，不立言教；修禪者的行止態度怪異而不可捉摸，與一般人立見分別。從以上的知識，我們了解到人類的世界裡，無時無刻，無處不有，都有互相對抗的勢力，形成一種制衡的均勢；在美學上這是對比和均衡；在自然現象中稱爲光明和黑暗，晝與夜；在色彩中黑白、紅綠對比；在物種中稱爲雄與雌；在人的視野裡形成遠近高低和內外的分別；在宗教觀念裡分成極樂世界和地獄。耶穌要受魔鬼的試探，這在他未來的永恆事業中是重要的開始步驟。未受到試探之前，耶穌和一般平凡的人一樣，不屬於魔鬼，也不屬於上帝，也可以說屬於魔鬼，也屬於上帝，是善惡不分，沒有定性，到底完全屬誰，沒有定論。上帝與魔鬼，這兩種觀念的存在，無時無刻不在我們的心場中形成交戰，有時魔鬼居優勢，有時充滿上帝的榮光。由於人類是善惡無始終和歸屬，耶穌代表人類站在屬於至善的上帝的一方，魔鬼便前來挑戰，考驗他是否眞善，或只是僞善；如果他受不住考驗，那麼耶穌便要代表人類歸屬於魔鬼了。

首先，耶穌禁食四十晝夜，這種忍受飢餓的能耐，就非常人可比；平常人一天不吃便要整個精神崩潰，要是一個人正處在忠貞考驗的境地，他可能變節。有些人自稱他曾有幾天沒有吃飯，一點影響都沒有，這是騙人的，因爲他不吃米飯，卻吃其他的營養品，喝牛奶，打維他命針，吃補劑。我記得小時候聽過，有一個日本人禁食二三十天，但他卻需要喝水；近聞一位道教的術士禁閉修鍊，結果餓死。我們相信精神力可以克服飢餓，但總是有限度。修禪的人最後走不吃不飲，像石頭禪師最後圓寂，這種境界是精神力的最高表現；這種境界是生死不分，陰陽不劃分界限。但耶穌只有四十晝夜，撰寫經文的人不敢寫一百晝夜，或更長的日數；四十晝夜是不多，也不少，讓人對耶穌的能耐的表現徘徊在可能與不可能之間。不論如何，他終於餓了。那試探人的進前來，你若是神的兒子，可以吩咐這些石頭變成食物。意思要叫耶穌如果餓的話，吃石頭好了。耶穌當然不那麼硬傻，爲了要人相信他是神的兒子，就吃那些石頭。耶穌卻回答說，經上記著說：「人活著，不是單靠食物，乃是靠神口裡所出的一切話。」這個意思是說，與其吃石頭充饑，不如忍耐，培養精神力；精神力是神口裡所出的唯一食糧。魔鬼無話可說，耶穌也通過了這道關。魔鬼看耶穌引經文，感到非常不平，彷彿沒有學問的人對滿口經學的人生氣一樣，就帶他進了聖城，叫他站在殿頂上。對他說，你若是神的兒子，可以跳下去；因爲經上記著說：「主要爲你吩咐他的使者，用手托著你，免得你的腳碰在石頭上。」魔鬼這一次也懂得賣弄學問，引出經典，因爲在上一道關口這方面吃過虧，所以出爾反爾地試探耶穌。小孩子都知道這一下可還得了，只要跳下去，必定是粉身碎骨，那裡還能腳不碰在硬石頭上。耶穌明白，剛才餓昏了，差一點吃了石頭，這一次他頭腦轉得極快速，有如現代的電腦，把方程式推進去，解答就在幾秒鐘內送出來了。他說，

Again it is written, Thou shalt not tempt the Lord thy God.

「經上又記著說：不可試探主你的神。」

好棒，打得魔鬼面目模糊，羞愧難當。撒旦本來也是上帝手下的一名天使，現在雖是一個反抗的勢力，畢竟上帝還是他的舊主；耶穌再度引經據典；要把魔鬼的口嘴封住，依照他的觀點，不能對主試探；雖然主會吩咐他的使者保護他，但明知故犯，將得不到主在未來的寵愛。魔鬼的用意，無疑想破壞耶穌對上帝的信仰，他的詭計沒有得售。上面互相引經比鬥，有如中學生互相爭論孔子的論語，但多讀經書，看來也是滿有用處。魔鬼不再和耶穌談那些虛虛實實，摸不著邊際的信念，知道和耶穌比學問，反見自己的拙笨，最好拿出實際的事物，以利誘他。魔鬼帶他上了一座最高的山，將世上的萬國，與萬國的榮華都指給他看，如是我們見了，必定心嚮往之，魔鬼對耶穌說：

All these things will I give thee, if thou wilt fall down and worship me.

「你若俯伏拜我，我就把這一切都賜給你。」

這有如指著一箱箱的眞珠寶石對一個女人說，只要妳順從我，這些都是妳的一樣；我們相信大多數女人都不會拒絕，尤其是那種自認聰明而又美麗的女人，決不擺出猶疑的姿容。俗間的男人也不會拒絕。不要說這整個國家都歸他管，只要叫他做個縣長，他就會跪下頂禮膜拜一番。可是耶穌不爲所動，清淡地說道，撒旦退去罷；因爲經上記著說：「當拜主你的神，單要事奉他。」耶穌是個死記住書本的呆子，除了上帝，他不相信別人。但依我想，耶穌是自明沒有能力經管萬國的，而且魔鬼說要給他，可不一定眞的給他。有如失貞的女人一樣，財寶只是做爲一種誘勾，最後還不是讓那壞男人花掉，這種女人最後總是悲慘下場。魔鬼離了耶穌，證明耶穌是個老頑固，他寧可找別人去，以便將來利用另一個人來除滅他。

耶穌聽見約翰大兄下了監，就退到加利利去。中東之地，不只是現在，在古代就是一個是非之地，互相你爭我奪，猶如先知以賽亞的話所說的：

The land of Zebulun and the land of Naphtali, Toward the sea, beyond Jordan, Galilee of the Gentiles, The people which sat in darkness Saw a great light, And to them which sat in the region and shadow of death, To them did light spring up.

「西布倫地，拿弗他利地，就是沿海的路，約旦河外，外邦人的加利利地，那坐在黑暗裡的百姓，看見了大光，坐在死蔭之地的人，有光發現照著他們。」

從那時候，耶穌就傳起道來，說，天國近了，你們應當悔改。耶穌也收了四個門徒，他們是稱呼彼得的西門，和他的兄弟安得烈，還有西庇太的兒子雅各，和他的兄弟約翰。他們都是在海岸打漁的，耶穌對他們說，來跟從我，我要叫你們得人如得魚一樣。當下，有許多人從加利利，低加波利，耶路撒冷，猶太，約旦河外，來跟著他，漸漸形成他以天國的神權對抗人世的王權的行列。晚安。

第五章　山頂上的訓言

至上的幸福，八福之訓，是耶穌在山上垂訓的一部份，在本章的第三節至第十節。是什麼樣的人有福了呢？是虛心的人有福了；因爲天國是他們的。是哀慟的人有福了；因爲他們必得安慰。是溫柔的人有福了；因爲他們必承受地土。是飢渴慕義的人有福了；因爲他們必得飽足。是憐恤的人有福了；因爲他們必蒙憐恤。是清心的人有福了；因爲他們必得見神。使人和睦的人有福了；因爲他們必稱爲神的兒子。爲義受逼迫的人有福了；因爲天國是他們的。耶穌說，人若因我辱罵你們，逼迫你們，捏造各樣壞話毀謗你們，你們就有福了。這種價値觀是與世俗的人所追求的現實價値大相逕庭的；因爲心屬退讓和稚弱無法在生活中獲得具體的報償，只能在心裡暗暗懷著未來的希望；而在人世的觀念裡，根本沒有天國這個奇妙的場所；人世的觀念裡，地下亦沒有所謂可怖的地獄。要人了解天國與地獄是十分困難的，因爲要溝通這種觀念，沒有具體實物可尋，只有依賴某種境遇產生神秘的接觸，不是人人都能體嚐而加以普遍肯定的存在；尤其不能經靠知識去求得，而知識裡可能根本反對如此的說法，只有經歷生活中的特殊遭逢，敏銳的心眼在困苦和絕望中產生它的廓貌。或許耶穌的訓言可安慰窮苦而受屈辱的人，使他們在絕望與懦弱的心靈中，產生堅決的生活力量；但對優沃而具有役使別人能力的人而言，是否也有制衡和嚇阻的作用呢？我相信對任何種人而言，依照類似的目標加以抑制自己的情緒和欲望，他們會獲得較爲佳妙的處世效果，不論是否要不要在心中懷有天國的觀念。天國的報償無疑可以建立高貴的操守，如無天國亦能幫助我們共同和平地生活在這唯一的人世上。我們知道，天國不是耶穌個人的發明。猶太人的祖先早有上帝的存在觀念，其他民族也有類似的崇拜。常耶穌對那群貧賤的跟隨者說這些話時，他是要透過他們的形象和虛境，傳達給另外的一些人，這些人就是他要在現實的革命事業裡，要加以對抗和打倒的權勢階級。所以他的垂訓之言，成爲他的革命的特性和質的，也是他特有的溫和手段。耶穌深遠的眼光和理想，成爲後世崇拜他的宗教，卻並不合乎當時安排他出來的人的願望；他的表演獲不到當時應有的鼓掌，卻帶給後世最好的做人的榜樣。天國是當時以色列復國的一項口號目標，但耶穌對天國的號召注入了他的眞實感情；他應該是個清醒而理性的革命舞臺的演員，但是他把自己的生命貫徹了這個使命，除了這個眞情外，他自認他沒有其他和另外的俗世生命。所以天國成爲他眞正相信的生命寄居之處，人世是暫短的寄留，談到賞賜或生活的幸福，也唯有天國是最大而豐富的。

Ye are the salt of the earth.

「你們是世上的鹽。」

這使人想到人生應有的效用和操守。耶穌又說：

Ye are the light of the world.

「你們是世上的光。」

他繼續說城造在山上，是不能隱藏的。人點燈，不放在斗底下，是放在燈臺上，就照亮一家的人。你們的光也當這樣照在人前，叫他們看見你們的好行爲，便將榮耀歸給你們在天上的父。耶穌是個演員，但不似在臺上演法官，在臺下過貪婪淫佚生活的雙重性格的人，是個完整人格的眞實人物。

最高的義理，是本章的第二個大主題。前一個主題是認知的觀念和態度，這裡要談應做的行爲。他說，莫想我來要廢掉律法和先知：我來不是要廢掉，乃是要成全。我們不難了解，猶太人之亡國，受外族的統治，遵行外族的律法，但耶穌是要猶太人保持他們古老的猶太律法，即使現今散居世界各地的猶太人，依然遵循他們的老法律。所以無論何人廢掉這誡命中最小的一條，又教訓人這樣做，他在天國要稱爲最小的；但無論何人遵行這誡命，又教人遵行，他在天國要稱爲最大的。他說，我告訴你們，你們的義，若不勝於文士和法利賽人的義，斷不能進天國。所謂文士和法利賽人，乃是指爲統治者做差使工作的人，又叫作形式主義者，重虛禮的僞善者。以上耶穌的敦促，意義十分明顯。基督教愛鄰人的觀念，是由此處衍生而來的：耶穌說：

That every one who is angry with his brother shall be in danger of the judgement; and whosoever shall say to his brother, Raca, shall be in danger of the council; and whosoever shall say, Thou fool, shall be in danger of the hell of fire.

「凡向弟兄動怒的，難免受審判；凡罵弟兄是拉加的，難免公會的審斷，凡罵弟兄是魔利的，難免地獄的火。」

我們小時候也有某些的禁忌，如用手指指蛇，指端將生蛇頭：我想還有許多人記得小孩子時候的事，如遇有蛇，必把手繞到背後藏起來；這個最重要的涵義是，不要因忿怒動手打蛇，我們不去觸動蛇，蛇亦不會無端咬人。耶穌又說，所以你在祭壇上獻禮物的時候，若想起弟兄向你懷怨，就把禮物留在壇前，先去同弟兄和好，然後來獻禮物。我時常觀察某些鄰居和鄉人，他們平時的所做所爲都非常不利於他人，常心生貪念與他人爭吵，搶奪土地和誣告別人，可是他們卻常遵循古禮法，殺雞鴨煮豬肉，在舊曆初一、十五到廟堂或土地祠去拜拜；我眞不懂某些奸邪和陰惡的人，他們拜神的用處何在？難道拜神是爲了堅持他們內心對人世的堅硬和刻薄的態度嗎？由上面基本的義理，耶穌進一步勸人不可殺人，他甚至要人不要行姦淫，因爲姦淫最可能引發人與人之間的忿怒和殺害。

人世間到處充滿了敵對的意識，人們常引用聖經說，以眼還眼，以牙還牙，這是錯的；耶穌說，不要與惡人作對；有人打你的右臉，連左臉也轉過來由他打。有人想要告你，要拿你的裡衣，連外衣也由他拿去。這些在人世裡是任何人也做不到的，但耶穌要我們非這樣做不可。甚至不可背誓，違背人與人之間建立的信義；我們常遇到有人說到自己如何有信譽，但凡事都對天起誓的人，其人必不是個眞正的好人；因爲這很明顯，他是爲了要行欺詐。不論如何，起誓而後背誓，必遭到嚴重的內心的責罰，不可能會依他的誓言遭到雷斃，雖一時在人世生活中獲得便宜，必會演到自絕於人，最後走投無路之境；因爲人世生活必然在人群中找路走，這種因果必不可能假。最高義理的貫徹，在於捨己爲人，有求你的，就給他，有向你借貸的，不可推辭。可是人世的哲學並不然，大家都可能經驗到，借貸給人，財貨或朋友兩者都失掉了。但假如我們能施捨給眞正貧困的人，不記他的賬，受施捨的不忘恩，則近於耶穌的道理的實踐。人世中常說，當愛你的鄰舍，敦親睦族，但必須正視和恨你的仇敵，耶穌對後者一項大爲反對，他說，要愛你們的仇敵，爲那逼迫你們的禱告。有些爲現實利益的理由，或現世政治的理由，反對別人的作爲，自認自己所做的是眞理，指摘別人虛無不愛國；這是明顯行僞善，與法利賽人的作法無異。耶穌說，這樣，就可以做你們天父的兒子；因爲他叫日頭照好人，也照歹人，降雨給義人，也給不義的人。人是沒有資格去評斷另一個人的；定罪和獎賞之權不在人，而在天國中的父神。耶穌說，你們若單愛你們的人，有什麼賞賜呢？就是稅吏不也是這樣行麼？你們若單請你弟兄的安，此人有什麼長處呢？就是外邦人不也這樣行麼？所以你們要完全，像你們的天父完全一樣。許多人或許感到不明白，在此環境中很不服這種說教，我想，讓我們多走一些路，再看感想如何。晚安。

第六章　信仰

有多少人能夠做到謙卑立誠?人生在求知和實際生活經歷中，常讓我們感到做人的矛盾；因爲求知是爲善，而實際生活卻是爲惡；不自私，不爭奪，不僞善，不誹謗別人，不宣揚自己，就難能獲有一席之地。所以耶穌的訓言能相信和履行麼?因爲他叫我們沒沒無聞，忍受屈辱，並且喪失一切的所有，要是如此，我們最好立即就死，以便讓這世界的一切給別人，這樣才算是眞正的基督徒了。我這樣做，天國眞的會接納我這樣忍讓的人嗎?我們如何建立這等的信仰，僅憑著耶穌的訓言就能做到嗎?不論如何，信與不信均無所謂，在此閒暇，何不再聽聽他說了什麼，繼上章他說到的不可殺人又不可犯姦淫之後，他又要求我們這些凡賤的人，做些什麼不能做到的事?要是他說的甚爲合乎我們的脾胃，有何不可試試做著看呢!我深信經過營營的實際生活的勞累和慘澹之後，心靈必定充滿了匱乏和渴求，正想多方尋找安慰；當人世之責未盡，家與子女還需我們的維營和養育，我們正在覓求維繫心志的藥方；此時正値潮流的風氣，致使我們更感厭煩和疲勞之際，從未在人世中獲得庇蔭，這部福音，西方古老的靈糧，是否能稍微消除我們心中的無聊?

「你們要小心，不可將善事行在人的面前，故意叫他們看見；若是這樣，就不能得你們天父的賞賜了。」

從這開頭的一段話，就叫我們忍受不住，甚感莫名其妙。在人世生活中，任何一點一滴的作爲，都是要向他人表現出來的，如何叫我們爲我們的作爲保持沉默，要是所做的有一點兒對他人有益，不是更要宣揚一番麼？做善事不爲人知，做它爲何？難道我們付出一，不是想撈回十倍麼？因爲財富，名譽，和權力是人生的主題，是人生努力的方向，不叫人知，我們如何獲得報償的願望呢？天國的父，他是誰，我們如何能無由地相信一個從未認識的他？誰不知，如不在人世裡獲得報償，人死了是什麼也沒有了；天堂與地獄是不會有的，我們的愛戀全在人世，而不是在那根本沒有人知道，和證明有過的地方行愛惡。我盼望耶穌，或有誰，能回答我說：

「你這樣做了，這就是你在人世的報償。」

我感覺到了麼？我記得我過去有些微的感覺，我現在是感覺到了，我是如此深信我的感覺；只要這樣做，我充滿了心靈的滿足；只要我離開人群，孤獨地想這一切的問題，我就更加確信它是事實；我爲此而感動得流下眼淚，因爲我看見我這樣做到了，假如我未曾看到別人這樣做，我卻看到我自己這樣做了。這比什麼都震盪我，有如有一次我上臺去指揮合唱，我從掌聲中知道我盡了全力，我自信必定獲獎，我是爲某一件過錯用此表現來加以彌補，所有評分的人都給我最高的分數，只有一位故意以零分來摔碎我的願望，我失意而痛苦地在黑暗的走廊走過，走進一間無人的教室，那時許多人都爲慶祝和其他的事走開了，我看到黑板上寫著表示爲我抱不平的語句，還寫著：「你是天才」，我強抑的淚水潰決了，我眞正的傷心了；我本來很倔強很驕傲，我不要接納任何人的安慰，我決心要走我孤獨和寂寞的路，只有這樣，反而讓我滿意多了。所以我相信，不論有沒有天父的賞賜，我將緊守這條做人的原則。雖然我在別的知識裡獲得上帝的觀念，知道宇宙有個造物者，但對耶穌所說的天國的榮耀之類的景致，還是持有懷疑的態度；不論如何，我不依憑現有的知識，或宗教信仰來處置我的行爲，而是憑我的內在的感性；這種感性是內在的一種綜合的判斷，單純的知識和宗教信仰，都包括在這複雜而微妙的機體之中。

耶穌說，你施捨的時候，不可在你前面吹號，像那假冒爲善的人，在會堂裡和街道上所行的，故意要得人的榮耀；不要叫左手知道右手所做的；要叫你施捨的事行在暗中；禱告的時候，不可像那假冒爲善的人，愛站在會堂裡，和十字路口上禱告，故意叫人看見；你禱告的時候，要進你的內屋，關上門；你們禱告，不可像外邦人，用許多重複話；所以你們禱告，要這樣說：我們在天上的父，願人都尊敬你的名爲聖，不叫我們遇見試探，救我們脫離兇惡，因爲國度，權柄，榮耀，全是你的，直到永遠，阿們。如不加上天父之名，這些行爲都合於我的秉性要做的。難道有人不贊同麼？或許根本不用有人來贊同，我們不是也想秘密地做某些事麼？我們不是盼望能自由麼？所以我認爲有沒有天父在天上注視都無所謂，最好沒有，我們是要自由行事的，因爲我深信能經由內在的判斷所行的事，都必爲善。

禁食是他們宗教生活中的一件事，如是我們，誰也不願在三餐中少一餐，可是在這弱肉強食和不公平的世界裡，雖然不必行禁食，卻有因貧窮而遭到飢餓的事存在。在人生的逆旅裡，許多人都曾有此經驗。耶穌說，你們禁食的時候，不可像那假冒爲善的人，臉上帶著愁容；因爲他們把臉弄得難看，故意叫人看出他們是禁食；我實在告訴你們，他們已經得了他們的賞賜。他們到底得到什麼賞賜呢？是好事或壞事？必定是壞事罷，他們內心正因爲虛榮而受到飢餓之苦。如果禁食的意義，是要爲無糧者省些糧米，以便賑濟給窮人，那麼再裝成愁眉苦臉是不對的，不厭去做的事何不要做更好，這是不好的壞事。但禁食應該是好事，體嚐飢餓同情飢餓者，說他人的飢餓爲自己的飢餓。耶穌要人在禁食的時侯，要梳頭洗臉，不叫人看出你禁食來。如我們在人生的逆旅中，一時遭到不好的運道，求職不得，或我們做的工作沒有獲得應有的報酬，我們不要因爲挨餓或匱乏而哀傷，可視爲宗教的禁食。其實我們是在人生中行禁食，像日常的日子，不要散髮垢面，以求取他人的同情；應該整潔自愛，不可隨意露出目前的窘境，樂觀求進取，度過難關，不屑與現世中驕奢淫佚或欺詐的無賴漢爲伍，過一種中庸的生活罷。

你的財寶在那裡，你的心也在那裡，這是事實；耶穌說，不要爲自己積攢財寶在地上，地上有蟲子咬，能𥽈壞，也有賊挖窟窿來偷，這也是實在的事。但如何能叫人不在生存的地上積蓄點錢財呢？未雨綢繆是人類進步的經驗，生命雖短暫，卻可爲子孫留些遺產，做爲教育之用；四季之中有風寒和雨暴，有爭戰和災禍，爲何能不有所積存以備不時之需呢？他說只要積攢財寶在天上，天上沒有蟲子咬，不能銹壞，也沒有賊挖窟窿來偷；說的是滿有道理，但誰能明瞭天上在哪裡，那裡的情形就是如此輕易麼？這道理是行不通的，只要我們的財富是來之有義，而非不義之財，是勤勉工作積存得來，我正可利用這些財富來度老年的時光，還有剩下也可以行善救濟別人；人類中有人有理財的才能，應該讓會理財的人來替大家保管，而不是佔有，那麼在地上或在天上積攢財寶都是一樣的。

但是，我們這樣一路讀下來，豈不永遠在做背反的辯論，我們必須了解一件重要的事實，耶穌垂訓的目的，是要我們產生信仰，後來的宗教神學家爲這信仰的問題，提出了各種不同的解釋途徑，那是一個龐大而無休止的學問，窮盡我們平凡的一生，也沒有辦法全覽其境，好比天國的景致，僅憑我們簡單的幻想，是無法欣賞所有可能的奧妙。那麼對信仰的事，最好不必尋做不到的途徑去，僅憑我們貧弱的心智，在福祉的範圍內，去盡我們對造物者的敬畏，過大的報償根本不是我們平凡人的意願，只可祈求讓我們在這一生中，能夠謹慎工作，平安而自由地生活著，我們在此範圍中去信仰，就是我們最大的責任了。因爲全無信仰，猶如無知，而無知是根本無法保障自己的安全，我相信傾聽耶穌的垂訓，必然能加增少許有用的智慧。他要我們領會的不是經由腦的作用，而是由我們的心靈直接去接獲這些重要的信息。注意聽他以下的寓言，他說：

The lamp of the body is the eye: if therefore thine eye be single, thy whole body shall be full of light. But if thine eye be evil, thy whole body shall be full of darkness. If therefore the light that is in thee be darkness, how great is the darkness!

「眼睛就是身上的燈；你的眼睛若瞭亮，全身就光明。你的眼睛若昏花，全身就黑暗；你裡頭的光若黑暗了，那黑暗是何等大呢！」

他又說一個人不能事奉兩個主，不能事奉神，又事奉瑪門（財利之意），不要爲生命憂慮。

吃什麼，喝甚麼；爲身體憂慮，穿什麼；生命不勝於飲食麼？身體不勝於衣裳麼？雖如此說得有理，但我們乃有疑問；因爲今日我們吃什麼，喝什麼，穿什麼，正是爲我們的身體的保全著想，生命和生活全都混合在這個軀體之中，使我們不能只談生命，不談生活。他說，你們看那天上的飛鳥，也不種，也不收，也不積蓄在倉裡，你們的天父當且養活他；你們不比飛鳥貴重得多麼？如我是飛鳥，我是會快樂的，如耶穌說天父無所不眷顧他；但可惜我是人類，天父遺棄我，使我一切必唯賴自己；人類的存在與萬物同等，並不比飛鳥更貴重。他又說，你們哪一個能用思慮使壽數多加一刻呢？今日的醫學就能證明可以長壽。他說，何必爲衣裳憂慮呢？你想野地裡的白合花，怎麼長起來；他不勞苦，也不紡線；然而所羅門極榮華的時候，他所穿戴的，還不如這花的一朵呢！眞是這樣嗎？這是極不同的價値觀，也許有一部份的人羨慕百合花純潔，但必定也有一部份的人，喜愛所羅門的榮華富貴。世事眞難以定奪；上帝歸上帝，凱撒歸凱撒，有人這樣主張；百合花和所羅門，正是魚與熊掌不能兩得的選擇。在此，我們面臨著上帝的天國，與人世的王權的兩種勢力的選擇；這事不容我下判斷，連我自己也不知道要選擇，投靠哪一方呢；因爲現今的人類，具有心與腦兩種功能，用心去迎接天國的福音，和用腦去承認人世的王權，這兩者是凡有智慧的人都希望加以融合銜接的工作，我們心智平庸的人，只有耐心的等待。晚安。

第七章　權柄

在上章，耶穌指出人的小信，野地裡的草，今天還在，明天就丟在爐裡，神還給他這樣的妝飾，何況你們呢？要我們不要憂慮喫什麼，喝什麼，穿什麼，要我們先求他的國，和他的義，不要爲明天憂慮；因爲明天自有明天的憂；一天的難處一天當就彀了。他說，引到永生，那門是窄的，路是小的，找著的人也少。爲何窄門是永生，而寬門是滅亡之路呢？爲何大衆趨向滅亡，而少數人獲救呢？爲什麼？前面他要我們信仰神的國，認識神的國度，權柄和榮耀；他自認是神的兒子，他在地上承接這份權柄，引導衆人邁向永生，他的訓言是爲此而發的；本章的銜接是要論述這權柄的緣由，因爲沒有這份權柄，他便無力啓示衆人脫離人世的厄困和窘境，人類無法直視天國的和平景致。信仰和行善是進入天國的必備條件。耶穌之後的神學家分歧爲多種派別，有主張只憑信而得救的，有認爲行善是唯一的門徑；但也有認爲上帝的檢選是早就注定的，行善並不能改變命運，也認爲信仰不足爲憑，做一個基督徒只需救助苦難和博愛的人格，至於有神無神就讓庸人去自擾了。我們知道，權柄是一種統御的象徵，衆人能聽從和做到他所說的話，他便是具有權柄的人。在他們原初的復國計劃裡，擁護耶穌，大衛王的子孫爲以色列王是一件首要的工作，爲使以色列人相信和團結在他的統領之下，他們直接承繼以色列傳統的信仰，上帝是天國的父神是大家所共認的，但世俗教會是迎合懈怠鬆散的人性，甚至迎合異國的統治者的威武勢力，變成只重形式而僞善的機關，只關注某些階級的利益，使信仰徒具空有的外貌。耶穌想從信仰的重整出發，是極聰明的辦法，不會直接牴觸統治者，雖然我們可以相信，最後的目的是要趕走異族的統治，復興以色列國。前面我已經做了揣測，認爲耶穌後來的演出是大出導演人的意料，他的本質和秉性亦非亞伯拉罕，大衛族系嚐欲王權的格調，這和他的成長教育，和對當時自私的以色列人的觀感有關；他不是一個雙重人格的人，他相信他就是神直接派來地上的兒子，單一爲天國預報福音才是他的職志，甚至要爲此犧牲；這種取向也促使他的行爲態度變得柔弱，而不似一般革命家，具有敏捷而實際的思考和行動，有如創立回教的穆罕默德兩者得兼；雖然有時他亦會遵照依先的設計，脫口說出只爲以色列人著想的話，但他的理想目標已漸漸拓展爲對全人類了。以色列復不復國，對他而言，已不再頂重要的事了，而全人類品格的改造，才是他最終的理想。舊約聖經是以色列人的民族歷史，但新約卻展現全人類希望的可行的門徑。在這裡耶穌是所有有知識和智慧的歷史人物所共認的榜樣，不論他現在是否只爲天國，或爲做爲以色列復國的王，他那權柄的獲有的邏輯，是一段滿有趣味的撰述。

Judge not, that ye be not judged.

「不要論斷人，免得你們被論斷。」

從兩個否定句來肯定一件事體是頗有重量的。這句話已經在預示對他自認爲神的兒子一事，不可行猜疑，只需信；他是唯一有這權柄論斷的人。他說，因爲你們怎樣論斷人，也必怎樣被論斷，用什麼量器給人，也必用什麼量器量給你們。這是說明人與人之間的對待的等量關係。譬如，爲什麼看見你弟兄眼中有刺，卻不想自己眼中有梁木呢？你自己眼中有梁木，怎能對你的弟兄說，容我去掉你眼中的刺呢？要先去掉自己眼中的梁木，然後才能看得清楚，去掉你弟兄眼中的刺。他是準備爲人世犧牲的，他就具備了這種論斷的說法；因爲他是唯一神的兒子，只有他有這份權柄。然後他罵了一些人，說不要把聖物給狗，也不要把你們的珍珠丟在豬前，恐怕牠們踐踏了珍珠，轉過來咬你們。其意明白，那些假冒爲善的法利賽人和文士就是狗和豬，要人們提防他們，不要去阿諛他們，反而受到他們利用和陷害，而他將以身試法做給人們看，以便爲衆人犧牲，做爲大衆的警訓。他的廣大和無我性，有如天國的寬廣和富有，他說，

Ask, and it shall be given you; seek, and ye shall find; knock, and it shall be opened unto you.

「祈求，就給你們；尋找，就尋見；叩門，就給你們開門。」

對法利賽人或文士的請求，是反被利用而會無所獲得；因爲人世中，對掌權階級的請求，是需要行賄的，而行賄的目的是爲了自私，佔有他人的權益，人們這樣做，是一種剝削；互相構害和仇恨。反觀天國，凡所祈求的，就得著；尋找的，就尋見；叩門的，就給他開門。天國的寬懷正與人世的窄胸對比；他說，你們中間，誰有兒子求餅，反給他石頭呢？求魚，反給他蛇呢？你們雖然不好，尚且知道拿好東西給兒女，何況你們在天上的父，豈不更把好東西給求他的人呢？而在現世求人，如無代價，總是碰一鼻子的灰泥。他要改善人世對待的不平衡，他要人們謹守這

黃金的律法：

All things therefore whatsoever ye would that men should do unto you, even so do ye also unto them: for this is the law and the prophets.

「所以無論何事，你們願意人怎樣待你們，你們也要怎樣待人；因爲這就是律法和先知的道理。」

這種律法和道理，和中國孔子所言，己所不欲，勿施於人，是相通的。這條黃金的律法是一個極大而重要的前提。

由上面的前提，使世像的眞僞得以辨識。耶穌說，你們要防備假先知；他們到你們這裡來，外面披著羊皮，裡面卻是殘暴的狼。在那時與耶穌互相標榜的人，恐怕不在少數，有如現代的潮流和風氣，互相競賽和爭論；在施洗者約翰皈依耶穌之後，耶穌是最大的先知，他的對抗勢力無疑指向當權者的階級。當權者的富國利民論，往往是一種騙局，當時的教會是當權者的利用工具，那些祭司，法利賽人和文士的謊言利誘，就是耶穌所稱要防備的狼。從現實利益的觀點去立說，他們的門是寬的，路是大的，進去的人也多，但那是互相利用，總是冷酷無情的滅亡之路。所以耶穌自稱到永生的門是窄的，路是小的，找著的人也少，來說明人類眼光的短淺。他進一步指出，憑著他們的果子，就可以認出他們來。荊棘上豈能摘葡萄呢？蒺藜裡豈能摘無花果呢？這樣，凡好樹都結好果子，惟獨壞樹結壞果子。好樹不能結壞果子，壞樹不能結好果子。這樣的辯論是否獲得我們的心服呢？我不知道，可是這樣的辯說是指當權的政府而言，不是充滿了趣味麼？在他天國的神權對抗人世王權的事業裡，指摘人世的惡端是必然的，否則如何顯現天國無疵的光景呢？他下命令了：

Every tree that bringeth not forth good fruit is hewn down, and cast into the fire,

「凡不結好果子的樹，就砍下來，丟在火裡。」

在王權的統治下，不能使人民安居樂業，各有所用，各有所歸，充滿了暴戾和貪污，充滿了爭權奪利的傾軋，使民不聊生，這種政府是像一棵長壞果子的壞樹，應該打倒的，革命流血是一個必然的途徑。這一點是爲當時的以色列而說的，把外族的勢力驅逐出去，建立傳統的以色列國。所以耶穌說，憑著他們的果子，就可以認出他們來。

現在他要引到他自己的權柄的結論；他預先說明白：凡稱呼我主啊主啊的人，不能都進天國；惟獨遵行我父旨意的人，才能進去。有如我們的一般認識，那些高言闊論，大聲呼叫愛國的人，並不一定都是眞正潛心愛國的人，掛羊頭賣狗肉者多得是，政府當局常依此口頭標準獎勵這些人，給他們優厚的待遇，有時眞叫有心人傷心透頂。耶穌對此事看得最清楚：他說，當那日必有許多人對我說，主啊！主啊！我們不是奉你的名傳道，奉你的名趕鬼，奉你的名行許多異能麼？他坦白地說，我就明明的告訴他們說，我從來不認識你們，你們這些作惡的人，離開我去罷。愛國愛鄉是一個生存的本份，不必爲了愛國強調愛國，因爲這樣說的人，無異於排斥別人，認爲除了他愛國外，別人是不愛國的；但愛不愛只需考查一個人做了什麼事，他的品格如何，便清楚了；他們的作爲莫不是爲了自我的私利而混淆視聽，大都潛心愛國者都是奉公守法，謹守原則和自愛的人；而一個不明的政府，常豢養一批豬狗，這些人就是耶穌要以色列人提防的法利賽人和文士。他說，凡聽見我這話就去行的，好比一個聰明人，把房子蓋在磐石上。雨淋，水沖，風吹，撞著那房子，房子總不倒塌；因爲根基立在磐石上。凡聽見我這話不去行的，好比一個無知的人，把房子蓋在沙土上。雨淋，水沖，風吹，撞在那房子，房子就倒塌了；並且倒塌得很大。現在我們都知道，知而行之是最大的要旨，無論什麼事都如此。你們以爲耶穌是像有權柄的人，還是像人士呢？晚安。

第八章 代替和擔當

耶穌垂訓完畢下山時，就有許多人跟著他，有如一位神采飛揚的大學教授，在課堂授完他的精采課程後走出教室，就有許多男女大學生，前呼後擁地跟著走下石階，吵嚷著要接近他，想和他說幾句親近的話。有如我童年在街頭看到的披紅氈散髮的瘋子，以手中所緊握的木杖，身掛的花飾，甚至他那憂患的面目表情，都引起一群好奇的童子的興趣，從街頭到街尾，迎他來到我們的小鎮，住在土地祠內；幾天後，又送他出小鎮；至今我腦中的印象，猶然深刻不能忘懷。這個不幸世界，充滿奇奇怪怪的人；我深自懷疑，我是否也是其中的一個？所不同者，耶穌憑著他天生的秉賦，從天國獲得了極大的權柄；而我無一依恃的能力；那位大學教授，憑著好學和毅力，追求學問，成爲衆弟子的導師；而我至今不學無術，空蕩無知，有如小獸；那位瘋子是遭難的形象，集人類的醜惡於一身；而我無勇氣步其後塵，自以爲一身潔淨。我是一個平庸的人，追逐生活，不知從何而生，死時應歸於何處，昏昏一生，沒有職志；世界不會因我生而歡躍，不會因我死而悲泣；宇宙不因我的生存死滅而有所變異。我不是聖人，天才，或瘋子；我只在一個環境的界限內苟活，像蟲子，一生除了欲望的蠕動外，沒有超凡的飛越能力，沒有思想的光，沒有捨棄的超脫勇氣，沒有性命奮發爭取的自由，是天國的神和人世王權所忽視遺忘的一粒沙塵；我在此生命的中年，已變得意態闌珊，厭煩之心，日與驟增，不覺空自徒嘆，想在絕望的祈求中，盼獲一絲希望的降臨，爲我著附魔障的心靈，掃除乾淨，爲這軟弱的軀體，盼求健康。

耶穌走下山後，有一個長大痲瘋的，來拜他說，主若肯，必能叫我潔淨了。耶穌垂憐地望著他，伸出柔軟而有神力的手，摸他說，我肯，你潔淨了罷；他的大痲瘋立刻就潔淨了。這是何等的慈愛啊！對於一個平常自以爲乾淨衛生的人，如遇到街邊的一個骯髒的乞兒前來求援，必定趕快加緊腳步走避，即使能掏出一塊錢幣給他，也必站在幾步的距離，拋丟到乞兒的錫盒裡，不敢將錢親自交到他的手，深恐被其玷污而染患疾病。那位中世紀義大利佛羅楞斯的方濟先生，在未受聖靈感召之前，遇到患痲瘋的病人，也遠遠的避開；最後他悔悟了，轉回來擁抱他，把他的財物給他，爲他服侍。同樣爲聖靈感召的英國大主教貝開特，平日與乞兒同席吃飯，爲他們洗腳。世俗的現實世界，與幽冥的心靈世界，是何等的對比呢。再說，耶穌進入迦百農時，有一個百夫長進前來，求他說，主啊！我的僕人害癱瘓病，躺在家裡，甚是痛苦。耶穌答應前去醫治他，但那百夫長回答說，主啊！我不値得你應該親到舍下，只要你說一句話，我的僕人就必好了。耶穌聽見就希奇，對跟從的人說，我實在告訴你們，這麼大的信心，就是在以色列中，我也沒有遇見過。爲此，耶穌對亡國的以色列人，大爲憤慨地說道：我告訴你們，從東從西，將有許多人來，在天國裡與亞伯拉罕，以撒，雅各，一同坐席；惟有本國的子民，竟被趕到外邊黑暗裡去；在那裡必要哀哭切齒了。這件事對中國人亦同；因爲中國人對本國人都施用欺凌和狡詐的手段；當時以色列人的自私，與今日中國人一盤散沙的性質是相同的。耶穌就對百夫長說，你回去罷！照你的信心，給你成全了。那時，他的僕人就好了。事實是否如此？我們心中明白這事體的意義，雖然不會用言語加以闡述，那是沒有關係的。

耶穌有了權柄之後，他就無往不利，將他的異能展發出來，爲疾病的人減輕痛苦，而不是爲自己的利益行拐騙，縱恣私慾，不像現今臺灣的神棍，藉神之名詐取財物，並使婦女失貞，相比之下，其間的操守，有千里之距？再說，耶穌到彼得家裡，見彼得的岳母害熱病躺著。耶穌把他的手一摸，熱就退了；她就起來服事耶穌。到了晚上，有人帶著許多被鬼附的，來到耶穌的跟前，他只用一句話，就把鬼都趕出去；並且治好了一切有病的人。經文說，這是要應驗先知以賽亞的話，說：

Himself took our infirmities, and bare our diseases.

「他自己代替我們的軟弱，擔當我們的疾病。」

這樣揭破說出，在我們曖昧的心中就悟解了這事體的意義；先前我們不會用簡潔的言語加以闡述，現在就甚清楚了。

這時，耶穌見許多人圍著他，就吩咐渡到另一邊去。有一個文士來對他說，夫子！你無論往哪裡去，我要跟從你。耶穌說，狐狸有洞，天空的飛鳥有窩，人子卻沒有枕頭的地方。這句話我覺得意義極爲重大，凡天下爲文生活的人，都要自我省悟和警惕；耶穌拒絕他，是認爲這種文士具有阿諛的卑賤性格，不能自立，需靠一個主人而生活，人子謙卑地回絕他的請求；因爲天下文土大都貪利好名，卑賤沒有氣節之故。又有一個門徒對耶穌說，主啊，容我先回去埋葬我的父親。耶穌說，任憑死人埋葬他們的死人，你跟從我罷。前者與後者正是一個對比，耶穌取人以德，是僞善與誠實的比喻。後來的聖・方濟在改革基督教會時，亦如此的作爲效法耶穌，不喜文士那種繁文縟節的形式，而代之以簡樸的生活，和服務的精神。

現在且讓我們再看耶穌權柄的威望。他上了船，門徒跟著他。海裡忽然起了暴風，甚至船被波浪掩蓋；耶穌卻睡著了。門徒來叫醒了他，說，主啊！救我們，我們喪命喇！耶穌說，你們這小信的人哪！爲什麼膽怯呢？於是他起來，斥責風和海，風和海就大大的平靜了。衆人希奇說，這是怎樣的人，連風和海也聽從他了？就我們而言，也要表示驚奇和懷疑。本來人的威望，只能達於人世，可是我們中國人有一句話說，一個人的德行可以感動天地，有如諸葛亮借東風一樣，其中含有奧秘，或許不必假我的淺薄知識加以煩撰；研讀經文只可用心，不可用腦；因爲用心就感其有，用腦就知其無，其中的知識甚有分別。人類的理性在啓蒙的時代，是不相信聖經中所記載的奇奇怪怪的事體，斯賓諾莎說，聖經是爲給一般人讀的，是爲了信仰之故；但理性發展到高點時，會對理性的有限性質產生懷疑，又會回到信仰的感性來。

耶穌坐船渡到另一個岸邊，來到加大拉人的地方，那裡有兩個被鬼附的人，從墳塋裡出來，迎著他，極其兇猛，甚至沒有人能從那條路上經過。他們喊著說，神的兒子，我們與你有什麼相干？時候還沒有到，你就上這裡來叫我們受苦麼？這時，離他們很遠，有一大群豬喫食。鬼就央求耶穌說，若把我們趕出去，就打發我們進入豬群罷。耶穌說，去罷！鬼就出來，進入豬群；全群忽然闖下山崖，投在海裡淹死了。放豬的驚訝逃跑，直奔城市裡去，將這一切事，和被鬼附的人所遭遇的，都告訴人。合城的人，都出來迎見耶穌；既見了，就央求他離開他們的境界。試問，如此能行神蹟，治病，使風浪平靜，趕鬼救難的人，爲何加大拉地方的人要求他離開他們的境界呢？這事甚爲奇怪，我不能明白，除非耶穌的行爲，早就爲人傳誦與政治有關；他原是爲以色列復國運動而出來傳教的，如此一個危險人物，即使他能解脫人的種種苦痛，大多數人依然對他有敏感，不喜歡他立足而產生某種影響，那麼叫他走路是很自然的了。或許別人有其他高明的看法，能叫人從另一方面了解耶穌的權能，這事我相信必將衆說紛紛，我將特別尊重他人的意見；因爲我們如要學習耶穌的爲人，就要選擇其中好的榜樣；今日假藉耶穌基督精神的人，莫不是想利用宗教的特殊性，賺贏個人優沃的生活；只有史懷哲醫生堪稱爲眞正的現代基督徒。晚安。

第九章　赦罪

耶穌走遍各城各鄉，在會堂裡教訓人，宣講天國的福音，又醫治各樣的病症。他看見許多的人，就憐憫他們；因爲他們困苦流離，如同羊沒有牧人一般。在古代，一般人的生活，總隨著謀生而遷徙，攜帶著家眷和零當，步行於山野路途；他們的臉目憂愁，衣衫襤褸，疲乏困頓，不但叫人同情，而且像是些無政府的棄民一樣。我相信這是耶穌當時對他們動了憐憫心的眞實情形。在現代生活中，過去那種流浪的生活方式，也許少見，但並非沒有；越南亡國時的難民，從中國大陸奔至香港的難民，其狀更慘。如不是這樣，他們就要被關禁和局限在一個地區辛苦的工作，失掉了生命的自由和創造。古代或現代，東方或西方，痛苦的行狀，大致相同。宗教對苦難的人是有意義的，儘管優沃生活的階級人士，不相信鬼神之說，但救主的福音，對其他艱苦的生活者，是一種安慰力量。我們一路讀下來，具備有現代基本知識的人，並不相信耶穌能行神蹟治病，但如果就此否定基督教的意義，則顯然失之於淺薄和草率的思想。耶穌治病趕鬼的行蹟，是他的精神表現的具體實像，其意象本身是一種圖像語言，其目的在呈現耶穌人格的高貴，從而對其博愛和憐憫的精神，給予一種價値的認定。總而言之，要否定耶穌的行蹟是極容易辦到的事，只稍不去相信就行；但是要去確認他那份最高價值的人類精神，卻要經由某種特殊的生活遭遇，而給予一一的應證，從一種悟道的情緒去贊同宗教的神秘的啓示力量。追尋宗教生活不需被動，因爲相信聖經或不相信也罷，是絕對沒有人會加以干涉的；但是我確認一個現代人，不論其知識智慧如何高等，如果沒有他個人認可的宗教意識和宗教生活，我不會相信他的所作所爲是有價值的。

耶穌具有的神授的權柄，與世俗王權，其性質的對比差異，在於耶穌教人產生自我的信心而自救，而世俗王權的威力，是迫其統御下的人受其奴役。因信心得救，在本章裡會顯出一番明晰的景象，要是我們不感厭煩其治病趕鬼的一派胡言，就會從其邏輯的演述中，得到更爲動人的印象。

耶穌上了船，渡過海，來到自己的城裡。有人用褥子抬著一個癱子，到耶穌跟前來；耶穌見他們的信心，就對癱子說，小子，放心罷；你的罪赦了。這是什麼意思？耶穌赦癱子的罪，到底癱子犯了什麼罪呢？這是一種透視的說法，現代精神病學確認，病因是由心理的種種情緒所主導，就耶穌的說法，病就是罪，其道理相同。我想有些人會反對這樣的解釋，正像當時的文士心裡說，這個人（耶穌）說僭妄的話了。耶穌明察秋毫，知道他們的心意，就說，你們爲什麼心裡懷著惡念呢？或說，你的罪赦了；或說，你起來行走；哪一樣容易呢？但要叫你們知道人子在地上有赦罪的權柄，就對癱子說，起來，拿你的褥子回家去罷！那人就起來，回家去了。衆人看見都驚奇，就歸榮耀與神；因爲他將這樣的權柄賜給人。現在的人倒不驚奇，因爲他們知道神同樣將權柄賜給某些心理醫學家，和科學家。現代的人總都明白個人的命運，由自己開創和抉擇，自我是自己的神明；但對古代無知的苦難之輩，其心智十分薄弱，需要別人的扶持；前面經文中的涵義，正是爲此而發明的。有一個女人，患了十二年的血漏，來到耶穌的背後，摸他的衣裳縫子；因爲她心裡說，我只摸他的衣裳，就必痊癒。這位女子對生命的痛苦和絕望感，使我們不忍卒睹。耶穌轉過來看見她，就說，女兒，放心，妳的信救了你；從那時候，女人就痊癒了。

爲什麼會這樣神奇呢？當苦難的人都信了他之後，他就能集合他們團結起來，實行驅逐外族的復國運動麼？我們知道，耶穌的誕生是大衛王後裔的約瑟策劃的復國運動，可是，這事對耶穌來說，並不比單純的傳教，恢復個人健全的信心更重要；一個國家的建立，不比人類從罪惡感中獲赦更爲迫切。耶穌從那裡往前走，看見一個人名叫馬太，坐在稅關上，就對他說，你跟從我來；他就起來跟從了耶穌。耶穌在屋裡坐席的時候，有好些稅吏和罪人來，與耶穌和他的門徒一同坐席。法利賽人看見，就對耶穌的門徒說，你們的主人爲什麼和稅吏並罪人一同喫飯呢？耶穌就說，康健的人用不看醫生，有病的人纔用得著。他說：

But go ye and learn what this meaneth, I desire mercy, and not sacrifice: for I came not to call the righteous, but sinners.

「我喜愛憐恤，不喜愛祭祀，這句話的意思，你們且去揣摩；我來，本不是召義人，乃是召罪人。」

這幾句話，其意甚明。對耶穌精神的闡述，一般的知識就夠了，並不需要深奧的神學理論，和演述冗長的宗教歷史，來擾濁涵義，也不需要在此確立什麼嚴肅的不朽文字，加以宏論一番，只求我們心懷的溝通就夠了。

　　耶穌以先知地位說教，不免有自大的口吻，他說自有先知以來，施洗者約翰是最大的先知，而他比約翰更大，約翰自謙連爲他提鞋都沒有資格。他是神的獨生子，其實是人的私生子；就眞理而言，推究至根源，無人不是神的兒子，因爲人和萬物都是上帝所創造的。對具有平等自由觀念的現代人來說，耶穌的自大，自以爲有天國的神的權柄，非常刺激我們的感情；因爲現代人莫不以人爲主位，有如尼采宣佈上帝的死亡，是現代人反對基督教的最大理由；因爲自耶穌之後，所建立的神聖教會的無上權柄，其所導演的殘忍和貪婪淫穢，使人非常痛恨和不齒；只有耶穌本人和後來的聖徒，維繫了眞正基督教的精神。爲了了解以下的一段記載，我預先做了說明。

　　那時，約翰的門徒來見耶穌說，我們和法利賽人常常禁食，你的門徒倒不禁食，這是爲什麼呢？耶穌對他們說，新郎和陪伴之人同在的時候，陪伴之人豈能哀慟呢？但日子將到，新郎要離開他們，那時候他們就要禁食。耶穌自己比喻爲新郎，禁食只能爲了紀念他的離開；這個離開的意思是指後來他的十字架上的犧牲。耶穌的作法是，在否定別人的權柄中，建立自己更大的權柄，並要人相信這一事實。爲什麼呢？他的理由正如他所說的；沒有人把新布補在舊衣服上；因爲所補上的，反帶壞了那衣服，破的就更大了。也沒有人把新酒裝在舊皮袋裡；若是這樣，皮袋就裂開，酒漏出來，連皮袋也壞了；惟獨把新酒裝在新皮袋裡，兩樣都保全了。這是耶穌死後，新教會建立的基礎；上帝雖是古猶太人就有的觀念，但基督教經過使徒的努力建立後，是有別於古猶太教的新興宗教，以致在當時被稱爲異端，使耶穌走上了十字架犧牲的命運。

耶穌在回答約翰的門徒說了那席話的時候，有一個管會堂的來拜他說，我女兒剛才死了，求你去按手在她身上，她就必活了。耶穌便起來，跟著他去，門徒也跟了去。到了會堂的家裡，看見有吹手，又有許多人亂嚷；顯然要辦喪事了；就說，退去罷；這閨女不是死了，是睡了；他們就嗤笑他。衆人既被攆出，耶穌就進去，拉著閨女的手，閨女便起來了。於是這風聲傳遍了那地方。

信心能得救，必先產生自信的力量。現代精神醫學相信自我痊癒的效能，其只要基礎建立在病人能否經過開導後，產生對自我生命的延續信心和意志。相同的，一個原本健康的人，要是喪失生活的意趣，對生命的事實懷疑和絕望，則會漸漸步上枯萎和死亡。以下又是一個明顯例子：耶穌拉起閨女之後，從那裡往前走，有兩個瞎子跟著他，喊叫說，大衛的子孫，可憐我們罷！耶穌進了房子，瞎子就來到他跟前；耶穌說，你們信我能做這事麼？他們說，主啊，我們信。耶穌就摸他們的眼睛，說，照著你們的信給你們成全了罷。這事說來多少帶有他復國的秘密使命的意味；他要人相信他，要他們張開眼睛看。然後有人將鬼所附的一個啞吧，帶到耶穌跟前來。鬼被趕出去，啞吧就說出話來；衆人都希奇說，在以色列中，從來沒有見過這樣的事。這是耶穌鼓勵以色列人發言抗議的例子。由於政治意味甚濃，法利賽人批評說：

By the prince of the devils casteth he out devils.

「他是靠著鬼王趕鬼。」

法利賽人說這句話，有點道理，富幽默感；站在他們的立場，他們的眼睛是明亮的，他們的腦中便想著要如何來除滅他。由於耶穌親臨目睹以色列民流離失所，疾病悲苦，以及沒有自信和抗議的勇氣，他憐憫他們，視他們如同羊沒有牧人一樣；於是說了以下的話，爲下章引出十二門徒出來；他說，要收的莊稼多，作工的人少；所以你們當求莊稼的主，打發工人出去，收他的莊稼。晚安。

第十章　十二門徒

耶穌叫了十二個門徒來，給他們權柄，能趕逐污鬼，並醫治各樣的病症。耶穌將他本身的能力，直接傳交給他的十二個門徒後，他們就眞的能夠施行像耶穌一般的能力麼？醫治各樣的病症需具有相當的知識和經驗，這種技術能夠在瞬間口頭上做到傳授麼？我們根本無法接受這份了解。但上帝賦給耶穌的權柄是一種靈異能力；不是知識；而耶穌給門徒的也是靈異的本能，實質上是一種信心獲得的手續。我們一路讀下來，耶穌所行的神蹟是指信仰心而言；一個人的附鬼和患病都是意指心靈的畸狀。所以，這份權柄的傳授，像世俗間的頒發的委任狀，得到這份委任狀就是具有世俗間辦事的威權，一般人知道他有這份委派的權能，自然就服從他的指使，接受他的命令，心靈的信仰亦有同等性質。但十二個門徒獲得這份權柄後，他們仍然迷惘；因爲這些人身處在以色列彌漫復國運動的狂潮裡，他們明白信仰上帝只是這復國運動的團結精神，而耶穌一步一步朝向純宗教改革的資質，使他們感到無可適從；與其認他爲眞神的兒子，寧可視他爲復國運動的領袖，他們都有這等祈願；其中將來會出賣耶穌的加略人猶大，便是做這等想法的人，他聰明而有理想，認爲人不可能有神性，尤其是純然絕對的神性；他熱心追隨耶穌是爲了復國理想，最後也將因這份狂烈的情感而出賣耶穌。從下面一段耶穌對門徒的吩咐，就能辨別出質地來。耶穌差十二個人去，吩咐他們說，外邦人的路，你們不要走；撒瑪利亞人的城，你們不要進；寧可往以色列家迷失的羊那裡去。隨走隨傳，說天國近了。這是極明顯的，目的在復國；天國是一句暗語，可指復國後以色列自主權的景觀。可是因爲環境的關係，耶穌並不直接像對將來可分配到政治利益的親信一樣，對他們明白的指出是爲復國；他根本不和他們建立世俗間的部屬關係，他只和他們行主和門徒間的神聖關係。信仰上帝是整個復國的基礎，在這個基礎上，沒有利害關係，只有犧牲。因此他說：你們白白的得來，也要白白的捨去。耶穌的高貴精神，對當初的門徒而言，只產生曖昧的印象，他們心裡對耶穌持著半信半疑的態度，對天國或俗世，無法做肯切的選擇和依從。

不論如何，耶穌照講他的話，他要門徒腰袋裡，不要帶金銀銅錢；行路不要帶口袋，不要帶兩件褂子，也不要帶鞋和枴杖。這是什麼意思呢？我們知道，一個擁有俗世間統御權柄的人，總是想獲得一切俗世間的優厚待遇，且欲所欲爲滿足自己的欲望；但耶穌並不希望門徒是這種人，他們充其量只是信仰的使徒，在人世上他們並不比其他人有更多的權利；當人世上的人作工時，他們也要參與作工，耶穌說得很清楚：因爲工人得飲食，是應當的。關於居住的問題，他也吩咐要這樣做：你們無論進哪一城，哪一村，要打聽那裡誰是好人，就住在他家，直住到走的時候。進他家裡去，要請他的安。那家若配得平安，你們所求的平安，就必臨到那家；若不配得，你們所求的平安仍歸你們。凡不接待你，不聽你們話的人，你們離開那家，或是那城的時候，就把腳上的塵土跺下去。他又說：我實在告訴你們，當審判的日子，所多瑪和蛾摩拉所受的，比那城還容易受呢。這句話對一般人而言，或許毫無意義；但這句話的深遠意義，也是相當的明顯。

耶穌交給門徒的是神聖使命，並不希望他們的行爲舉止有如到處享特權的流寇，反要他們虛懷若谷，要和一般勞動的百姓模樣相同，戰兢小心以保護他們自己的身體的安全。這一點顯示耶穌愛他們如愛自己。他說，我差你們去，如同羊進入狼群，所以你們要靈巧像蛇，馴良像鴿子。你們要防備人；因爲他們要把你們交給公會，也要在會堂裡鞭打你們；並且你們要爲我的緣故，被送到諸侯君王面前，對他們和外邦人做見證。你們被交的時候，不要思慮怎樣說話，或說什麼話；到那時候，必賜給你們當說的話，因爲不是你們自己說的，乃是你們父的靈在你們裡頭說的。並且你們要爲我的名，被衆人恨惡，惟有忍耐到底的，必然得救。在俗世權利的爭奪交戰中，是沒有人顧慮法則和倫理，有如耶穌所說的，兄弟要把弟兄，父親要把兒子，送到死地；兒女要與父母爲敵，害死他們。我們考查耶穌之後的歷史記載，無論東方或西方，在王權和諸樣利益的爭奪裡，完全顯現著耶穌所預見的殘酷人性。他要門徒遇到逼迫時，就由這城逃到那城，不要輕易做傻瓜，未到死期，不要死。

上帝高高在上，無所不視，門徒在傳播福音時，即使逢到上述種種艱苦的危難，耶穌要他們不要害怕；他說，因爲掩蓋的事，沒有不露出來的，隱藏的事，沒有不被人知道的。我在暗中告訴你們的，你們要在明處說出來；你們耳中所聽的，要在房上宣揚出來。他強調那殺身體不能殺靈魂的，不要怕他們；惟有能把身體和靈魂都滅在地獄裡的，正要怕他。維護靈魂不死的例子，在歷史上很多，古中國雖未有基督教精神的影響，但凡敬畏上帝，感知天上神靈存在的人的表現，大致相同。史可法就是極好的代表。耶穌證明說，兩個麻雀，不是賣一分銀子麼？若是你們的父不許，一個也不能掉在地上。就是你們的頭髮，也都被數過了。如果眞是這樣，豈不叫人毛髮肅然，但誰能說不是這樣呢？所以不要懼怕；你們比許多麻雀還貴重。人比麻雀貴重，這顯然是極主觀的人類想法，就像我們對愛人所說的「他是我最親愛的」，用到最高級以強調他的重要。但是我們不得不考查，耶穌對門徒的訓言，不是普遍的眞理，他只強調和重視他們之間的倫理性，對門徒好言幾句是無可厚非的事。所以，本章和第五章對群衆的訓言，就有極大的性質的差別。

在當時要成爲耶穌的門徒，耶穌的要求十分嚴格，甚至極近不合情理；他說，愛父母過於愛我的，不配做我的門徒；愛兒女過於愛我的，不配做我的門徒。這種精神要求，對現代的人來說，是不可能的；今日世界雖趨近系統化，但兒女私情卻更顯示重要，使人人都有隱私權，甚至爲了愛父母子女和妻子而拋棄重要的工作，這種情形與古代不願一切的精神正好相反。但是我認爲耶穌的要求，其觀念是絕對正確的，因爲做使徒就得專心做使徒的工作，有如他堅持自己是神的唯一兒子，是爲罪惡的人類預告福音，他將爲此而犧牲，毫無他顧。夏禹治水，十年間三次走過家門而不入，其精神與使徒相彷。耶穌說，不背著他的十字架跟從我的，也不配做我的門徒。那麼跟隨耶穌的唯一好處是什麼呢？顯然不是復國後可以分得政治利益，如果門徒中有人這樣想便錯了。猶大後來因失望出賣耶穌，不外是他的熱忱的現實理想遭到幻滅，使他感覺跟隨這位瘋子奔走是他莫大的羞恥，是他理性與知性的一大諷刺；耶穌在他眼中，只不過是個滿口神靈的胡說騙子，在現實世界的價值觀上，沒有分毫的取向，以致全盤不得落實的結果；他的民族意識十分強烈，也可見到他的個人欲望和野心，早先約瑟的復國謀略，能夠樹立像猶大這樣的人，或許還有些希望；而耶穌在這場教養中，卻成了神經兮兮的廢人，稚弱而充滿幻想，沒有具體和現實眞確性格，倒叫有知識的愛國的猶太人萬分失望；他既然盼望犧牲，最好成全他，把他出賣掉了。在當時的現實環境，大概就是上述這等樣子。不過耶穌對門徒的報償，不是沒有，只有這麼簡單的一句話：得著生命的，將要失喪生命；爲我失喪生命的，將要得著生命。這是純然的神經病者說的話，如果想做爲他的門徒的，會覺得滿意麼？能理解他說的話麼？

所以，現在我們能夠見到，基督教的倫理系統，是依循這樣來的，那就是耶穌對門徒所說的，人接待你們，就是接待我；接待我，就是接待那差我來的。人因爲先知的名，接待先知，必得先知所得的賞賜；人因爲義人的名，接待義人，必得義人所得的賞賜。他說，無論何人，因爲門徒的名，只把一杯涼水給這小子裡的一個喝，我實在告訴你們，這人不能不得賞賜。善待門徒，這些話是對我們說的；他的門徒來，我們要虔誠善待他們。晚安。

第十一章 爭名

在當時的情勢裡，對施洗者約翰和耶穌兩人，孰高孰下的議評，衆說紛紛，似乎不一定有肯定的結論，爲了這一點，再闢出這一章來加以討論。先前第三章，雖然已經大略地說到施洗者約翰，是爲耶穌的出來鋪路的角色，他說過他用水施洗，但說耶穌是用聖靈與火施洗，說耶穌的能力比他更大，就是給他提鞋也不配的話。不過，我相信一般民衆可能有皈依和信仰約翰甚於耶穌者在，他被下監牢後更引動一般人的景仰，大家想到他的怪異模樣，和耶穌斯文的形貌一比較，可能更使人好感，他又比耶穌先出來，也能給人先入爲主的印象。這一些都能使約翰的名聲大過耶穌。爲此，本章要將這兩者的主從關係再加以論述，確立永久的結論。

耶穌給予十二個門徒權柄和做一番語重心長的吩咐後，就離開那裡，往各城去傳道教訓人。那時約翰在監裡聽見耶穌所做的事，就打發兩個門徒去，問他說，那將要來的是你麼？還是我們等候別人呢？這兩句問話，是在表明約翰本身信心的動搖，與先前他引介耶穌給衆人時的態度產生矛盾麼？是約旦河的一幕本應完全確定的事，此時他在監裡顯得沉不住氣？或者未見救兵解放他出來，而氣惱要悔約前言呢？或是表示一種驚訝，疑問耶穌眞是他始料不及的人子？耶穌回答說，你們去把所聽見所看見的事告訴約翰：就是瞎子看見，瘸子行走，長大痲瘋的潔淨，聾子聽見，死人復活，窮人有福音傳給他們。這些事，對約翰而言，是稀鬆平常，不覺新奇和滿意的。這等事，有如現在舞臺上的魔術表演，所謂利劍插口，殺人種瓜，箱鋸美人，逃遁等節目；也有如餐館中點菜，所謂一魚兩吃，龍虎鬥，螞蟻上樹，滿漢全席等好菜。重要的是耶穌最後回答的一句話；他說，凡不因我跌倒的，就有福了。他回這句話給約翰，有如他引經據典駁倒前來試探的魔鬼，表明他高超俯視的姿態。於是約翰的門徒得到回答走的時候，耶穌就對衆人談論約翰說，你們從前出到曠野，是要看什麼呢？要看風吹動的蘆葦麼？你們出去，到底是要看什麼？要看穿細軟衣服的人麼？那穿細軟衣服的人，是在王宮裡。我們會覺得耶穌的脾氣也眞壞，懷疑到他的身分的事，就像我們一般人一樣會大發雷霆。他又說，你們出去，究竟是爲什麼？是要看先知麼？我告訴你們，是的，他比先知大多了；經上記著說：「我要差遣我的使者在你的前面，預備道路。」所說的就是這個人。他指他自己而言。施洗者約翰和耶穌這兩者在人們心中，有如某些人物在小孩子心中，到底那一個比較大。耶穌說，我實在告訴你們，凡婦人所生的，沒有一個興起來大過施洗約翰的；然而天國裡最小的，比他還大。他誇讚施洗者約翰，等於從他處確立自己的更崇高的地位。他又說，從施洗約翰的時候到如今，天國是努力進入的，努力的人就得著了。因爲衆先知和律法說預言，到約翰爲止。意思是說，約翰以前的先知和律法的一切效用僅到約翰爲終止，以後的將由他（耶穌本人）來統領。所以耶穌宣佈說，你們若肯領受，這人就是那應當來的以利亞。以利亞就是耶穌本人。他要衆人不用懷疑，要他們有耳可聽的，就應當聽。他批評那時的人的心態說，我可用什麼比這世代呢？好像孩童坐在街市上，招呼同伴說，我們向你們吹笛，你們不跳舞；我們向你們舉哀，你們不搥胸。他說，約翰來了，也不喫，也不喝（約翰只喫蝗蟲野蜜），人就說他是被鬼附著的。人子來了，也喫也喝，人又說他是貪食好酒的人，是稅吏和罪人的朋友！但智慧在行爲上就顯爲是。耶穌與約翰大兄之間的爭名事件就到此結束。至於一般人的感受如何，大概可以想到他們還是依然故我，不爲所動；我不知道現今的人的感想是否也是這樣？

一般人的無動於衷，致使耶穌大發咒言，指責他們頑蠻無知，不知災禍降到他們頭上。因爲他在諸城中行了許多異能，那些城的人終不悔改，就在那時責備他們說，哥拉汎哪！你有禍了；伯賽大阿！你有禍了；因爲在你們中間所行的異能，若行在推羅西頓，他們早已披麻蒙灰悔改了。這有點像在街頭市場上打拳賣膏藥的人，看到圍觀的人看完他的精彩表演後，在他準備開始推銷膏藥時，就紛紛走開了，於是對他們的態度甚爲不滿，認爲沒有體念和同情他蒞臨的目的，給他沒有好面子看，於是甚爲動怒，指著他們不懂得他的眞貨。如果耶穌的目的是指向復國運動，其與賣膏藥的情形就沒有兩樣，根本是騙人的，古代的人對於這一套大概吃了不少苦頭了；現代的人的愛國思潮也是滿天飛揚，從人類的史實看，許多是私人背後有其野心的目的。如果是爲天國的最後眞理，就讓人爲那些旁觀者可惜；但天國的觀念何其深奧，如何叫人去理解呢？因爲天國的景致讓人拿不到，也看不到，到底有多少人在夢中遇見呢？即使耶穌恐嚇他們說，當審判的日子，推羅西頓所受的，比你們還容易呢。畢竟不是眼前的事，要叫人相信是很難的，現在和古代不都是一樣麼？

我們一路讀下來，總會懷疑聖經所記，是依照耶穌的立場來安排情節，其不合理性是把耶穌當爲主角做主觀的陳述，目的是要人去相信他的所作所爲，成爲一個基督的信徒，並不能讓人了解到當時的眞實環境，沒有半點客觀的描寫，使我們可以在思想上做點比較，使閱讀的樂趣可以加增。我在動筆記這段感想時，我的腦中就做了這種疑問，但經過我一路笨拙地依照章節秩序敘述下來時，就是我一面略述情節，一面做我個人粗鄙的思想時，我便覺得經文使人的了解並不是那樣的單純。首先我幾乎不知憑著什麼靈感，猜想當時猶太的環境是瀰漫著濃厚的復國氣氛，聖經裡並沒有隻言半語提到約瑟的陰謀；這是一部福音，而並非猶太民族的歷史，可是這福音的字句裡面，卻呈現著一幅一幅當時環境的光影和輪廓，彷彿一張浸水浮字的紙張，每個字或每句話都是另有涵義的暗語，使人在讀它時；心裡有另一層默契，對猶太人而言那是太重要了，而這重要的一層是指著他們的現實世界。事實上，天國的事並非與人間毫不相干；確切地說，天國與人間是和對比的形式，隱涵著種種人世的陰暗和悲痛。天國和人間就猶如一個人的外在和內在，有如一個人的思想和行爲；當耶穌疾呼著，當審判的日子，所多瑪所受的，比你還容易呢，假如我們能夠憑著想像，了解那時這幕眞實戲劇，到底要叫我們同情耶穌呢，還是同情那些掉頭走開不理睬耶穌的人衆呢？

這是頗難怪的，現代人和古代人對事物的反應，是沒有不相同的；今日我們重遇耶穌，在街頭巷尾疾呼人們悔改，宣說世界末日已經到了，說他是唯一神的兒子，要大家跟隨他，我們的心裡一定大起疑惑和反感，認爲一個人如何能自認充滿神性，豈不荒謬；因爲我們所想到的是人性的眞處，會疑問他到底是誰，其言行的目的何在，站在政府的立場，必定判他妖言惑衆，將他捉到監牢裡，要對他加以拷問，追查是否有反叛的陰謀；但如果他表現得很逼眞，很眞摰，看不出一點做假，那麼我們又會把他視爲瘋子，因爲凡與現實世界不切入的言行，是叫人難以了解和接受的。老實說，經文無不處處顯示人的心跡，有充足的文學性；如果說，耶穌的言行是神的指示，那麼我們便從這文學性裡學習到神性的知識，而體會到入神是一體的，進而知道宇宙萬物也是一體的。

從現代的心理學看，耶穌看到人們並不理睬他，他那疾病的心懷，便要轉到自尋安慰的處所，使自己的激動情緒能夠獲得平靜；所以他便這樣自我慰藉地說道：父啊，天地的主，我感謝你，因爲你將這些事，向聰明通達的人，就藏起來，向嬰孩，就顯出來。所謂聰明通達的人和嬰孩之間的接受方式，是明顯不相同的，耶穌這樣說的意思，便叫人容易明白他所指爲何了。所以他又說，父啊，是的，因爲你的美意本是如此。他又說，一切所有的，都是我父交付我的；除了父，沒有人知道子；除了子和子所願意指示的，沒有人知道父。現代有知識的人都能明白的辨識，凡一個得不到別人回應的人，他總是朝著自我去尋得補償，大家叫這種人爲自戀狂者。耶穌的所作所爲得不到生活優沃的知識人的理應，他便轉向到一般勞苦階級去說：他說，凡勞苦擔重擔的人，可以到我這裡來，我就使你們得安息。我心裡柔和謙卑，你們常負我的軛，學我的樣式，這樣，你們心裡就必得安息。因爲我的軛是容易的，我的擔子是輕省的。但是，試問，所勞苦擔重擔的人會相信他麼？我想，並不可能，如果給這些人實際的麵包和衣物，他們是會雙手伸出來接受的。所以我看到初期來臺灣傳教的聰明教士，總是按期發放麵粉和衣物給一般需要的民衆，以贏得他們到教堂來，那時教堂裡都是婦女和小孩居多，現在教堂變冷清了，爲什麼呢？因爲現在對某些人來說，已不再需要接受有點受侮式的救濟物資了；因爲人活若是件極單純的現實，並不需要使思想變得複雜，整日胡思亂想。晚安。

第十二章　自由與愛

俗世的法規綁縛人的手腳，控制人的心靈，使人喪失自由和愛的本性。人類的眞正不幸是從生活中演變成統治階級和被統治階級兩類別，而使少數人來統治多數人，顯見多數人心靈的愚昧和矛盾，給予少數人所利用和操縱。由此我們知道人類在生活中喪失自由權，是完全居於本身自己的心靈沒有開放，瞧不見自然的眞理，失掉了原有純眞的本質。上帝是宇宙萬物和人類的創造者，上帝之下的天使分成善惡兩大勢力，撒旦代表反叛上帝的惡勢力。同樣是上帝意志下的產物，善惡兩大勢力便有其爲進步的理由，而形成相抗的情勢；這對壘的形勢不只是相互破壞，也有互補的作用。人類是他們同類聚集生活所需的法規的創造者，是爲著人類的利益而發明的；這種法規猶如我們一手做成的麵包或米飯，原是爲充饑保持和增加體力，得以繼續存活而吃用的，是完全的善。可是人類的存活，是存在於時間和空間的意義之中，麵包會受到時空的考驗，昨天它被製成時是新鮮的，今天它已經稍有酸味，到明天它就會發霉腐爛，人們到明天還吃昨日的麵包，一定得不到營養，反而要害疾病。所以人類活著的一天，便要每天勤於製出新鮮的麵包，並且要依照人類的數目，做出麵包的數量，有覺得不合口味的，要求改進，增加喫食的快樂。所以，昨日的法規恐怕對明日會有不適用的情形，因爲昨日死了一個人，今天出生了三個人，人站立的位置和情緒都受到了更變，必須將法規調整或修改以適合現在的情勢，否則那原先制定的法規，便要使某些人受害；原有的人會越來越少，新增加的人會越來越多，少數人想獲得更多的優惠，便以長老的身分抱持原有的規定，想出種種辦法對新生的人施以約束性的教育，使人類原有的良知逐漸泯滅，而貫滿了種種約定的意識，迫使他們屈服威權，做爲威權者的支使工具，使新生者意識到他們的存在完全得之於威權者的施給，把生命的自然意義轉換爲人類自己設定的意義，把上帝給予生命的意志，變成人自己本身的意志。生命體的退化作用，原是一種讓給新生生命體的自然現象；成全新的生命，是一種自然而無償性的義務。可是人類卻產生違逆自然的意志，反要新的生命體擔負重軛；而人類從此一代一代相承舊有的法規，其目的不是爲了人類日日演化的新景象，反而成爲久積的污垢；人類沒有永恆不輟的新理想和希望，只爲了在暫短的個體生命中，獲得基本欲望的滿足；由於陋規的存在，形成世界分配的不平等，由於人性的墮落，形成人類本身的不自由。這是魔鬼的惡勢力，在人的內在場所中，獲得完全佔有性的現象。如果上帝派耶穌來人間施行拯救，其意義便是要趕除魔鬼，那麼這個神聖使命，使得原初猶太復國的命題褪色和變化；天國的福音，在當時是一語雙關，並且到後來耶穌的死具有政治的色彩，但復國運動在他越來越神化的生涯裡，恐怕已沒有絲毫痕跡，與貝開特最後受神召反抗英王亨利的意味相同。法利賽人在當時批評耶穌的行爲，就說過這樣的話：這個人趕鬼，無非是靠著鬼王別西卜啊！兩方面在爭辯時，常用辭高妙，但所指何事，是異常明顯的。耶穌的革命的重大意義，我相信是革除舊有的法規，因爲舊有法規只對少數把權的統治階級有利。他要使人類的行爲法則恢復到自由和愛的純眞的立場，本章有極精彩的辯論，它帶給人的認知興趣，遠超過對他行異能的神蹟的理解，我們希望藉此進一層認識他。

那時，耶穌在安息日，從麥地經過；他的門徒餓了，就掐起麥穗來喫。法利賽人看見，就對耶穌說，看哪！你的門徒做安息日不可做的事了。所謂安息日應該做什麼或不應該做什麼，這就是一種控制人的行爲能力和心靈自由的法規；這與我們民間各種神教的迷信和禁忌，等同性質。耶穌聽到法利賽人的話，非常火大，因爲法利賽人總是引經據典來約束民眾，耶穌也用這法寶來駁斥他們；他說經上記著，大衛和跟從他的人饑餓之時所做的事，你們沒有唸過麼？他怎麼進了神的殿，喫了陳設餅，這餅不是他和跟從他的人可以喫得，惟獨祭司才可以喫。在中國禪宗興盛的時期，有一位丹霞禪師，在寒冬的日子抵達北京城，他奔進了一座廟宇，躲在神龕下避寒；到夜半實在忍受不住，便伸手捉了桌上的神像下來，起火烘暖；廟宇的住持知道了這事，前來觀看，指責他不該如此侮蔑神像；丹霞只顧認眞地用火筷在火堆中撥翻尋找，沒有理會，住持便問他尋找何物？丹霞才開口回答說：「除了舍利子，還爲啥？」住持認定他是個瘋和尙，再度罵他說：「神像是木頭做的，哪會有舍利子可得？」丹霞正色道：「既然是木頭做的，有何不可燒火取暖？」而且在當時律法上規定祭司在殿裡犯了安息日是沒有罪的，耶穌非常生氣地說，我告訴你們，在這裡有一人比殿更大。他說：「我喜愛憐恤，不喜愛祭祀，」你們若明白這話的意思，就不將無罪的當作有罪的了；因爲人子是安息日的主。

耶穌離開那地方，進了一個會堂；那裡有一個人枯乾了一隻手。有人問耶穌說，安息日治病，可以不可以？意思是要控告他。耶穌明白了他的意思，就說，你們中間誰有一隻羊，當安息日掉在坑裡，不把他抓住拉上來呢？人比羊何等貴重呢！所以在安息日做善事是可以的。

當下有人將一個被鬼附著，又瞎又啞的人，帶到耶穌那裡；耶穌就醫治他，甚至那啞吧又能說話，又能看見。衆人都驚奇，說，這不是大衛的子孫麼？講到耶穌是大衛的後裔，便可能牽連到政治問題了。法利賽人聽見，就說，這個人趕鬼，無非是靠著鬼王別西卜啊！耶穌知道他們的意念，就對他們說，凡一國自相分爭，就成爲荒場；一城一家自相分爭，必站立不住。若撒旦趕逐撒旦，就是自相分爭，他的國怎能站得住呢？耶穌心中甚不喜政治問題，既然聰明的法利賽人要談它，他也就不吝口舌，滔滔不絕地分析教訓他們一番了。他說，我若靠著別西卜趕鬼，你們的子弟趕鬼，又靠著誰呢？這樣，他們就要斷定你們的是非。耶穌以牙還牙，反駁法利賽人對他的曲解。現在他才正言道：我若靠著神的靈趕鬼，這就是神的國臨到你們了。這意思是使人的心靈從羈絆桎梏中獲得自由。

他指出邪惡的世代，有如一個污鬼離了人身，就在無水之地，過來過去，尋求安歇之處，卻尋不著。於是說，我要回到我所出來的屋裡去；到了，就看見裡面空間，打掃乾淨，修飾好了。便去另帶了七個比自己更惡的鬼來，都進去住在那裡；那人末後的景況比先前更不好了。我想，現代人的景況，也莫不是如此。

耶穌還對衆人說話的時候，不料，他母親和弟兄站在外邊，要與他說話，有人告訴他說，看哪！你母親和你弟兄站在外邊，要與你說話。他卻回答那人說，誰是我的母親？誰是我的弟兄？就伸手指著門徒說，看哪！我的母親，我的弟兄。凡遵行我天父旨意的人，就是我的弟兄姊妹和母親了。以上關於心靈的自由和博愛觀念，耶穌的意思表明得甚為清楚，有人會堅持認為耶穌違背禮教和倫理嗎？晚安。

第十三章　撒種的比喻

我是膽小的人，自幼害怕黑暗，懼怕對廟堂的神像注視，又常聽到許許多多的民間的傳說，對鬼神更加恐懼。到底有沒有神和鬼這種精靈，有很長的一段時間，我抱著半信半疑，半敬半畏的態度；後來我讀了許多有關宗教，哲學和歷史的書籍，依然在「有」與「無」間徘徊，不敢下定論。我說現人們普遍都具有信仰，各類的人都分別信奉對他們有利的神，因此與人們的生活相關的神，種類非常繁多，這些神都有他們不同的特殊屬性，也都具有表象，被供奉在神桌上，惟獨基督教敬仰的上帝，沒有人知道他是什麼形象。有一種理論認為上帝依照他的形象造人，這話不是太過主觀嗎？要是其他動物和植物也表明出上帝是依照他的形象造動物和植物，那麼上帝也就像獅，像貓，像鳥，像魚，像榕樹，像玫瑰花了。唯一合理的說法是上帝具有普遍的眞理和公義，並且無所不在。現在的人類思維，已經能從理性上承認上帝的存在，由自私心操縱所建立的巫術和偶像神明，會隨著科學和知識的啓發漸漸消滅，人類的未來會終遵奉唯一創造萬物的神；現在流行的無神論，是人類面臨自己處境的絕望的呼號，是一種淨化作用的過渡時期，它有積極的效用，能消除繁雜衆多的不同信仰，最後人類唯一共同的信仰，會從一片虛無中升起，上帝之國在人生活的土地上呈現和建立。

我做這樣的想法，是我看到了基督教文明所努力的方向，在人類歷史的發展中，他們付出了巨大而殘酷的犧牲代價，但像勇士般一波一波前仆後繼，卻令人感動，當我讀到聖方濟的事蹟一節時，我的眼淚滂礡，他的精神打動我的心坎，當我讀到阿奎那的神學哲思時，我服膺於他證明上帝存在的邏輯，他們具有信心和希望，而其他紛雜信仰的國度，則呈現死亡的跡象，因爲其他的信仰未能建立合理的知識，他們停滯在人爲的自私階段裡，缺少合理和正義，雖然尚能夠維持一種和平的狀態，但比較之下，他們的信仰無法消除野蠻和建立普遍的理性，對人類的未來並不具有深遠的希望。如果上帝是人自己假造出來的，基督教文明卻要想盡辦法來證明他的存在，這種思想產生追求的無窮活力；而實際的人本思想，使人類墮落在現實具有的滿足中，其本身不能產生知識文明，追求普遍的眞理，只有逗留在生死的有限時空，千萬年一式，沒有延展和永恆的存在精神。

上帝是神學認知透過哲學邏輯辯證和科學追求所普遍承認，是無形而無所不在的造物主。耶穌提出天國以對抗俗世的王權、那麼天國是什麼?天國是神的國，是人類仰慕的所在，是美麗的，也是善的；俗世的王權造成不平等和不自由。是少數人詭計操縱和奴役愚昧的人，是人類生活所厭煩的所在，是醜陋的，是惡的。所以在我們純潔的心靈裡，從小自然產生敬愛神而懼怕魔鬼的感應力；所以神鬼這種東西在我們的直覺感性裡是存在的，是我們心靈直接的產物，正待我們的認識和努力，從這種神和鬼對抗的爭戰中做一最終的選擇。到底要服從上帝，或屈服魔鬼，是人類共同的大抉擇，這項眞理的辨明工作也要付出人類殘酷犧牲的代價。耶穌說，你們不要想我來，是叫地上太平；我來，並不是叫地上太平，乃是叫地上動刀兵。那麼人類就這樣平白的犧牲了麼？沒有代價的犧牲誰願意去幹呢？不如屈服魔鬼貪得一世的舒服算了，何必去爲眞理公義毀壞了生活的快樂呢？但有知識的人必然能從人類歷史的經驗裡獲知，屈服魔鬼並不能獲得一切欲望的如意滿足，因爲良知的批判與生俱來，永遠駐寨在人類的心中，受魔鬼的引誘反生矛盾和不平靜，常是悲慘的下場；而信仰上帝有一個保證，即在審判的日子，可以獲得復活，那時由天使引領進入天國，而不是被打入地獄。但是人們不免要質問，自古至今誰進入天國了？而且審判的日子其期限如何？我不知道：但可參閱但丁的神曲。我想，人在此世活著的時候，總有機緣感悟到天國的景致，信仰便能產生瞧見的功能，彷彿盲者能見，聾子能聽，啞吧能說話，癱瘓的人能行走，染大痲瘋的能潔淨。信則能獲救，便是這個道理。但人們要如何產生信仰心呢？像我這樣自古以來只重人本現實的中國人，是不太容易了解和接受的，如有利誘，便做些表面的儀式；因爲抽象的東西是口說無憑的，一方面難以理解，一方面又要受苦，實在有點爲難人。但要是覺得現實的一切也叫人不滿足，現實的生活世界也叫人乏味，何妨聽聽耶穌怎樣說；因爲神國要在地上建立起來，就是要改造現實世界的意思；這樣說起來，不是也頂實際和現實麼？對實際和現實的中國人而言，明白了此中道理，不是也頂適合我們的國度麼？

當那一天，耶穌從房子裡出來，坐在海邊。有許多人到他那裡聚集，他只得上船坐下；衆人都站在岸上。他用比喻對他們講許多道理，說，有一個撒種的出去撒種；撒的時候，有落在路旁的，飛鳥來喫盡了。有落在土淺石頭地上的；土既不深，發苗最快；日頭出來一曬，因爲沒有根，就枯乾了。有落在荊棘裡的；荊棘長起來，把他擠住了。又有落在好土裡的，就結實，有一百倍的，有六十倍的，有三十倍的。門徒進前來，問耶穌說，對衆人講話，爲什麼用比喻呢？耶穌回答說，因爲天國的奧秘，只叫你們知道，不叫他們知道。他說，我用比喻對他們講，是因他們看也看不見，聽也聽不見，也不明白。在他們身上，正應了以賽亞的預言，說：「你們聽是要聽見，卻不明白；看是要看見，卻不曉得」；因爲這百姓油蒙了心，耳朵發沉，眼睛閉著；恐怕眼睛看見，耳朵聽見，心裡明白，回轉過來，我就醫治他們。我想，關於一般百姓在生活中的模樣和態度，耶穌是說得十分正確。關於撒種的比喻，耶穌自己做了如下的解釋：他說，凡聽見天國道理不明白的，那惡者就來，把所撒在他心裡的，奪了去；這就是撒在路旁的了。撒在石頭地上的，就是人聽了道，當下歡喜領受；只因心裡沒有根，不過是暫時的；及至爲道遭了患難，或是受了逼迫，立刻就跌倒了。撒在荊棘裡的，就是人聽了道，後來有世上的思慮，錢財的迷惑，把道擠住了，不能結實。這說得很對，我們一般人大都有心向善，卻沒有聰明才智尋找一條途徑；或是找到一條途徑，卻沒有毅力決心貫徹到底。他又說，撒在好地上的，就是人聽道明白了，後來結實成果。

耶穌講完了信仰的事體，現在他又要用比喻來說什麼是天國。他說，天國好像人撒好種在田裡；及至人睡覺的時候，有仇敵來，將稗子撒在麥子裡，就是了。到長苗吐穗的時候，稗子也顯出來。田主的僕人來告訴他說，主啊！你不是撒好種在田裡麼？從哪裡來的稗子呢？主人說，這是仇敵做的。僕人說，你要我們去薅出來麼？主人說，不必，恐怕薅稗子，連麥子也拔出來。容這兩樣一齊長，等著收割；當收割的時候，我要對收割的人說，先將稗子薅出來，捆成綑，留著燒；惟有麥子，要收在倉裡。

他又設個比喻對他們說，天國好像一粒芥菜種，有人拿去種在田裡。這原是百種裡最小的；等到長起來，卻比各樣的菜都大，且成了樹，天上的飛鳥來宿在他的枝上。他又對他們講個比喻說，天國好像麵酵，有婦人拿來，藏在三斗麵裡，直等全團都發起來。這都是耶穌用比喻對衆人說的話；若不用比喻，就不對他們說什麼；這是要應驗先知的話，說：「我要開口用比喻，把創世以來所隱藏的事說明出來。」創世以來隱藏了些什麼事呢？單指人類的罪惡而言是不夠的，這句詩話，似乎只能意會，無法言傳了。

前面講到的田間稗子的比喻，耶穌在門徒的要求下做如下的解釋：他說，那撒好種的，就是人子；田地，就是世界；好種，就是天國之子；稗子就是那惡者之子；撒稗子的仇敵，就是魔鬼；收割的時候，就是世界的末了；收割的人，就是天使。將稗子薅出來，用火焚燒；世界的末了，也要如此。人子要差遣使者，把一切叫人跌倒的和作惡的，從他國裡挑出來，丟在火爐裡；在那裡必要哀哭切齒了。那時義人在他們父的國裡，要發出光來，像太陽一樣。

那麼我們如何迎接天國呢？耶穌也用比喻來說明；他說，天國好像寶貝藏在地裡；人遇見了，就把他藏起來；歡歡喜喜的去變賣一切所有的，買這塊地。天國又好像買賣人，尋找好珠子；遇見一顆重價的珠子，就去變賣他一切所有的，買了這顆珠子。天國又好像網撒在海裡，聚攏各樣水族。網既滿了，人就拉上岸來；坐下，揀好的收在器具裡，將不好的丟棄了。

耶穌說完了這些比喻，就離開那裡，來到自己的家鄉，在會堂裡教訓人，甚至他們都希奇，說，這人從哪裡有這等智慧，和異能呢？這不是木匠的兒子麼？他母親不是叫瑪利亞麼？他弟兄們不是叫雅各，約西，西門，猶大麼？他妹妹們不是都在我們這裡麼？這人從哪裡有這一切的事呢？他們就厭棄他。耶穌對他們說，大凡先知，除了本地本家之外，沒有不被人尊敬的。耶穌說的這句話，我相信我們生活在這塊土地的人，也能明白這是什麼意思。晚安。

第十四章　約翰之死

在希律王的宮殿裡，正在舉行為世界之王凱撒從羅馬派來的使節的宴會。一個被命為禁衛軍長的敘利亞青年，稱讚著希羅底的女兒沙樂美公主在晚上多麼美麗；從一口青銅井圈圍著的古井裡，發出野獸似的叫喊；他們在爭論他們宗教上的問題，法利賽派說天使是有的，撒都該派就說天使是沒有的。兵士在談希律王有三種酒：一種是從撒馬賽萊斯島運來的，像凱撒大將的袍一樣的紫；還有一種是從一個叫賽普魯斯城運來的，像黃金一樣的黃；第三種就是西西里的酒，那酒紅得像血。囚禁在古井裡的約翰的聲音這樣說：在我之後，會有一位能力比我更為偉大的人來，我是連替他解鞋帶也不夠資格。等他一來到，淒涼的地方會變成快活，會像玫瑰花一樣的爭奇鬥艷。瞎子的眼睛會重見天日；聾子的耳朵會復變聰明；還有吃奶的孩子會探手到蛟龍的巢窟，又會牽著獅子的鬣毛而出來。敘利亞青年不斷在讚美沙樂美，她好像一朵在風中搖曳的水仙花。約翰的聲音又說：看哪！主來了，人之子來了，人馬怪都藏到河裡去了，川澤女神都離開了河流，去躺在森林的樹葉底下了。沙樂美想和約翰說話。他從古井被帶上來時，沙樂美看他多麼憔悴，像一個瘦削的象牙雕像，又像一個銀鑄的像；她看他更仔細時，他像月亮一樣的純潔，像一道月光，又像一枝銀箭。約翰說：回去，巴比倫的女兒，不要走到主的寵兒的近邊來。妳的母親曾經用她罪惡的呼聲，甚至已經傳到了上帝的耳裡了。沙樂美認爲他的聲音眞像音樂。於是她愛上了約翰，愛上他像沒有刈過的田裡的百合花一樣白的身體，愛上他就是森林的寂靜也沒有那麼黑的頭髮；然後她要親約翰的嘴。那位敘利亞青年自殺了。約翰說，我聽見宮裡有死神在拍翼膀，淫婦的女兒，只有一個人能夠拯救妳，就是我說過的那一個人。他是在加利利海的一隻小船裡，在和他的門徒講話。沙樂美堅持要親他的嘴。約翰又說，被詛咒的東西，妳這亂倫的母親的女兒啊，你要被詛咒了。希律王要求沙樂美跳舞，發誓答應給她願望的東西。猶太人在爭論先知依利亞有沒有看見過上帝，認爲依利亞是最後一個當面見過上帝的人。上帝怎樣工作，沒有人能夠知道，他的方法很神秘，也許我們所稱爲惡事的反是善的，我們所稱爲善的反是惡的，我們一點也不知道。希律王害怕把死人救活的事，至於把水變爲酒，把患痲瘋病和盲人醫治好，他不反對；他說實在這些我也認爲是好事。約翰不斷地說：啊！蕩婦啊，妖女啊，有金色眼睛和金色眼瞼的巴比倫的女兒啊！主上帝這樣說，讓許許多多男子起來攻擊她，讓人拿石子來打她，讓軍隊裡的將領用他們的劍來刺她，讓他們擊倒她在他們的盾底下，使她粉身碎骨。希羅底聽到說，不，這是可怕的；我是不相信什麼預兆不預兆，他說話像一個醉漢。希律王說，也許他喝上帝的酒，喝醉了。希羅底問道：上帝的酒那是什麼酒？從哪個葡萄園裡採來的葡萄做的？在什麼榨酒機裡可以找得到？兵士看希律王的態度很憂愁；沙樂美赤足跳七紗舞；希律王答應給她半面江山，給她連她的母親也未曾見過的寶石；但沙樂美跳完時要求將約翰的頭放在銀盤上給她。她從劊子手拿著的銀盾上搶過來約翰的頭，希律王把衣袖掩面，希羅底笑者揮扇，拿撒勒人跪下來禱告；沙樂美說，啊，你不許我親你的嘴，約翰，好，現在可以親牠了，我要用我的牙齒咬牠，像一個人咬熟果子一樣。以上是英國作家王爾德戲劇的情節；約翰是這樣爲希律王砍斷頭的。

本章的經文簡潔地這樣寫著：起先希律爲他兄弟腓力的妻子希羅底的緣故，把約翰拿住，鎖在監裡。因爲約翰曾對他說，你娶這婦人是不合理的。希律就想要殺他，只是怕百姓；因爲他們以約翰爲先知。到了希律的生日。希羅底的女兒，在衆人面前跳舞，使希律歡喜。希律就起誓，應許隨她所求的給她了女兒被母親所使，就說，請把施洗約翰的頭，放在盤子裡，拿來給我。王便憂愁，但因他所起的誓，又因同席的人，就吩咐給她。於是打發人去，在監裡斬了約翰；把頭放在盤子裡，拿來給了女子；女子拿去給她的母親。

如此，就帶給戲劇家極好的靈感，做爲戲劇的取材；這個故事對今日的人，從文學作品或戲劇電影中，已經十分的熟悉了。但是考查這部聖經撰寫的邏輯，這部經文的意志，是必定要把施洗約翰除掉的；他是比耶穌先一步來的先知，爲耶穌鋪路，預告人子的降臨；耶穌已經降臨，取代約翰傳播天國的福音，約翰似乎要隱退去，否則就要演成競爭，人們便無可適從。爲了成全耶穌，他的死是義不容辭的，可是我們萬萬想不到他的死是這樣富有一番嫁禍於人的戲劇性。希律像我國的紂王，成爲暴王的總稱；前面談到的那一位希律王，在耶穌降生時，殺盡了伯利恆從降生到二歲的嬰孩；這位希律王現在又殺了施洗約翰。耶穌單獨留下來做爲對抗強權暴力的象徵，這是合理的，依照經文的意志，這個世界除了耶穌外，沒有第二個人有資格向人間的強權挑戰。

施洗約翰的死，像伯利恆那批無辜的嬰兒的死，都使我們傷感；因爲他死前的行爲是謙卑的，但他死時反不爲義，讓人感到憐惜；他的死留在我們的心底一個印記，他決不爲什麼，必定只爲成全耶穌而犧牲。

而耶穌聽到約翰死的消息，像個懦夫逃走了；先前耶穌聽見約翰下了監，就退到加利利去；這種印象，給我們很不好的感受。這場天上對人間權柄的爭戰，約翰的功勞何其大；他預備主的道，修直他的路時，只穿著駱駝毛的衣服，喫的是蝗蟲野蜜，這是何等的辛勞。他甚至謙卑地尊耶穌爲大，把他所建立的勳業拱手讓給耶穌，比起人說耶穌是貪食好酒的人，是稅吏和罪人的朋友，何等的高貴和純潔。當然耶穌還有更遠大的使命，不能責怪他沒有想法解救約翰大兄。那麼耶穌退到野地裡去做什麼呢？除了醫治勞苦的疾病的衆人外，這一次他要做出一個大花樣來，與希律殺約翰這樣富戲劇性的事相比照。

天將晚的時候，門徒進前來說，這是野地，時候已經過了；請叫衆人散開，他們好往村子裡去，自己買喫的。耶穌說，不用他們去，你們給他們喫罷。門徒說，我們這裡只有五個餅，兩條魚。耶穌說，拿過來給我。於是吩咐衆人坐在草地上；就拿看這五個餅，兩條魚，望著天，祝福，擘開餅，遞給門徒；門徒又遞給衆人。他們都喫，並且喫飽了；把剩下的零碎收拾起來，裝滿了十二個籃子。喫的人，除了婦女孩子，約有五千。

依照這種事實而言，是沒有人能夠去相信的；現代舞臺上的魔術師，在他那頂禮帽的底部，可以拿出鴿子，花朵，衣物和兔子，甚至在他穿著的禮服內裡，可以拿出上百件的東西，一塊錢可以變成千萬元；我們知道全是假的，魔術而已。但上段記載的涵義，並不是一個單純的神蹟，此神蹟是蒐集了五千人的渴望意志；這種衆人的意志力量，使一個物品的數量由少轉化爲多。我相信他們是吃飽了，如我在場我也以爲我吃飽了，且覺得滿足，因爲我和他們一樣處在野地裡，是不可能回去取食的；精神使他們意爲滿足。或者是經過耶穌的門徒的安排，有可能由他們去供給衆人的食物；因爲出現了籃子，就很可能早就準備帶來喫的東西了。但我知道這樣的說法，一定有人反對；事實上我這樣說也許合乎實情，但我也不喜歡這種說法；我更喜歡對神蹟更做一番的詮釋。

在古代，人們對超自然的事，是很表驚奇，甚至去相信它的存在；就像現在還有人對某種神靈或法術還具有深沉的恐懼感。下面是我親身的遭遇：有一天晌午，我前往士林訪友；未著，我走到廟堂前的攤子吃麵；一張桌子坐著幾位互不相識的人，各自點食，其中有一位半醉的中年男子，無故對我攀談，張著銅鈴般的眼珠盯住我，說他有法術可使任何人依照地的詛咒行動。他說曾使一位騎腳車兜賣布匹的人出不了村子，在鄉村的路子繞轉不停，只因爲那賣布的人不相信他。當他比手劃腳得意地形容那位騎車賣布人，默默而木僵如傀儡般繞走村道的模樣時，像是千眞萬確似地，而使周圍傾聽的人點頭稱是，而我卻低頭產生恐怖的寒顫；他說，如我不相信，他現在也能使我定身不動，或站，或哭，或笑，或脫褲子滿街跑，或在地上如禽獸爬動；問我要不要試試看。我的天啊！這是怎樣的遭遇，顯然我被他的問話嚇住了。我心裡雖不喜歡他，想反抗他，但我不敢在他面前鐵齒說不相信；如果他眞讓我在那大庭廣衆之下獻醜，我眞不知如何是好；或和他起言語的衝突，我是個外出人，像那位賣布人一樣，也許對方使出了暴力。於是我未交一語，匆匆不快樂地走了。不論是神蹟或法術，如果醜惡的臨到自己的身上是非常的難堪的。但如果是好神蹟，莫不使人深覺安慰，尤其是得不到現實滿足的貧病的大衆，莫不心生嚮往。以現代而言，奇蹟到處都是，反而不覺得有什麼神奇了，因爲每天都能看到天上飛行的機器，在電視上看到人的表演，衛星轉播，在電話中聽到遠方人的聲音，甚至有人登陸月球。所以從神蹟的意涵上來講，由於衆人的渴望意志產生了一致性的意願，我承認那五個餅二條魚供五千人吃飽，是千眞萬確的事實。晚安。

第十五章　真髒

本章一開始耶穌就和幾個從耶路撒冷來的法利賽人和文士鬥了幾嘴；那時有法利賽人和文士，從耶路撒冷來見耶穌說，

Why do thy disciples transgress the tradition of the elders? for they wash not their hands when they eat bread.

「你的門徒爲什麼犯古人的遺傳呢？因爲喫飯的時候，他們不洗手。」

我們知道吃東西要不要洗手，這是純私人的事，與他們官家有什麼相干呢？這種干涉個人權益的事，有如現在的警察捉到留長頭髮的人，就處以違警一樣，認爲敗壞風俗。到底中國人要不要留長髮的問題，有識之士必能贊同適度的留長頭髮，總比僅在頭頂留一叢毛或理光頭美觀而有用；因爲頭髮的存在可以緩衝意外的打擊，或避免猛烈的太陽曬。我爲那些青春活潑可愛的女學生被迫剪成鴨屁股式的短髮而難過，在教育上造成師長和學生間的不偷快和仇恨。如果像法利賽人一樣處處爲了傳統的理由找人痲煩，試問，我們的頭髮和衣飾該遵何樣傳統？漢朝式的，宋朝式的，明朝式的，清朝式的？現今的民族主義者和悲憤的鄉土派，應該發誓永生不穿西裝，不吃

西餐；如到外國旅行，也要堅持吃米飯，否則寧可餓著肚子；並且應該組隊把清華大學的原子爐破壞掉，把氣象臺搗毀；不坐汽車，只乘牛車，不看電影只許看京戲；自我嚴格約束，不能越軌。如有這種龍種，我們也誠服欽佩了；但是我想，他們未必能做到純粹。耶穌對前來無理取鬧的法利賽人和文士回嘴道：

Why do ye also transgress the commandment of God because of your tradition? For God said, Honour thy father and thy mother: and, He that speaketh evil of father or mother, let him die the death. But ye say, Whosoever shall say to his father or his mother, That wherewith thou mightest have been profited by me is given to God; he shall not honour his father. And ye have made void the word of God because of your tradition.

「你們爲什麼因著你們的遺傳，犯神的誡命呢？神說，當孝敬父母；又說，咒罵父母的，必治死他。你們倒說，無論何人對父母說，我所當奉給你的，已經做了供獻；他就可以不孝敬父母。這就是你們藉著遺傳，廢了神的誡命。」

耶穌又說，假冒爲善的人哪！以賽亞指著你們說的預言，是不錯的；他說：「這百姓用嘴唇尊敬我，心卻遠離我；他們將人的吩咐，當做道理教導人，所以拜我也是枉然。」現在應該明瞭聖經裡的對抗形式，永遠是神權對抗人世王權；但誰勝誰敗，還沒有分曉；可是神權的觀念確立了宗教信仰的產生，這是我們都明白的事。披讀聖經有如觀賞一部角色明銳的戲劇，並不是看一次就滿足的；因爲它的精彩內容，使我們想到時就要重看一次；而且每一次看都會有加增印象的感受。這部改革史的情節，也並不全然很合理，但它讓我們看出破綻而培養不少我們的理性，尤其談到思想的問題時，使我們產生種種不解的疑感；但要是現今的人肯相信今日人類的成就，都是經過神靈的啓示而後創造發明的，把一切的榮耀歸於神，對於經文中的神蹟的不合理性，就不以爲意了。有人說，科學的工作是爲了消除對神的迷信，科學與信仰形成對立，這種說法是將邪惡的法術混淆了宗教所崇拜的神，也是一種表面淺顯的看法，只求證於眼前細小的事物，而沒有深遠的洞識；因爲造物者的存在是曾經過許多智慧人物的邏輯思考證驗的，凡我們眼見的自然現象的存在，都能證明有一個最高主宰；只要我們懷疑眼見的事物都是從何而發生的，最後都能推演和指出一個造物主的存在；科學本身的涵義是一種求證的方法，所謂科學精神與信仰意涵是相似的，它的最終極的目的，是爲了探求自然的來源，爲尋求造物者的存在所建立的繁複和縝密的使命工作。在這個信仰的形上思想上，我們也許可以做個初步的了解，人類的存在是被付託有返回膜拜造物主的使命。我應該停止談論這方面深奧的問題，因爲先前的智慧大師和後來的智慧之士，都能爲這問題提出讓人滿意的解釋；我的認知亦不過是拾人牙慧而已，只是我現在有興趣披讀經文，叫我想到這類形上的事，而將感想一併記下來，看到這筆記的人，一定能諒解我的無知和淺薄。聖經對我的益處，目前是解除了某些生活和思想中遭到的困厄，我想藉此而增長生活和思想信心；那麼由我本身有限的智識做出發，去解釋這部奇妙的史實，必然地不能合乎其他人的口味；可是我確信有人能夠原諒我此時的無聊，把披讀經文用來塡補虛無的時間；所以我的目的純粹是爲了好奇，和個人的理由，絕對不是想向權威做挑戰。剛才法利賽人和文士指問耶穌說，他的門徒的行爲犯了古人的傳統，耶穌駁說，他們的傳統犯了神的誡命。無疑，法利賽人指出他們吃飯不洗手，意思是指他們很粗鄙和沒有教養；因爲麵包對人類來說是神聖之物，是活命所必需；小時候我母親也告誡我們，不可將米飯粒丟棄於地面上。可是在耶穌的理念中，一個人的習慣粗鄙是一件小事，是私人的事，而眞正最嚴重的是爲自己的貪欲而侵犯別人的自由，並且違背良心。耶穌這樣說：

Not that which entereth lips; But their heart is far from but that which proceedeth out of the mouth, this defileth the man.

「入口的不能污穢人，出口的乃能污穢人。」

彼得不明白，耶穌便說：豈不知凡入口的，是運到肚子裡，又落在茅廁裡麼？惟獨出口的，是從心裡說出來的，這纔污穢人。因爲從心裡發出來的，有惡念，兇殺，姦淫，苟合，偷盜，妄證，謗讟；這都是污穢人的；至於不洗手喫飯，那卻不污穢人。

從這裡我們便看出耶穌舉神的名對抗現世王權的意旨了。他罵法利賽人和文士是假冒爲善的人，從上面喫麵包不洗手的風波就能看出來。並且認爲現世的王權猶如瞎眼領路的；若是瞎子領瞎子，兩個人都要掉在坑裡。他又說，凡栽種的物，若不是我父栽種的，必要拔出來。我認爲這樣說未免太霸氣了一點，不過，看見那些法利安人和文士爲虎作倀，百般挑剔百姓，也難怪他要生氣。

本章後半部是重複著上章五個餅兩條魚餵飽五千人的神蹟；不過這一次數目上有了改變，是七個餅和幾條小魚，只餵飽了四千人；上回還留下十二個筐子的零碎食物，這一次只剩下七個筐子；數目不同，意思一樣，像這樣的事已經乏善可陳了。晚安。

第十六章　十字架之路

當一個人經歷了一生的操勞，付盡了他大部份心力，爲公爲私都秉持著正道，懷抱著人世公正與自由的理想，而時代環境依然不見改善，凡逆道而行時，他會覺得心灰意冷，頹喪哀嘆；當一個人做了一家之主，勤勞工作賺取一家人的生活，對於子女施出愛護之心，懷抱著對他們的莫大希望，把自己的所有時間都貢獻出來教育他們，但他們仍然蠻頑不馴，不聽勸教，愈變愈劣時，他會覺得心灰意冷，想到自己空費了勞心；可是他又不發脾氣，仍然心懷慈悲，知道他擁有的時間已不多，不願改變慣有的慈善爲人的態度，寧可支撐下去，燒完剩下的柴木照亮別人；爲求心安，不想前功放棄，但他已不再奢求什麼額外的酬報，了解人生只是依天賦的能力盡力做到應付的本分；想到過去的時光一如春水東流，不再回轉，而來日已不多時，他的表情冷靜地看著眼前存在的事物，他的思想處在一種越過現實的範圍，凌高飛翔，在便於環視大地的天上；他擁有一種透視一切的智慧，集思往昔的一切經驗，對眼前的事物做了預言，他發言的聲音有別於一般人，說出來的話語重心長，他的表情是特殊的，不是平時相處時那種親熱，倒像是冷默的陌生人；他的眼光是奇異的，平時黑白分明，視能及物的眼珠，好像消失了，變成發光的兩個孔洞，只射出照耀的光芒，而無法讓人仰視。你會說這個人的神魂已經脫離他的軀體了；他說出的話打入人的心坎，使人感覺顫慄和怪異；你意想把他從此種失魄的狀態，挽回到你如昔相等的地位，你覺得他和你之間有如兩種境界，但已經太遲了。雖然這樣的一個人，和你是相似肉軀的人類，可是我們知道他內在的思辨，感受的神經，發出的威力，已超過平常人的所能思辨和感受，和種種的作爲。要是有人問他爲何扮成這等樣相，他不知怎樣回答你，也不回答你，讓你看到他時感到不可思議，認爲他一定著了魔。但是仔細從他的作爲和語言去推斷，他不是著了什麼邪魔；因爲他不說出破壞性的亂語，也不做出無章程的狂暴，他的身體沒有那具不規則的彈簧，因此絕不皮肉亂跳而引人發笑；他雖被指爲著魔，但他是安靜的，嚴肅的，語如詩，如寓言，如預言，不會和任何人生起爭執和打鬥；甚至彌漫在他身圍的氣氛，都會令人產生敬畏；他已經不是你的平時朋友，兄弟，或父母，你感覺的確似有神靈附在他身裡，使他由平時的樣子一躍爲不同凡響。你聽他不聽他都由你便，可是你不得不承認他的言行震撼了你。不知道是否有人還記得，十多年前在臺北的一家戲院，映過一部希臘人拍的電影，原名叫《此人必死》，故事中有一個口齒不清，膽怯納悶的牧羊人，在土耳其人的驕奢淫佚的統治下，他生活在一個鄉村小鎮；他受盡鄉人的揶揄，和愛人的蔑視；但土耳其人的苛政和欺凌，鄉人的懦弱和鄉愿，激起他發出流利的正義之言，前後判若兩人，最後受到十字架的磔刑。凡看過這部電影的人，莫不稱讚導演編撰這部戲的的成功。而在這一章裡，耶穌的表象同樣令我同感，我想一個沒有多少生活經歷，受過歲月洗淘的人，是聽不懂他的語意所指爲何。他把憨直愚魯的彼得說得愧疚難當，卻也把將來的重擔託付給他。看著罷，諸位：

首先法利賽人和撒都該人又來搗蛋，要耶穌顯神蹟給他們看。我們如何感受神蹟的存在？耶穌說神蹟不是供人的眼睛看的；眼睛或許只是一個視覺機關，只能接收表象而不分辨內涵；所以對於神蹟的感受，耶穌這樣說：

「晚上天發紅，你們就說，天必要晴。早晨天發紅，又發黑，你們就說，今日必有風雨。你們知道分辨天上的氣色，倒不能分辨這時候的神蹟。」

耶穌說，一個邪惡淫亂的世代求神蹟，除了約拿的神蹟以外，再沒有神蹟給他看；耶穌不理會他們走了。他警告門徒要防備法利賽人和撒都該人的教訓；我們應該還記憶，第二次世界大戰前，納粹黨人和法西斯黨人，所建立的強權，對人民的教訓；其意相同。在當時，世態混亂，到底誰是眞正的人子，是施洗約翰，或是以利亞，或是耶利米，或是先知裡的一位，衆說紛紜；耶穌問門徒我是誰？西門彼得回答說，你是基督，是永生神的兒子。耶穌對他說，西門巴約拿，你是是有福的！因爲這不是屬血肉的指示你的，乃是我在天上的父指示的。因此，他把將來世界的權柄交給他：耶穌說，我還告訴你，你是彼得，我要把我的教會建造在這磐石上；陰間的權柄，不能勝過他。我要把天國的鑰匙給你；凡你在地上所捆綁的，在天上也要捆綁；凡你在地上所釋放的，在天上也要釋放。

從此耶穌纔指示門徒，他必須上耶路撒冷去，受長老祭司長文士許多的苦，並且被殺，第三日復活。從意志裡所發出來的決定是難能挽留的；但其言無不讓人聽到後，覺得心酸落淚。我年少時，正值臺灣光復，母親在父親逝世後，獨撐一家生活的重擔；她是軟弱的婦人之輩，從早到晚辛勞地在鄉下挑東西做生意，肉肩上挑著擔子，赤腳步行；有一天黃昏歸來，疲勞已極，病倒在床上，把我們叫到床邊，看到我們年幼無知，不好學又頑劣不堪，常爲微細的事，兄弟姊妹發生爭吵，她傷心地說道，她希望早一天脫離苦海，只要我們長大能自立，她會獨自一人離開我們，往他處去；我們聽到這樣的話，感覺無依已極，跪在床前，捉住她的手，哭泣不已。耶穌說要去就死，彼得就拉著他，勸他說，主啊，萬不可如此；這事必不臨到你身上。彼得是個表面人情做得徹底的人，耶穌轉過來對他說：撒旦！退我後邊去罷；你是絆我腳的；因爲你不體貼神的意思，只體貼人的意思。事到如今，耶穌說得正是，於是他招呼門徒，若有人要跟從我，就當捨己，背起他的十字架來跟從我。

在此章裡，我說了許多比原文意思更多的雜話，請諸君原諒。晚安。

第十七章　變容

我並不太清楚神蹟的概念是什麼，但一路觀賞下來，從耶穌降生到現在他走上山頂，對門徒顯露出神聖光芒的形象爲止，終於獲得一些感受的印象。開始時，我抱著懷疑和好奇的態度，認爲耶穌的行徑並不合乎自然現象，不能爲我們理性的思考所接受，認爲他的治病的異能，可能是魔術的伎倆；可是一次又一次他使瞎子能看，使聾子能聽，使癱子行走，把鬼從人的身裡趕走，這種動人景象漸漸使我改變想法，認爲這畢竟在意味著什麼更爲奧妙的寓義。由於經文是優秀的詩體形式，不似一般的散文，使我領悟到耶穌的義行，完全代表一種內心力量的啓示；他對窮苦受剝削和被壓制的人的憐憫情感，就可能直接的表現在他的行爲中；無疑地，以治醫他們然後宣佈天國的福音，這完全是一種連續而有效的啓智的作爲。他的行爲意志，以及不畏死的決心，使門徒把他看成神聖的形象，所謂神蹟便可能獲得一般的承認和讚美；因爲整個神蹟的表象，本身是一種特殊而有說服力的精緻語言，這種高貴的形象便直接爲我心所感動和接受，形成可資贊同的神蹟的概念。

在我未出生到這個世界生活之前，西方的哲學家有如斯賓諾莎，他已經以一種仔細、公正和毫不妥協的精神，不做任何有關聖經的假說，要是沒有看清其中傳下的信條，決不將之歸於聖經，以如此的戰戰兢兢的態度，構成一種解釋聖經的方法。對斯賓諾莎而言，他已經非常的清楚，先知身上的神性並不是他們的預言，而是他們崇高的生活；而他們傳教的主要課題是宗教賴於行善，不在常做儀式。對於後面這一點，現在我只是先做一個提示；因爲在這部馬太福音裡，耶穌的義行是個主體，而宗教的事是他在十字架上死後延續的工作，我不應該在此多加混淆去談論它；因爲宗教的問題是神學家的主要工作，像我就無能窺見它的堂奧。讓我們回到談神蹟的事。斯賓諾莎以爲，載於聖經中的神蹟，眞的打斷了自然普遍的運行嗎？人類的罪眞的導致水火之災，有如所多瑪城的毀滅一樣嗎？而人類的祈禱眞的造福了世間嗎？這一類的故事，斯賓諾莎提示說，是聖經的作者用來達到一般人的了解，並感動他們向善和虔誠；我們不必堅持相信這些。我們的確不能完全接受那些有如魔術和佈景的表象，正如斯賓諾莎所說的，凡是違反自然的，一定違反理性，凡是違反理性的，便是荒謬。但是我們仍然要接受它，不是將它視爲自然的眞實去接受，而是透過想像力轉變成觀念的形式，其目的是把耶穌的義行視爲一種典範。

我們知道，在我們生活的環境裡，也包繞著某些神蹟的氣氛，它們的由來，也十分的久遠；依我們所知的了解，在鄉村和城市有許多製造神蹟的人，供奉著各不相同的偶像神明，招引無數的人前往祈求和膜拜；從感覺上來說，這些偶像神明似乎都是一些小神，他們自何而來，有許多道聽途說的曖昧說法，使人無法去思辨和理解，卻有一股恐嚇人的意味，有如地方派系的小勢力，只要踏進那地方。便叫人心驚膽跳，比起耶穌所闡明的造物主上帝的全能偉大和慈善，適成明顯的高下的對比。從神學的冥思到哲學的理性思辨，我完全信服湯姆斯、阿奎那和愛因斯坦所相信存在和敬畏的上帝。回觀我們東方的世界，某些神明的確立，也可以考查，但出發點則不相同；民間所舉而普遍信仰的神明，也有由於追懷他們的善行，他們曾生在於某一個遠古時期，如媽祖，或土地的守護者土地公；從商的人拜關雲長稱爲關帝，是居於他的忠義性格；這些神明的存在可使一般百姓獲得某些心理的安慰，不論我們要不要前往膜拜，我們似乎沒有理由否定他們的存在；只要廟堂的管理，合乎誠實的原則，似乎也可視爲地方上莊嚴美麗的景觀；但在觀念上，造物主上帝是唯一的眞神，耶穌或像上舉的慈心忠義的人，以及我們所知的賢人，都應視爲神的兒子，是善的直系親屬，他們的行爲是後人的典範，如我們奉仰他們，便通稱爲基督徒，或觀音菩薩的信徒。至於暗設於住屋中，專供人去行法術的神，我們總是聽到許多他們蠱惑善男信女的事，官家也捉到無數藉神名行敗詐和姦淫的神棍，他們利用某些人內心諱疾的弱點，進行圖利自己的勾當；因爲國家沒有一統的宗教，致使他們恣意狂存，又受到地方某些勢力人士的保護，更加猖行無道；國家律法雖然讓百姓有宗教自由，可是他們的行徑不能算爲宗教，根本就是一種邪行，其存在是不應該的。我們深深爲國家不能貫徹律法，保護一般較爲無知的民衆而感到不安，因爲設立邪神的人，他們的自私和不義，適與耶穌的捨己爲人的慈悲和義行，形成了極大的對比，已經大大地危害我們生活的環境，以及破壞我們所賴以生存的思想和觀念。耶穌使瞎子能視，他們卻使無知而受蠱惑的婦人走進失貞的陷阱；耶穌行異能用五個餅兩條魚餵飽五千人，而他們卻行法術搶奪人的錢財珠寶；耶穌給貧病者天國福音的希望，他們卻行恐嚇而受到他們的擺佈和支配；這種神聖和邪惡的對比，在東西方民族的性格上，從上面列舉的事體就可以看得出來，而且在其他的許多事物上也一樣有明顯的對照。此時節，許多有識之士正在大力推行鄉土的精神，以便恢復自滿清遭到外辱以來失去的民族自尊心，但我衷心的祈望，萬萬不可將我上面列舉的行騙伎倆，和邪惡的意志，視爲我們珍貴的鄉土精神；我想進一步說，這個地球世界是屬於人類和其他萬物共有和存在的，國與國，或鄉鄰之間的意識對抗，將會演成戰爭和打鬥；守舊的主義已成歷史，現在正應該培養天下一家，四海皆兄弟的觀念；耶穌所想改革的，正是那時建立國家強權統治的制度；凡是武力所搶奪的，必會再爲武力所打敗；我們生存時感到快樂幸福的事，多得讓我們做不完而感嘆人生的短促，爲何還要花時間去做邪惡的勾當呢？在本章裡，我還沒有提到某些節段，還沒有大概地敘述故事情節，現在我只筆記一節，以便加深仰視耶穌尊容的印象；在此之前，我一直將耶穌視爲與我們同等面容的人，到此時，他因其德行而有所轉變；此時，正是耶穌帶著彼得，雅各，和雅各的兄弟約翰，步上高山的一個地方：

And, he was transfigured before them: and his face did shine as the sun, and his garments became white as the light.

「就在他們面前變了形象；臉面明亮如日頭，衣裳潔白如光。」

僅此，其他的我就不再提了；我在前面所說的感想，已經包含了這一章的故事內容，耶穌受我的敬仰也從這一章有了新的意義；如果我在以後的章節，還有某些批評和懷疑，那是我一貫寫作的性格，是早年就養成的習慣，希望不致影響看我筆記的人的一貫態度，不致誤會我內心的本旨。最後，我要以一段斯賓諾莎，這位我喜愛的哲人的話，加入我的筆記，做爲本章敘述的結尾。前面說到他以一種仔細、公正和毫不妥協的精神研讀聖經；其結果是使他越來越傾慕耶穌基督；他不接受基督死而復活的觀念，但他自己十分同情於耶穌的傳教，而相信他自己從上帝那兒得到特別的啓示：

「一個人能只憑純粹的直覺，而體會既不包含於我們自然知識基礎的觀念，或不能從此推論出的觀念，必然擁有遠超乎其同一類人的心靈；我也不相信，除了基督，而有任何人得厚賜。上帝引向永生的聖儀，對他直接地顯示出來，不用語言或視覺，因此上帝藉著基督的心藉著基督的心靈，將他自己顯示給基督的使徒，猶如他以前藉著超自然的聲音，把自己顯示給摩西。依照這種解釋，基督的聲音，像摩西所聽到的聲音，可以稱之爲上帝的聲音；也可以說上帝的智慧寄託於基督的人性之中，並且基督就是永生之道。……基督與上帝用心靈溝通。因此我們可以下結論說，除了基督，沒有人不藉著想像的幫助，不管用語言或視覺，而接受到上帝的啓示。」

晚安。

第十八章　迷失的羊

在天國與人間的對比，神權與王權的比照中，雙方所排出來做爲區別本質的實例，是很有趣的，外就是天國中的單純潔淨，對照人間的貪婪強慾。我們都還記得做小孩子時，由於無知好奇常問父母或長輩們，在諸多天神中哪個最大，或詢問在這現世的人間裡哪一個人最大；現在想起來，問過這件事實在眞愚蠢無知；一個生命開始要進入這種知識的階段，就像跳入於波濤洶湧的泛海裡，從此要在那搖擺不定的波浪中掙扎求生。市井巷衖的婦人家，常罵好玩作戲的童子爲「夭壽囝仔」；被人這樣罵好像是很不名譽的事，心裡感到羞忿；其實正相反，有人主張，在做孩子時就離世歸天是很有福氣的；那麼世間的價值觀，眞可說是逆道而行了。所以門徒問耶穌說，天國裡誰是最大的，耶穌便叫一個小孩子來，使他站在他們當中，說，

Verily I say unto you, Except ye turn, and become as little children, ye shall in no wise enter into the Kingdom of heaven. Whosoever therefore shall humble himself as this little child, the same is the greatest in the kingdom of heaven.

「我實在告訴你們，你們若不回轉，變成小孩子的樣式，斷不得進天國。所以凡自己謙卑像

這小孩子的，他在天國裡就是最大的。」

那麼，要在成長的人生裡，保持純潔無污，是很難的一件事；因爲人世的環境有如一個巨大的污泥池塘，人與人之間，在這口污泥池塘裡互相惡作劇，把人絆倒；看到那被人絆倒的滿身滿臉沾污的滑稽形貌，就哈哈大笑起來。即使大家都擁擠在這口污泥池塘，耶穌世故地說，絆倒人的事是免不了的；但他警告說，那絆倒人的有禍了！尤其不應該讓弱小的小孩子跌倒。但我們知道，絆倒人有時是有意，有時是無意間的事；也有笨拙的自己絆倒自己，讓人更覺好玩好笑。不過，如能知錯悔改，多少能尋得一些補救，耶穌訓示門徒，就用這帖藥方：

And if thy hand or thy foot causeth thee to stumble, cut it off, and cast it from thee: it is good for thee to enter into life maimed or halt, rather than having two hands or two feet to be cast into the eternal fire. And if thine eye causeth thee to stumble, pluck it out, and cast it from thee: it is good for thee to enter into life with one eye, rather than having two eyes to be cast into the hell of fire,

「倘若你一隻手，或是一隻腳，叫你跌倒，就砍下來丟掉；你缺一隻手，或是一隻腳，進入永生，強如有兩手兩腳，被丟在永火裡。倘若你一隻眼叫你跌倒，就把他剜出來丟掉；你只有一隻眼進入永生，強如有兩隻眼被丟在地獄的火裡。」

有識之士都能理性地探知心理問題，一路觀賞下來，我們不能照字面去解釋耶穌心狠辭嚴的意思；因爲這兩節話，明顯的完全是寓義。但從目前精微的醫道而言，要是生理機能的病壞，其實也符合那些字面的說法，莫不是直接將壞手砍掉，壞眼挖掉，壞腸胃切掉，甚至乾脆將壞心臟換掉。耶穌每次所說的話總讓人誤解，要歸咎於他直覺的語言，使現代人感到語義含混，有如現代神經病的詩人，指桑罵槐，錯把心理當爲生理，或心理生理混爲一談。那麼一個知識人必須將思考訓練成明辨是非，視語言爲圖樣，視圖像爲語言，視音樂爲語言，視語言爲聲音，將這種現代藝術的手法，磨練成熟，才能探求這個世界的浩瀚知識和生命奧義，有如耶穌說的，將創世以來隱藏的事發明出來，進而了解和享受人生。如果凡事只用一個公式去應用，必定會時常出錯；如果再不檢討這個公式是否已經失靈不能用了，那就更糟不可言了；有如一條舊時的律法，因爲沒有適時修訂，而羈絆和限制新的人事一樣。只要我們用藝術的眼光，來觀賞這部用藝術的手法寫成的藝術的書，且把耶穌當爲藝術家，那麼我們的心情才能常保輕鬆愉快，不至於因耶穌的直心直語的冒犯，而暴跳如雷，把這本自有人類以來最好的書，撕成粉碎，遇到基督徒和外國神父，就吐口水，說他們狗屁精，把中國人信奉基督教的，罵成賣國賊和洋奴隸，把修學西洋知識的說成知識買辦，而一心固執鄉土，視那挺身在你面前說：「幹你娘」的，你便認爲才是眞正愛國愛鄉的好漢子。

所以，現在我們已經知道，耶穌是個了不起的心理專家，他比我們早知道，「心」這個東西，是一切力量的總源，天國和上帝都包容在這個「心」中，而邪惡的魔鬼，無不時刻想搶奪佔據這個佳地，以做爲他施展惡戲的大本營。爲了這個不容忽視的事實，耶穌才不顧將被釘十字架的犧牲精神，出來宣告世人要善保和拯救這個重要基地。這位心理大師說，好比一個擁有一百隻羊的人，其中一隻羊走迷了路，他往山裡去找，若是找著了，那麼他爲這一隻羊歡喜，比爲那沒有迷路的九十九隻羊還更歡喜，你們在天上的父，也是這樣不願意這小子裡失喪一個。對於心靈陣地，無論如何，耶穌要和魔鬼寸地必爭，不能對惡魔稍有讓步。但是對於和我們相同的人類而言，耶穌的慈懷，猶如你我的母親，總是一視同仁。他說，有人帶了一個欠一千萬銀子的人來，因爲他沒有什麼償還之物，主人吩咐把他和他妻子兒女，並一切所有的都賣了償還。那僕人跪下來哀求寬容他，將來他都要還清。於是動了慈心的主人把他釋放了，並且免了他的債。那個人出來後遇見他的一個同伴，欠他十兩銀子，便揪著他，掐住他的喉嚨，要他還債，他的同伴就俯伏央求他寬容，他硬不肯，把他告官下在監牢裡。衆人看到這等事，轉告那位主人，主人叫他來，對他說，你這惡奴才，你央求我，我就把你所欠的都免了，你不應當憐恤你的同伴，像我憐恤你麼?主人忍無可忍，把他交給掌刑的去了。耶穌說：天國好像一個王，要和他僕人算賬。又說：你你們各人，若不從心裡饒恕你的兄弟，我天父也要這樣待你們了。像小孩子好問的彼得進前來，他還有點疑惑不明白，對耶穌說，主啊！我弟兄得罪我，我當饒恕他幾次呢？到七次可以麼?耶穌說：

I say not unto thee, Until seven times; but, Until seventy times seven.

「我對你說，不是到七次，乃是到七十個七次。」

晚安。

第十九章　題外話

1. And it came to pass when Jesus had finished these words, he departed from Galilee, and came into the borders of Judaea beyond Jordan;

2. and great multitudes followed him; and he healed them there.

「耶穌說完了這些話，就離開加利利，來到猶太的境界，約旦河外；有許多人跟著他；他就在那裡把他們的病治好了。」

漸漸地，我非常喜愛每一章節這樣的開頭，說教的內容被這時間的流動感，和地域的變換性所溶化了，成爲很吸引人的特殊情節；有如水滸傳裡，充滿砍殺的行動，卻被人物的交替換場，和迅來流動的多樣地勢，而形成不枯燥的動態。經文中這種簡單約略的交代，與小說中細膩繁複的描述，在藝術的領域裡，同樣收到適如其分的作用。設若將耶穌的行程，改以風景的方式詳細撰描，無疑會搶奪了其主要內容的地位，使人的思考的精粹部份受到了分散，而減淺了其德行貫注的功效。前面第一節的文字，因其以約簡呈現多樣的內容，便產生直述的優美。文章之美，不工於內容的變異成分，而在於佈局的適切；尤其高貴的文章，總是顯露其坦誠清晰的輪廓，讓人感受到此種容貌，而充滿欣悅的心情；這種佳妙的享受，與日常的口慾之樂，有著極大性質的區別，一個愛好自由自在的人，常對此種逍遣不能釋手。

這種境界的感受，我們不能忘懷一路讀下來，受其詩體文字的感染；斷章而讀，便無此受惠的感想。我特別在開頭闡明本章的頭一二節，還有一個重大理由，乃是這相接的兩節，在讀後的感受上，也有極不同的性質。不論諸君多麼無時間無耐性，極欲知道以下耶穌的訓話內容，我仍要暫時擲下那些重要的訓教，而說出我的敏感的特性，以便揭示披讀這種平常的組句，卻有神奇的妙處，從一種現實功利的攫取的態度，改換成純粹無爲的欣賞態度。諸君聽到我如此說，不妨重讀一次這開頭的兩節，我相信有人已經看出來而想到了。起疑的人士一定非常不滿我的冗言，認爲像治癒的事，前幾章都出現過多次，在此回裡出現也沒什麼特別，爲何要如此地自欺欺人呢？我本來不想多加曉舌提到此點，可是我認爲這部經文並非與文學沒有關係，反而是關係重大，我想有人會贊同我的觀點。諸君一定能贊同我的態度和方法，從開始第一章第一節起，我是以一個完全凡俗的立場展開披讀的，並不知道這部經文藏有什麼奧密，看到開始那威嚇人的家譜排場，簡直是讓人生氣，生出排斥的心理，認爲它的安排粗俗無趣，所說出的事實簡直叫人不堪相信，只能對撰寫者的用心給予某些體諒。可是一路讀下來，漸漸地感覺它非比尋常的魅力，覺得它也並不強求我們去相信，它只顧本態地演示下去，漸漸讓人要去特加地注目，加一層非比尋常的思考，也讓人產生與現實的計益不相同的觀念，終於看清楚它的面目，就像在十七章裡，顯露面如太陽，身如白光的耶穌的性質一樣。從這一分野開始，往下我的感覺性質和程度，也就全非昔比；即使情節相同的文字在前面已經出現過，我便不能不忠實地將我的激動表露出來，以便分別出我現在的感受比先前要完整：從凡俗的偏激觀念，移向理性和感性的融合。不論我將來是否會皈依基督成基督徒，這事非常不重要，即使將來我是，我相信不會有人誤會我的企圖；我眞正的意圖在於考驗我自己是否能捨掉頑固的主見，而盤坐在信仰的思維裡；我非常明白我選擇福音書做為試鍊的踏腳石，或許高估了我的能力；但是無論何種事體都有一個開始，只要多加謹愼和耐心從事，或許能夠削減我這有點滑稽的走步的模樣。

譬如，現在我竟棄主題而說到我私人的立場，我應該解釋那兩節的不同處，而卻在回述讀過的章節；但是這兩者的事並非沒有關係，我私人立場正是我對經文的全盤觀感所在。我們知道，世界上充滿者解釋聖經的專家學者，要圓解經文，其途徑多得不可枚舉，像斯賓諾莎，而且至今還未有人在眞摯和中肯上超過他的立場。所以我所重視的，不在與前人相重複，而是儘量採取純粹的文學欣賞；至於批評就只能用通俗的一般經驗，不要讓人叫起我臭基督教徒；所以往後的工作，也許直接釋經的地方少，但與經文有關的雜談多。如果諸位沒有興趣，應該在此摔掉，以免付出了時間和精神後，反而罵起我來，坦白說，這樣會傷害你自己，但我卻毫無受損，因爲我下了決心就非貫徹到底不可。我們同存於此時空，爲何不能就現世的事，互相磋磨研討呢？我坦誠地先說出我的意見，然後我也要聽聽你們說了什麼。

不錯，我們回頭來，說那第一節耶穌的神速動作，打破了我們生活時間的觀念，使我們得有無累贅而俐落的解脫感，這是文字在此供給我們對現實事態變換成非現實事態，但具有眞實感的好處，而看到耶穌本人有如一位灑脫的美男子，他的來去自如的風度令人嚮在，只有兩秒鐘的時間（閱讀的時限），他已經從加利利走過群山萬水，到達了約旦河外的猶太區域；在這兩秒鐘之前，才說完對一群人的訓話，而兩秒鐘之後，又面對另一群人，而且是比前面更大的群衆。「他在那裡把他們治好了」這句話，使我從那種喜悅神奇飛行的快感，沉落到深沉的悲憫，使我不得不起問治療他們什麼？他們有什麼需要耶穌治癒的病痛？怎樣醫治？現在我已不再懷疑耶穌是否有高明的醫術，也不關心他們是否完全被治癒，因爲這些問題是我不能爲我解決的，別人說什麼我也無所謂；我只關注一種景象，爲何到處有那麼多可憐的民衆，他們聚集成一群是爲了什麼？他們跟隨耶穌是否愚蠢無知，我也不計較，我只重視他們的存在；好像這些面露愚魯和痛苦表情的民衆，似乎從耶穌的時代或史前的時代，或二千年後的現在，就一直存在著沒有消失；他們似乎不老，也不死，而且永遠是這般人，使我深費不解；甚至有人計劃殺盡他們，但似乎也殺不完；他們像一群讓人討厭的無賴，拋都拋不掉，永遠跟隨著你，在你的左右，隨時隨地可以看到；他們是人類存在的奇恥大辱，使我們活著產生極大的不快活，好像他們身上發出的臭氣，彌漫在我們的餐桌上，在我們談情說愛時，躲在隱蔽的角落窺視我們，在我們睡眠中進來騷擾我們盼獲的清靜，使我們清澈的腦幕，佈滿他們污黑骯髒的影像，他們凝注的眼神使我們感到害怕。你說，有他們的存在，你的日子到底怎樣過的？當他們襤褸地從寒冬的街道走過，你正在一所宴會的大廈從窗戶看到他們，你的感想如何？看到他們整群的追隨你時，你該有何種心情？你在他們面前顯露的容貌如何？請你替面對他們的耶穌想想他的狀況，在此兩秒鐘的間隔，他前後面對兩群這種人。耶穌根本不是我們想像的在旅行中英俊快樂的美男子，而是我們看到或想到時，都會想分擔他的憂患，是個不折不扣充滿悲憫的蒼白表情的不快樂的人。我應該相信，我把整個事實說出來後，諸位將會同感於我的觀點。這就是不甚奇特的兩節語言所涵蓋的眞實內容，不論同感不同感，我終於走了許多曲徑把它說出來了。

我們考查經文爲何要分成一節一節，使其單獨的存在，是有很大的道理，它容許你斷章取義，這也是它俱有良知的廣含之處，但它們絕對不失連貫。前面說到的那兩節內容，則耶穌可說極其快速地就接見了兩群民衆，在這兩秒鐘的時間間隔裡，是不容他改變面容的，他垂憐的愁苦面貌，是永遠長在的；從開章以來，我們還沒有看到他快樂地笑過，甚至連微笑，撰寫者都吝於給他掛上，也不給他時間輕鬆下來單獨和所愛的女子相處，完全剝奪了他生活享受的權利；因爲他在這部經文裡有的是他唯一的生命，如本章十二節所記：

For there are eunuchs, which were so born from their mother's womb: and there are eunuehs, which were made eunuchs by men: and there are eunuehs, which made themselves eunuehs for the kingdom of heaven's sake. He that is able to receive it, let him receive it.

「因爲有生來是閹人，也有被人閹的，並有爲天國的緣故自閹的；這話誰能領受，就可以領受。」

耶穌做了自我的表白，他是爲天國的緣故自閹的，諸位定能明瞭爲何耶穌要自願捨掉人生享樂的權利，誰人都知道極致享樂的迷人之處，但竟有此等傻瓜呆去就憂患，要是我們臺灣人有這等傢伙，一定爲父母所痛恨。我前面的意見已經說得太多，以致無法容下篇幅再討論本章中的重要內容，本章有極精妙的比喻，我留給諸君直接翻看經文，容我有時間和精力去做些別事。晚安。

第二十章　葡萄園工人

天國好像家主，雇人到他的葡萄園做工，不論是在清早雇到的，或晌午雇到的，或午後雇到的，到黃昏歇工時，一律都照樣付給一錢銀子。在我們生活的人世間遇到此種情形，是非發生暴動流血的事件不可。二十世紀的工作者，大都能得到他們按工計酬的權益，遇到工錢沒有隨通貨膨脹加薪，他們所組織的工會，便會下令大家罷工，把國家社會的經濟弄得很悽慘的狀況；就是你我之間遇到此種不公平待遇，即使勢單力薄無法抗議得效，但心裡會抱著極大的不滿，會想法脫離這種不合理的待遇的工作場所，轉業另謀生路。在南臺灣有一個人士，把高雄加工區工廠剝削女工的情形，用文學的形式報導出來，因爲他本來就是出身於勞工階級，深深有那種沉痛的體會緣故。在上章最末的一節經文是這樣寫著：

But many shall be last that are first; and first that are last.

「然而有許多在前的，將要在後；在後的，將要在前。」

我們一路讀下來，已經頗爲熟悉，在這部福音書裡，耶穌所說的話，常常花樣百出，聳人聽聞，有些語不驚人死不干休的味道；像上章裡，他對門徒說，駱駝穿過針的眼，比財主進神的國還容易呢；他說的話，總要叫人三思。這部福音，實在有點爲難人，如沒有耐心，便會及早丟掉不顧了。譬如，在兩者都不可能中，硬要比出哪一個容易，這就叫人難於思考，如果沒有人生的經歷，就更加無法選擇了。現在提出不同工同酬的事，簡直叫那個先進葡萄園工作的人受不了。所以那工人抗議道：我們整天勞苦受熱，那後來的只做了一小時，你竟叫他們和我們一樣麼？而家主又說了欺人太甚的話；朋友，我不虧負你；你與我講定的，不是一錢銀子麼？就是這次我由通霄到臺南尋弟，在臺中轉車，我擁擠在火車站的旅客之間，一位計程車司機靠近我的身邊，想拉我去搭乘他開的車子，他說就剩下一個座位，如我願意可以馬上開車。我問價錢多少？他答說二百五十元；我覺得好貴，只想搭乘一班快速舒適的對號火車；那位司機對我說對號車票都買光了，希望我快決定，另外的三個乘客正等著呢。我實在無意在熱天長途乘坐計程車，和陌生人緊身坐在一起無法動顫，何況價錢比火車又貴了一倍；那位司機從我身邊走開了；我想，買不到火車票，就轉到公路局坐汽車，也比坐計程車舒服。那位司機又回來了，對我小聲地說，二百元去不去？我看他那幅苦惱著急的樣子，便答應了他。於是我跟隨他去，和另三個乘客會合，他們都在責備司機讓他們等了將近一個小時，那位司機說：「沒法度」。其中一個乘客問我搭乘的價錢，我照實說了，他便轉去詢問司機，爲何同去一個地方有兩種價錢，何況他們又苦等了一小時呢？那位司機機敏地說，這位乘客是由別的司機轉給他的，價錢是他們講定好的，他也沒有辦法，請大家諒解就是了。一路上我想，我這後來的人，眞佔了好多的便宜，有如本章十六節所說，這樣，那在後的將要在前，在前的將要在後了。記得童年時，我常跑到海邊參加漁夫拉網捕魚，那時節民生經濟普遍不好，有許多婦女小孩都擁到海邊爲漁夫主工作。其中有一位年輕小姐，她的個子長得很矮小，但她自認是成人，所以工作很賣力，任何辛勞的工作都和男人做得沒有分別，也不像我們小孩半玩半做。到了黃昏，漁夫主宣佈收網停工，他坐在木麻黃樹下發放這一天的薪餉，工作的人排成一隊，一個一個站到他的面前領取銀錢。我們這些小男孩，一整天已經玩得過了，現在又有半薪可領，莫不歡喜愉快。輪到那位矮小的小姐時，漁夫主看她和小孩子同高，就發給她只比小孩多一點，而比成人差很多的工錢；她抗議道，什麼男人能做的工作我不能做，沒有做，爲何給我這等相差的待遇？漁夫主揮手叫她走開，不要擋住後面的人；她受此歧視，憤怒地將銅幣往漁夫主的身上丟去，哭泣著奔走了。這種情形是爲生活而賣力工作的人類所不滿的事，也是人間最爲普遍的現象，但是耶穌卻這樣做爲回答：

Take up that which is thine, and go thy way; it is my will to give unto this last, even as unto thee. Is it not lawful for me to do what I will with mine own? or is thine eye evil, because I am good?

「拿你的走罷；我給那後來的和給你一樣，這是我願意的。我的東西難道不可隨我的意思用麼？因爲我做好人，你就紅了眼麼？」

這樣的話豈不大大地打擊我們的信仰麼？上帝如此這般待人，那在後的將要在前，在前的將要在後，我們則難以信服他的公正了。諸君，如果我們單純只爲這個問題來做爭論，恐怕就誤解了耶穌對贖價的結論。那時，西庇太兒子的母親，同他兩個兒子上前來求耶穌，要耶穌叫他的兩個兒子在他的國裡，一個坐在他的右邊，一個坐在他的左邊。這件事對那日夜追隨耶穌辛勞奔走的十個門徒而言，簡直是太不公平了，並且惱怒異常。耶穌認爲誰該坐在他的左右，他沒有權力決定，他說我父爲誰預備的，就賜給誰。至於他個人僅有的權限，是捨命和服事，他所喝的杯，也是門徒們所喝的杯；他說，你們中間誰願爲大，就必做你們的傭人；誰願爲首，就必做你們的僕人；他強調：

even as the Son of man came not to be ministered unto, but to minister, and to give his life a ransom for many.

「正如人子來，不是要受人的服事，乃是要服事人；並且要捨命，做多人的贖價。」

那麼這事就很明白了。耶穌問他們，我將要喝的杯，你們能喝麼？而他們滿口回答說能夠的門徒，此時也靜默下來了。我深深覺得耶穌這種大公無私的辯才，是任何人都要在他面前服輸的；因爲他的條件是講得很清楚的，要進天國也就唯有這個條件了；如不想進天國，他也就讓大家爲那不同工同酬的事，任由大家去爭吵和戰爭了。俗世與天國就有這等價值的不同，諸位也不必驚異了。今日的理想主義者，如不能以耶穌做榜樣，只圖爲自我爭得一席有利的地位，假託種種美辭是萬萬不能說服別人的；因爲歷史裡充滿了自私的英雄，最後終必露出他們僞善的面目來，而再被衆人唾棄，受到歷史嚴厲的批判。此章到此，我想要再說什麼，已經不必要了；因爲，經文在本章的結束，意象是清晰透徹的，使人備覺耶穌的藝術效用宏大。那時耶穌出耶利哥地區，有極多的人跟隨他，有兩個瞎子坐在路旁，聽說是耶穌經過，就喊著說，主啊！大衛的子孫，可憐我們罷！耶穌站住，問他們，我能爲你們做什麼？他們說，主啊，要我們的眼睛能打開看見。耶穌就動了慈心，同情地伸手摸觸他們的眼睛，他們立刻獲得了視見，而跟隨著他而去。

晚安。

第二十一章　進軍耶路撒冷城

在神權對抗王權的行動中，耶穌第一次採取了直接破壞性的形式，彷彿經過了如許長時的說教，且獲得許多勞苦民衆的跟隨，而有了稍許的自信，所訴諸試探的行動。這一次即將去做的粗暴行動，依現在的眼光看來，是一個可笑復是感動的場面。他吩咐人去牽了一匹驢子和一匹小馬來，他說這事的成就是要應驗先知的話，說：

Tell ye the daughter of Zion, Behold, thy King cometh unto thee, Meek, and riding upon an ass, And upon a colt the foal of an ass.

「要對錫安的居民（原文作女子）說，看哪！你的王來到你這裡，是溫柔的，又騎著驢，就是騎著驢駒子。」

這好像他所要幹的事，都是爲了要應合先知預先立下的藍圖。我們知道，劉邦起義反秦，也造了一個舉劍斬蛇的謠言。但耶穌這群人卻扮得有點滑稽樣，好像他們在舉行鄉村式的婚禮所做的遊行；人們把衣物和砍下的樹枝鋪在路上，前後簇擁著騎驢的耶穌，吵吵鬧鬧向耶路撒冷城進發，把城市裡的人都驚動了，問說，這是誰？衆人說：

This is the prophet, Jesus, from Nazareth of Galilee.

「這是加利利拿撒勒的先知耶穌。」

任何人想存心出風頭都會搬出某些嚇唬人的來歷，否則不足以懾服人的心魂。關於這事，我不得不多多引用本章的經文，老實說，要我編造是完全不可能的，經文記著：

And the multitudes that went before him, and that followed, cried, saying, Hosanna to the son of David: Blessed is he that cometh in the name of the Lord; Hosanna in the highest.

「前行後隨的衆人，喊著說，和散那歸於大衛的子孫！（和散那，原有求救的意思，在此乃稱頌的話。）奉主名來的，是應當稱頌的！高高在上和散那！」

來到耶路撒冷城，耶穌進了神的殿，而不是城府的衙門；這點我們要分清楚，他的革命方式和我們所熟知的歷史上的革命，幾乎大異其趣；人家革命是拿刀拿槍的，他和那些常患怪病的跟從者卻是赤手空拳，但他們不是中國的義和團，個個都有不怕子彈的中國功夫；他們沒有武器，本身也非常軟弱，只有精神是旺盛的。耶穌進了神的殿，便把做買賣的人趕出去，推倒兌換銀錢的人的桌子，和賣鴿子的人的凳子，他的理由是這樣的：

My house shall be called a house of prayer: but ye make it a den of robbers.

「我的殿必稱爲禱告的殿：但你們倒使他成爲賊窩了。」

如他所言，這樣的事也記在經上的；老實說我並不知這是哪一部經。總之，耶穌想把殿奪回己有。我也不知道這座殿有沒有在耶路撒冷的城府衙門裡登記財團法人？我們臺灣的廟祠可都有一批財團法人，整天坐在廟牆下的椅子，面前擺著桌子，在那裡收錢賣東西；廟前必定是雜亂的飲食攤市場，各種牽腸掛肚的料理應有盡有；附近的巷衖窄小黑暗，雖然是太陽天，也感覺到有點潮溼腥味，從那裡經過，便會有濃粧艷抹的婦女人家招呼男人進去，做什麼，諸位都很清楚，我明說了反而壞了事；晚上或深夜凌晨，如打架鬧事等種種行爲都發生在廟祠周圍；這是東方的奇景。耶穌看到他們的廟堂也這等污穢雜亂，不得不動手整頓一下。只有瞎子和瘸子沒有趕走，舉手之勞把他們治好了。祭司長和文士看見耶穌所行的奇事，又見小孩子在殿裡跟著人家喊著：和散那歸於大衛的子孫，其動怒的情形可想而知，他們責問耶穌，耶穌又引經上的話說：

Yea: did ye never read, Out of the mouth of babes and sucklings thou hast perfected praise?

「是的：你從嬰孩和喫奶的口中；完全了讚美的話，你們沒有念過麼？」

這樣一陣旋風式的胡鬧之後，他們走了，出城到伯大尼去；這一天也夠累了，需要睡覺休息。此事一過；並不就此完結了事，耶穌是意志堅決的人，對他所做的事是毫不檢討和反悔的，而他的門徒或跟隨的群衆，恐怕都有理性的膽怯；因此耶穌必須強注給他們信心，撰寫福音書的人非常聰明，以通達世故的話來連綴情節的主旨，馬上寫下這樣眞實的句子：早晨回城的時候，他餓了。如沒有信心，是不可能第二天又轉回昨日去暴動的耶路撒冷城，但肚子餓了是很難受的事，可見他改革事業至此是沒有支援的，只靠他一個人在那裡獨撐；所謂群衆，我們應該了解他們是什麼東西，凡要利用群衆者都應知道他們的情緒；他們知道耶穌身有異能，還在盼望他能如法炮製，以五個餅二條魚餵飽他們，所以糧食問題便忽略了，不但早餐沒有準備，恐怕連昨夜的晚飯都沒有吃。耶穌走到一棵無花果樹前，在樹上找不著果子，只有青青的葉子，毫不遲疑地詛咒這棵無花果樹。從今以後：永不結果子！那樹就立刻枯乾了，使門徒大驚失色；忘掉了肚子是空的，耶穌乘機爲大家建立了信心。他說：我實在告訴你們，你們若有信心，不疑惑，不但能行無花果樹上所行的事，就是對這座山說，你挪開此地，投在海裡，也必成就。他說：

And all things, whatsoever ye shall ask in prayer, believing, ye shall receive.

「你們禱告，無論求什麼，只要信，就必得著。」

是的，祈禱的效用不可謂不大，即使面對著死亡亦毫不畏懼，後來在羅馬的競技場上，以基督教徒的肉身餵獅子的事就可以應證；凡有識之士都知道這段史實。昨日以鬧戲做爲這次行動的第一樂章，今天不同了，因爲耶穌現在要去面對的是一部份眞正的革命對象，就是那些形式主義者的祭司長，和民間的長老和文士這類人，所以他嚴肅地走進神殿，與上述的人辯論權柄的問題。有如現在的知識份子向專制政府提出民主自由權的要求一樣。首先，祭司長和民間的長老問他說，你仗著什麼權柄做這些事？給你這權柄的是誰呢？耶穌現在面對的不是患疾病的貧困大衆，而是生活優沃的有知識的掌權階級，他接受問題後不會直接回答權柄是天上的父給他的，因爲他知道此等階級的人不吃這一套的話；要是他直接這樣說，那麼這些有實際權力的官員，便會毫不客氣地以藉神惑衆的罪名將他逮捕。耶穌機智地說，我也要問你們一句話，你們若告訴我，我就告訴你們，我仗著什麼權柄做這些事。

耶穌問：「約翰的洗禮是從哪裡來的？是從天上來的，或從人間來的呢？」

這個問題的確困住了他們；他們想，若說從天上來，耶穌必對他們說，這樣，你們爲什麼不信他呢？若說從人間來，他們又怕百姓；因爲約翰死後，人們都以約翰爲先知。於是回答耶穌說：

「我們不知道。」

耶穌說：「我也不告訴你們我仗著什麼權柄做這些事。」

雙方面都不說是對他們有好處的，但兩者都心照不宣地明瞭對方所持的王牌。這場辯論無疑耶穌佔了小勝，一旦他們沉默無言，他便乘機開始他一貫的訓教了。他說，一個人有兩個兒子，他來對大兒子說，我兒！你今天到葡萄園裡去做工。他回答說，我不去，以後自己懊悔就去了。又來對小兒子也是這樣說，他回答說，父啊！我去；他卻不去。你們想這兩個兒子，是哪一個遵行父命呢？他們說，大兒子。耶穌說，我實在告訴你們，稅吏和娼妓，倒比你們先進神的國。這種尖刻的話，有如把大糞潑灑到他們的頭上。因爲約翰遵著義路到你們這裡來，你們卻不信他；稅吏和娼妓倒信他；你們看見了，後來還是不懊悔去信他。這話倒說得很實在。耶穌又做了一個比喻：有個家主，栽了一個葡萄園，周圍圈上籬笆，裡面挖了一個壓酒池，蓋了一座樓，租給園戶，就往外國去了。收果子的時候近了，他打發僕人到園戶那裡去收果子，園戶拿住僕人，打了一個，殺了一個，用石頭打死一個。主人又打發別的僕人去，比先前更多，園戶還是照樣處置他們。後來打發他的兒子到他們那裡去，不料，園戶看見主人兒子，就彼此說，這是承受產業的；來罷，我們殺他，佔他的產業。他們把他推出葡萄園外，殺了。園主來的時候，要怎樣處治這些園戶呢？他們說，要下毒手除滅那些惡人，將葡萄園另租給那按著時候交果子的園戶。耶穌宣佈說：

The Kingdom of God shall be taken away from you, and shall be given to a nation bringing forth the fruits thereof.

「神的國必從你們奪去，賜給那能結果子的百姓。」

耶穌說，這事經上寫著：匠人所棄的石頭，已做了房角的頭塊石頭，誰掉在這石頭上，必要跌碎；這石頭掉在誰的身上，就要把誰砸得稀爛。祭司長和法利賽人知道耶穌是指著他們說的。他們想要捉拿他，但是又顧慮那些圍觀的群衆，他們看到耶穌能言善道，句句落實，佩服得五體投地，使祭司長和法利賽人不敢隨便捉人。欲知耶穌與這些走狗鬥法的結果如何，下章將有交代。晚安。

第二十二章　最大誡命

本章將繼續談到耶穌和法利賽人等的鬥法。耶穌的革命行動或許僅只這一次，不可能失敗了退走，然後再來，不像孫中山先生的國民革命連續十次，不到成功不停止。但耶穌的情況很特殊，只靠他的一張嘴巴，沒有其他衆人的武力，所以他能說就儘量說，結果如何，視死如歸；在古今的偉人中要算他最爲愚直，我們不能不佩服他那種充滿靈性的性格，以一人之力想掃除人間的罪惡，治癒民衆的疾苦，引領人類從人間的地獄邁向天國的大道；其所抱負的野心也是古今人類中最大的一位，任何人都無能與之匹敵。他說天國好比一個王，爲他兒子擺設娶親的筵席，就打發僕人去，謂那些被召的人來赴席；他們卻不肯來。王要僕人再去通告說，筵席已經預備好了，牛和肥畜已經宰了，各樣都齊備：請你們來赴席。那些人不理就走了，一個到自己田裡去；一個做買賣去；其餘的拿住僕人，凌辱他們，把他們殺了。王於是大怒，發兵除滅那些凶手，燒燬他們的城。我們所想像的所多瑪城的毀滅可能就是此種情形。後來終於召聚了許多人來，筵席上都坐滿了，這時王進來觀看賓客中有一位沒有穿禮服的，就對他說：

「朋友！你到這裡來，怎麼不穿禮服呢？」

那人無言可答。於是王對使喚的人說，捆起他的手腳來，把他丟到外邊的黑暗裡；在那裡必要哀哭切齒了。爲什麼會這樣，我也被這比喻弄糊塗了，經上含含糊糊地這樣說：

For many are called, but few chosen.

「因爲被召的人多，選上的人少。」

這位不幸的賓客沒有穿禮服就受到這樣的處置，到底是什麼意思呢？是不敬嗎？如我去赴宴，很可能也會不穿禮服。假定那被邀的人是個窮漢，難道因爲他窮穿不起禮服就被如此摒棄麼？或是不穿禮服代表沒有教養呢？有教養也要有富裕來配合，我想這個世界窮苦者依然佔絕大多數；有錢的人也不一定有教養，正如有教養的人不一定有錢。我不知道那擺宴的王有沒有考慮到這些種種的情形。這事也許有人能爲我解惑；現在我最好不必多加繁言，以免因我的無知而惹怒了別人；經上常有某些小節使人無法依常理獲得意會。我們還是往下看看耶穌如何和法利賽人鬥法，看他們分別使出了什麼法寶。法利賽人打發他們的門徒，同希律黨的人，去見耶穌，先對耶穌誇讚一番：

「夫子！我們知道你是誠實人，並且誠誠實實傳神的道，什麼人你都不徇情面，因爲你不看人的外貌。」

然後，同樣規規矩矩，禮貌地請教耶穌一個問題的意見：

「請告訴我們，你的意見如何？納稅給該撒，可以不可以？」

他要他們拿一個上稅的錢給他看，他們照他的要求拿出一個銀錢給他。耶穌端詳一番後說，這像和這號是誰的？他們說，是該撒的。於是耶穌毫不遲疑地說出那句傳播千古的名言：

Render therefore unto Cæsar the things that are Cæsar's; and unto God the things that are God's.

「該撒的物當歸給該撒；神的物當歸給神。」

這句話不知造就了多少人的性格，連小知識份子都能朗朗上口借用它，擺出瀟灑不可一世的模樣。這一回合耶穌迴避了他們的詭拳，把他們口腔裡的齒套打脫了；這幾個走狗無功而退，耶穌小勝。於是撒都該人上場來，撒都該人是唯物論者，他們不信有天國，天上沒有天使，更沒有復活的事發生，他們問耶穌說：

「夫子！摩西說，人若死了，沒有孩子，他兄弟當娶他的妻，爲哥哥生子立後。」

這種替自己兄弟舉種的事，我相信許多人都有興趣去發表一點他的私見。這件事或許可以請教主張性解放的婦運人士。撒都該人繼續說：從前在我們這裡，有兄弟七人；第一個娶了妻子，死了，沒有孩子，撇下妻子給兄弟。第二第三直到第七個，都是如此。這到底是樂了這位婦人，還是苦了她呢？但末後，婦人也死了。她或許希望能不死，但誰能免死呢？撒都該人的問題重點在這裡：這樣，當復活的時候，她是七個人中，那一個的妻子呢？因爲他們都娶過她。這對現代人來說也是是非不辨的問題。聽到這個妙絕的問題的人，都爲撒都該人叫好，大家認爲這一記冷不防的左勾拳，打中了耶穌，是非倒下認輸不可。耶穌發覺善變的群衆有左傾的意向；但耶穌本來就是個心理專家，早知道群衆到底是什麼作物。臺灣的俗語說：「西瓜好吃靠大邊。」有認識的人根本不足爲奇。耶穌胸有成竹，不慌不忙地以輕鬆的口吻回說：

Ye do err, not knowing the scriptures, nor the power of God. For in the resurrection they neither marry, nor are given in marriage, but are as angels in heaven.

「你們錯了：因爲不明白聖經，也不曉得神的大能。當復活的時候，人也不娶也不嫁，乃像天上的使者一樣。」

在人間，人是一種狀況；在天國，人是另一種狀況；也許不叫做人。那位擁有七個兄弟丈夫的婦人，在人間過著喜悲喜……交替的生活；在天國，她純潔得不知情感爲何物。至於論到死人復活，神在經上說得一清二楚：

I am the God of Abraham, and the God of Isaac, and the God of Jacob. God is not the God of the dead, but of the living.

「我是亞伯拉罕的神，以撒的神，雅各的神。神不是死人的神，乃是活人的神。」

撒都該人的口張得太大，耶穌正拳過去，正好堵塞在口腔裡，撒都該人變得唔唔吱吱，咬不成語，語不成話了。這一回合依然是耶穌小勝。群衆聽見耶穌的詭辯術，他們的身子又傾向右邊來。說時遲，那時快，一個律法師跳上擂臺來，準備車輪戰把耶穌戰死。耶穌表現得勇不可當，智謀能算。這位律法師不像前面二者僞善地先禮後兵，上來後便舉拳朝耶穌的頭頂劈將下來：

「夫子！律法上的誡命，哪一條是最大的呢？」

耶穌對他說，不可無禮，你要盡心，盡性，盡意，愛主你的神。這律法師到底信不信神，耶穌不管，直稱你的神，更激怒了他。耶穌又說，這是誡命中的第一，且是最大的。其次也相倣，就是要愛人如己。這兩條誡命是律法和先知一切道理的總綱。

這裡，耶穌已經鋪擺出神的道和做爲一個基督徒的操守。斯賓諾莎也贊同此點主張，談到聖經和基督徒的事，他說：

「在何種意義上說聖經就是神的道呢？惟有如此：即聖經包含一種道德的法典，可以使人向善。也包含許多導致人類惡行的事，對一般人（太過於擔心日常的瑣事，而沒有閒暇或餘力從事知識上的培養），聖經可爲道德上的恩賜。但宗教教訓的強調，都應側重於行爲，而非信條。信仰『一個上帝，他是一個熱愛公正與慈悲的超人』，這已是很足夠的信條，而其一般的禮拜『包含在以公正和親愛對待鄰人的實行之中』，其他的信條都不必要了。」

耶穌在這第三回合把律法師整得羞不可見人。最後，他面對整隊人馬的法利賽人，耶穌像禪師一般，開門見山直截了當地問道：

「論到基督，你們的意見如何？他是誰的子孫呢？」

這些肥頭肥腦的法利賽人，好像不很習慣這種被問的方式；因爲，他們平時高高在上，只問人不被人問；一旦發生顛倒的現象，便傻愣了起來，與一般死老百姓沒有兩樣，嚇得叫了出來：

「是大衛的子孫。」

耶穌大大地教訓一番說：這樣，大衛被聖靈感動，怎麼還稱他爲主；說，主對我主說，你坐在我的右邊，等我把你仇敵，放在你的腳下？大衛既稱他爲主，他怎麼又是大衛的子孫呢？

至此已經明瞭；耶穌最後的結論是和前面的幾個論點都有關係。在那時，那些法利賽人對耶穌的高明邏輯，莫能抵擋，要和耶穌理論，即使挾天下所有的知識亦無能勝算。經過這一次的交手後，他們受到了奇恥大辱，心中甚爲埋恨；他們如要除滅耶穌只有他條途徑，我們拭目以待罷。晚安。

第二十三章　先知的殺害者

本章的內容，我敢相信有一部份的人士將不會感到興趣；而有一部份的人或許會認爲十分的重大；有一部份的人將冷眼視之，以爲不怎麼新鮮；而有一部份的人完全忘我，顯得無知無覺。但爲忠於原著的秩序，卻不能省略不談；我相信談一談比不說有用得多，或許有人有另外的見識，我將特別尊重別人的意見。革命之事，是除弊建新，但耶穌所重在於心理的建設；當年孫中山先生建立民國後，亦提出心理建設，可惜並未引起國人的警覺，修正民族的性格。我們已經十分的明白，上章已經提出基督徒的最大誡命，本章就要把法利賽人的僞善揭露出事實來，讓人了解耶穌不是無的放矢，他爲人類代言，以舒人類受苦受難的心靈。那時，耶穌對衆人和門徒講論，說，文士和法利賽人，坐在摩西的位上；凡他們所吩咐你們的，你們都要謹守和遵行；但不要效法他們的行爲；因爲他們能說不能行；因爲他們把難擔的重擔，捆起來擱在人的肩上；但自己一個指頭也不肯動。他們一切所做的事，都是要叫人看見；所以將佩戴的經文做寬了，衣裳的繸子做長了；喜愛筵席上的首座，會堂裡的高位；又喜愛人在街市上問他安，稱呼他拉比。這些事耶穌說得千眞萬確，就是到現在依然還存在；現代的人和古代的人也沒有不相同；不要說有地位的法利賽人會擺架子，就連我自己有時未免也有虛榮心的作祟。我回憶讀小學三年級時，導師選我做班長；學校的教室不夠，借用了鎮公所的禮堂上課；每天早晨，我們列隊從學校走出來，經過市場的大街，我總是故意單獨和隊伍分開一二步距離，讓站在街邊的人清楚地注意到我的職分；我擺出一種神氣的責任心，時時警告走步不整齊的同學，感受一種領頭的快欲，自認無論在任何一方面都優勝於我的同學。固然在那年代裡，在我的同學之間，我的聰明秉質受到師長的讚譽，受到同學的欽慕，但現在我為那份無知的驕傲之心懺悔，使我今天落得孤獨之苦。耶穌宣告說：

But be not ye called Rabbi: for one is your teacher and all ye are brethren.

「但你們不要受拉比的稱呼：因為只有一位是你們的夫子，你們都是弟兄。」

這是什麼意思？諸位會笑在心裡；依循著這種邏輯的推延，他進一步說：也不要稱呼地上的人為父；因為只有一位是你們的父，就是在天上的父。也不要受師尊的稱呼；因為只有一位是你們的師尊，就是基督。這是神學的倫理，要在我們這個地方去強辯是沒有用的；所以我們可以明瞭，為何耶穌不再認他母親為私自的母親，不再認他弟兄姊妹為私自的弟兄姊妹；我們還記得在十二章的末尾，他曾說過，凡遵行我天父旨意的人，就是我的弟兄姊妹和母親了。這點與我們東方人更有顯明的差異，因為我們除了自己的父母兄弟姊妹外，是羞於稱呼別人為父母和兄弟姊妹的；不過，我們的社會生活裡，卻有那種肉麻的所謂乾爹乾媽；把乾和溼連想就更加使人不能忍受，實在不比堅持血緣關係，或耶穌以天國的倫理為依歸誠實可愛。但人類生活卻事事演成混淆，以浸淫其中的利益。耶穌也講求報償的反逆性，他說，你們中間誰爲大，誰就要做你們的傭人，凡自高的必降爲卑，自卑的必升爲高。但人間的觀念並不是這樣，做低賤工作的人很少受一般人敬重；在中世紀演戲的人，根本沒有社會地位，死時不許葬於教堂墓地；在中國的社會價值觀念，卻指向升官發財，缺少服務別人的熱心。然後耶穌開始詛咒法利賽人和文士，

Woe unto you, scribes and Pharisees hypocrites!

「你們這假冒爲善的文士和法利賽人有禍了！」

他決心要把這些假冒爲善的人的罪狀細數出來，指出他們擋住人前，把天國的門關了；自己不進去，正要進去的人，你們也不容他們進去。指他們侵吞寡婦的家產，假意做很長的禱告。宗教如有識之士所知是一件極古老的事體，在耶穌之前，猶太人的宗教有綿長的歷史，耶穌並沒有指認他要抗辯猶太教，但明顯地他不滿當時存在的種種宗教的僞善作風，當時的崇拜有本末倒置的現象，有如不指殿起誓而指殿中的金子起誓，不指聖壇起誓而指壇上的禮物起誓。他罵他們無知瞎眼，到底金子爲大呢，還是叫金子成聖的殿呢？到底禮物爲大呢，還是叫禮物存聖的壇呢？所以他校正說：人指著壇起誓，就是指著壇和壇上的一切所有的起誓；人指著殿起誓，就是指著殿和那住在殿裡的起誓。人指著天起誓，就是指著神的寶座和那坐在上面的起誓。從這一層，要人認清誰爲首，誰爲末；誰爲大，誰爲小；要分辨清楚。他並指出這些宗法的領導人所幹的全都是表面文章；他們不行公義，憐憫和信實，這些律法上更重要的事，只有在表面上獻上薄荷，茴香，芹菜的十分之一；這個意思明顯地是重表不重裡，偏重儀式，而不履行實質的內容。《切腹》

是一部日本人拍的影片，諒有知之士都看過，且深記它的內容，全世界有知識的人士無不稱讚萬分；故事敘述一位武功不壞的老武士，前往幕府將軍家，替自己受辱的女婿報仇，他憤慨地指責將軍家的人做事僞善，進而把當時日本的封建社會的罪端揭露出來；那一場洩憤的武鬥，凡觀賞過的人無不感到痛快；我問看過這片子的人，我沒有從他們聽到對主題和形式表示異議的。耶穌憤懣地說：

Ye blind guides, which strain out the gnat, and swallow the camel.

「你們這瞎眼領路的，蠓蟲你們就濾出來，駱駝你們倒吞下去。」

他說，你們這假冒爲善的文士和法利賽人有禍了！因爲你們洗淨杯盤的外面，裡面卻盛滿了勒索和放蕩。爲什麼不先洗淨杯盤的裡面，好叫外面也乾淨呢？這或許是自有人類以來，所建立的政府和體制，所患的共通的弊端現象。執法者的不公正會使受管的人民無法再信賴政府。過去嘉義地區有一位法官，利用他的職權和官員勾結侵佔民間的土地，也收受種種賄賂；事發後只判五年的監禁，不久即出來，在家納福做寓公。反觀目前，有些無知青年，受到社會奢靡風潮的影響，一時鋌而走險，在路上搶人，卻被判了死刑。知法犯法者並沒有受到加倍的處刑，反而透過種種關係而減輕刑責，面對無知者反而無憐憫之意，未免輕重不分。韓國政府深知國亡家破的痛苦，應人民要求奮而勵精圖治，大整官員的貪污和不法欺民的行爲，其各種建設和明朗作風，亦令人刮目相看。當時的耶穌已看出人類的敗根性，因此指責法利賽人和文士，只在人前，外面顯出公義來，裡面卻裝滿了假善和不法的事。幾年前美國的水門事件，把老奸巨滑的尼克森總統轟出白宮，不但大快美國的民心，也讓整個世界的人看出正義的勝利。耶穌不罵則已，要罵連他們的祖宗也拖出來，加在一起算總賬；因爲文士和法利賽人在建造先知的墳，修飾義人的墓時說，若是我們在我們祖宗的時候，必不和他們同流先知的血。耶穌指出道：這就是你們自己的證明，是殺害先知者的子孫了。你們去充滿你們祖宗的惡貫罷。耶穌也像某些口直心快的人一樣，指他們爲蛇類，毒蛇之種。這種壞類，照他的看法是無法逃脫掉地獄的刑罰的。他痛苦地預言說，他所差遣先知和智慧人並文士，到這裡來，有的會被殺害，要釘十字架，有的要在會堂裡鞭打，從這城追逼到那城。這些世上所流義人的血，都歸到他們身上，從義人亞伯的血起，直到他們在殿和壇中間所殺的巴拉加的兒子撒迦利亞的血爲止。他說，

Verily I say unto you, All these things shall come upon this generation.

「我實在告訴你們，這一切的罪，都要歸到這世代了。」

從人世的眼光看，耶穌是十足的瘋子；他罵了法利賽人和文士之後，大呼道：耶路撒冷啊！耶路撒冷啊！你常殺害先知（大概爲他自己可憐），又用石頭打死那奉差遣到你這裡來的人；我多次願意聚集你的兒女，好像母雞把小雞聚集在翅膀底下，只是你們不願意。他杞人憂天地喚道：

Behold, your house is left unto you desolate.

「看哪！你們的家成爲荒場，留給你們。」

套一句臺灣俗話說，是他家的事，與你耶穌何干？晚安！

第二十四章　先知

先知是怎樣的一種人，預言是先知的一種怎樣的本能，這個問題是屬於神秘的範疇，還是一種可行了解的知識問題？如果先知預言的能力是一件可供了解的知識問題，從心理學，社會學觀點看，以及對其先知本身的氣質智力的直接測驗，那麼我們對這種人的奇行異狀，就不會一直以爲其中具有神秘性，因看到他的一舉一動而大惑不解；如果我們對這種人的本質一無所識，那麼他的話說出來，就會帶給人極大的震嚇作用；如果你對他有信仰，你便會深信他的話是能實現的。當現在的人在生活中，愈來愈不受所謂先知的話語所指導時，我們知道現在的人大都依憑現有的謀生知識在過活；因爲現在的社會是依照一種大多數人的契約所釐定的法律來維持秩序，人民是依照個人的天賦能力和知識的深淺來訂定他的職業，一般人也依照自己的愛好來選擇他的娛樂。社會秩序的維持有賴於人民普遍具有約定的意願，有充分的知識，認爲自由是一種有條件的付出後所獲得的報償，而不是無拘無束的欲所欲爲，以及毫不考慮別人的處境，爲了私自的欲望而施行侵犯。我們的理性毫無疑問的深信，我們人類或者所有宇宙萬物，都有一個來源，對於這個來源的想法，使我們承認上帝是我們唯一的主宰；那麼我們也要深信上帝給我們的必定是公平的，他像個藝術家，世界萬物是他的創造品，他賦給萬物不同的面貌，依其不相同的表象，我們是具有互不相同的內在機關；但是我們並沒因這種互異的特點感到滿意，反而因爲這種差異生出價值的標準，而產生不滿嫉憤的情懷。今日口說深信上帝的人，也許並不知道該如何遵奉上帝的意志，甚至頗爲諧謔的，有些自認他絕不相信世界有個主宰者的人，他在生活的奮鬥形式中，卻表現得十足地有如一個上帝的使徒。知識是我們人類特有的認知工具，它的最大目的是產生良知，一個人有良知才能體察上帝存在的意志。我信口開河地把知識的課題牽進來，如果我眞能知道知識是什麼，或許應該直接去寫一本知識論的書，以便躋身於哲學家之林，當一棵知識樹。我要坦白的說，我所知道的知識都是學習而來的，從生活經驗而來的，要我表示一點新鮮創見幾乎是不可能，所以我在這裡略表某種認知的問題時，只是一種反省的作用，以便來討論耶穌的行爲時，做爲了解上的方便；因爲天國的信念不必由我來推介，耶穌是個古人，被說得最多，也可能最令人厭煩的人物；但要是我大膽地提出，耶穌不止是那個二千年前的拿撒勒人，也是現在的你，或我們大家，你會不會覺得有點詫驚，感到莫名其妙？我相信任何人都具有像耶穌那樣的秉性，只是沒有機會把這種天賦資質，藉著特殊的環境而發揮出來。我們自認平凡，這表示我們已經享受到許多的庇蔭，假如我們懂得感激，更表示我們能夠享福。像耶穌這種人代人類受到許多苦難，凡此樣的人，便在他的資質中產生一種特殊的能力，這種能力是一種透視時空的心眼，像一個藝術家的靈感，受到某種表象的刺激而懷孕，創造出藝術品。那麼耶穌的預言便容易的讓我們了解他是有感而發了；這種有感而發言的衝動是人類資質中很普遍的能力；所以當我們聽到某人說耶穌活在我的心中時，便不應覺得這有什麼奇怪；一個初踏入科學界的人，他也會說愛因斯坦活在我心中；或某個學音樂的人說巴哈活在我心中；甚至普遍到戀愛中的人，他的愛人必定活在他心中一樣。

耶穌不止一次向他的門徒談到他自己的最後命運，說他將被殺的預言；一個能如此看透自己命運的人，具有其他預言的能力是很自然的。我們也可以了解，耶穌對他生存的環境有很深澈的認識，才可能產生犧牲的意志；這種無我性是他愛人類的出發點，他的言行便成為一種藝術形式，把他心中的意願和感覺轉化成預言和救治的能力，這個藝術主題就是拯救人類。這是批判聖經的斯賓諾莎也要敬佩起耶穌偉大人格的地方。無我性越高，他的預言能力越強，預言的準確性便成為我們所興趣的焦點，應驗性的多寡為我們是否深信他的一個標準。當時的民衆跟隨他是因為他的治病的神蹟，預言的事猶於還未有應驗，只造成他們的疑惑情緒；但對我們現在的人來說，信仰耶穌的路徑正和當時的人相反；他的治病的奇蹟已不為我們的理性的知識所相信，但他的預言已大部份在歷史的時間中應驗到，我們便採信了這一點而贊同他。但是一個誠實的人仍然還會疑問，聖經的話難道就是眞正那位拿撒勒人所親口說出被記錄的麼？為他做見證的門徒的意圖，我們能夠不加以考察和檢討麼？但是後來為門徒所建立的教會，不論教會在歷史中犯了多少罪惡，我認為不能依據教會的做為來貶抑耶穌的人格眞價；因為從這繁衍而來的歷史，我們看到有多少人反抗教會，屢次重新確立和履行基督徒的使命，這些人的行為的眞正依據，沒有不把耶穌的人格奉為主律，而摒拒其他假藉耶穌之名的繁文縟節。在耶穌之後的西方宗教史——尤其是基督教史，其歷程有些叫人驚駭，如法國的聖．勃羅謬莫日的大屠殺，和各地的焚燒異端的宗教裁判所；有些叫人疑問和不齒，如教宗的俗世性格，主教們的蓄妾和斂財；有些叫人感動，如聖．方濟的皈依基督，以及實踐基督的精神；有些叫人起敬，如奧古斯丁眞誠的懺悔，阿奎納把神學和哲學加以調合的工作，如斯賓諾莎抗辯教會的虛僞，保留一個基督徒的基本信念中精純部分，給予耶穌個人的行爲動機的最高評價。這些歷史的事實，無不是在耶穌活著時就預言過了。有如他在橄欖山對門徒解答的：你們要謹愼，免得有人迷惑你們。因爲將來有好些人冒我的名來，說，我是基督，並且要迷惑許多人。你們也要聽見打仗和打仗的風聲，總不要驚慌；因爲這些事是必須有的；只是末期還沒有到。民要攻打民，國要攻打國；多處必有饑荒，地震。這都是災難的起頭。

在本章的經文裡，耶穌幾乎將他死後可能發生的事，都說了出來，到今天爲止，除了人子再度降臨這件事之外，大都應驗了；由於經文條條分明，我便不必重抄在這筆記裡，只讓大家直接打開馬太福音第二十四章，一面展讀，一面在你的內心裡去求證便夠了。除了上面談到的先知的本質外，應該還要說點先知與先知之間的區別；我希望能對下面的話，說得條理和清楚，以便將耶穌和其他的術士眞正區別出來。

在莎士北亞的戲劇凱撒大帝裡，有一位乞丐對凱撒警告說，注意三月十五日；每當我回憶這本戲劇裡的情節時，最後總留下這點苦惱不能想明白，後來我從別的事體去瞧見一個重要事實，那就是宿命。這個細小的情節使我明白，這位乞丐的發言，是對凱撒命運的預告，不論凱撒知不知道當時的情勢，對他已經十分不利，總之，他還是沒有能夠逃得掉他該死的命運。到底當時凱撒是否眞正遇到過這個乞丐，且聽到這等的預告，我們無法考證，也不重要；可是我們可加以判斷，像這位乞丐是個小預言家，他只爲一個人預知了生死，很可能是依據當時密謀的資料而說的。每年的開始，我們都可以從報端雜誌，看到現世的預言家的預言，他們關懷的也是一些顯達的人士，如美國總統生命的安危，電影明星在交際場中的遭遇；中世紀法國宮庭有一位大預言家，名叫拿斯特拉得馬斯，曾預言將來汽車的誕生，預言法王亨利二世在比武中眼腦受傷而死，預言希特勒的崛起和失敗，甚至預言將來的太空之戰，不過他預言查理九世能活到九十歲，查理卻只活三十九歲。像此類上述的預言家，是否可與耶穌相比，歸於同一資質，我相信諸位的知識將判明，耶穌和他們是絕不相同性質的；因爲上述的諸預言家，只能算是占星術士，是靠著某種天文的知識，或數學技巧來測定某種人的命運，有些巧合命中，有些恐怕失之千里。某一位預言的術士在臨終遺言說，自己的命運依然要靠自己來創造；我想相信命相無疑會受到它的牽引，成爲有意識地走向它的終點。耶穌的預言完全靠他本質的心靈透視，其預言的內容充滿博愛和理想的性質，與迎合個人的雕蟲小技大不一樣；如果說古今中外眞正受聖靈所貫滿的人，除耶穌外，沒有第二個人。施洗者約翰是自有先知以來最大的一位，但他乃有不及耶穌之處；耶穌之後，也有許多先知，也都無能凌駕於耶穌。自有人類以來，以人格的完善而達於神格地位的，其預言具有絕對的啓示性，且包含一種勤加照顧的勸善，除耶穌外，沒有第二個人比他更偉大。晚安。

第二十五章　在天國的比照下

那位中世紀法國宮庭的預言家拿斯特拉得馬斯預言亨利二世將死於眼腦的刺傷，這對亨利欣悅的生命，無疑預先投下了沮喪的陰影，由於知道了自己的宿命而產生了消極的意志；他極力避免當時戰場上的打鬥，可是在他妹妹的婚宴中，與一位冒失好玩的紳士做比鬥的遊戲，雖然亦嚴加防範戴上了頭盔，還是逃不過那無意間穿過狹小的眼洞的一槍，直穿腦部而收拾了他的性命，應驗了預言。諸位應明白，這種預言是個無情的恫嚇，即使我們不能逃開自己的宿命，我們寧可在無知的幽冥中接受自己的命運。我現在把這樣的事提出來，並不是要指責拿斯特拉得馬斯的無情作爲，因爲他本是個受敬重而誠實的人，並不隨便向任何人說出他的預言，如不是亨利要求他，命令他，他並不喜愛預先說出悲慘的事實。不過，我的意思在指摘這一類充斥於我們生活世界中灰暗無光的預言，而且大多數是無稽的謊話，它對我們寶貴的生命，沒有半點的積極意義，一無幫助，只讓我們在驚嚇和全盤的失望裡過活，猶如死刑前內心的無情折磨；猶如我們在中午時刻，抬頭注視光耀的太陽，對永恆的陽光充滿信心，突然它熄滅了，光輝消失了，變成一個灰暗無意義的球體。而本章中，耶穌巧妙的教言，一如他的高貴性質，不對任何個人給予無謂的恫嚇，而是對全人類提出他積極的人生意義。在他的寓言裡，他把人類分成義人和不義的人，分成勤勞的人和懶惰的人，分成準備的人和不準備的人，像一個牧羊人把羊分成綿羊和山羊；他的語言在安慰著好的一方，同時在警告著壞的一方；並且讓無知的人懂得去區別和選擇。所以在本章裡，耶穌教言的現實意義，對我個人產生了莫大的啓示。我要依據我的有限的實際認識且做一些淺顯易明的詮釋，我相信它必不怎麼枯燥；同時讓我們懂得本章詩文中展示的三段論法的有趣邏輯，使我們對於寫作福音的人的才華做一番的讚賞，亦不浪費我們讀書求知的目的。

第一個論題是有關現世人的準備工作。我們知道，世界末日的時候，人子將再來臨；所謂世界末日，就是天國與地獄分野的時辰；當人子來臨時，我們是否有準備迎接他。耶穌說：那時，天國好比十個童女，拿著燈，出去迎接新郎。他說，其中有五個是愚拙的；五個是聰明的。愚拙的拿著燈，卻不預備油；聰明的拿著燈，又預備油在器皿裡。所謂拿著燈，猶如人張開明亮的眼睛，但這個眼光卻必須有著心靈的培養，猶如油量使燈繼續不輟地點著，沒有一刻熄滅，我們的心靈也不可有一刻的懈怠。因爲誰也不知道人子何時再臨，攜著我們朝向天國；即使當時面對大衆的耶穌，也不知道，連天上的使者也不知道，惟獨天上的父知道。上章裡，耶穌便警告說，所以你們也要預備；因爲你們想不到的時候，人子就來了。他繼續說，新郎遲延的時候，他們都打盹睡著了。半夜有人喊著說，新郎來了，你們出來迎接他。那些童女就都起來收拾燈。愚拙的對聰明的說，請分點油給我們；因爲我們的燈要滅了。這種情形，在我們日常的生活中是可以比照的，是焦急和討厭的時刻，猶如蟋蟀在夏天的日子跳舞唱歌，而在冬天無糧的故事。聰明的回答說，恐怕不夠你我用的；不如你們自己到賣油的那裡去買罷。他們去買的時候，新郎到了；即預備好了的，同他進去坐席；門就關了。其餘的童女，隨後也來了，說，主啊！主啊！給我們開門。他卻回答說，我實在告訴你們，我不認識你們。我記得長輩人曾說過一則古老的傳說，地上的生民在一年中的某日守候著，在破曉之前天門開了，天公應許生民的願望，但只有虔誠與行善的人能如願獲得應許。這時，我們回思前面章節裡，耶穌把那不穿禮服赴宴的人趕出去的事，也明白了。所以耶穌說：

Watch therefore, for ye know not the day nor the hour.

「你們要儆醒，因爲那日子，那時辰；你們不知道。」

在現實利益的競賽中，許多人雖然依照著條件準備著，但到時卻沒有獲得預期的結果，於是怨聲四起；只因在競賽中沒有公平，其中有人用賄賂的手段走了捷徑，輕易地把利益分給特權階級和賣給了狡獪的人，而產生普遍的民怨。只因少數人破壞了公平競賽的規則，完善的律法也不再受人遵守；人間失掉了秩序，便沒有自由和權利的保障。這一點，有知識的人都十分清楚，但往往也就是有知識的人在做欺詐的行當。但耶穌說的十分明白，人類獲得天國的選取，不必靠投機取巧，不必靠非法，不必靠賄賂；因爲連他也不知道那日子那時辰何時到來。

在第二個論題時，他提出勤勉，以說明上段備油的條件。所謂聰明的，並不是指那些在現世中懂得投機取巧，做非法賄賂之事的人；所謂愚拙的，也並非是指完全無知之輩；正好相反，耶穌的語義只在勤勉與懶惰兩者之間做區別。因爲他的寓言這樣說：天國又好比一個人要往外國去，就叫了僕人來，把他的家業交給他們。耶穌的原則是公平正確的，按著各人的才幹，給他們銀子；一個給了五千，一個給了二千，一個給了一千；就往外國去了。那領五千的，隨即拿去做買賣，另外賺了五千，那領二千的，也照樣另賺了二千。但那領一千的，去掘開地，把主人的銀子埋藏了。主人回來了，和他們算賬。那領五千銀子又賺了五千的，主人說，好！你這又良善又忠心的僕人；你在不多的事上有忠心，我要把許多事派你管理；可以進來享受你主人的快樂。那領二千銀子又賺了二千的，主人也同樣這樣說。那領一千的也來說，主啊！我知道你是忍心的人，沒有種的地方要收割，沒有散的地方要聚斂；我就害怕，去把你的一千銀子埋藏在地裡；請看！你的原銀子在這裡。主人說，你這又惡又懶的僕人！你既知道我沒有種的地方要收割，沒有散的地方要聚斂；就當把我的銀子放給兌換銀錢的人，到我來的時候，可以連本帶利收回。他奪過他這一千來，給那有一萬的。因爲凡有的，還要加給他，叫他有餘；沒有的，連他所有的，也要奪過來。主人終於把這無用的僕人，丟在外面黑暗裡；在那裡必要哀哭切齒了。依我們一路讀下來的了解，世界末日，人子再來時，凡死去的都將在天國復活，那麼那些不被選取的，必被摒棄於天國門外；天國門外的世界，便是地獄的區域，那裡是黑漆一片的；凡是被棄於地獄的人，顯然其悔恨已太遲了，那時必要哀哭切齒是很明顯的。這第二段延伸意義的寓言，已叫我們十分明白，沒有疑義。這是特別教訓可憐的沒有國度的流浪的猶太子民而說的；因爲猶太人在世界的各地經商放息，尋找他們謀生的特殊方式，他們沒有土地的所有權，但猶太的復國到來時，他們都應回來，連他們所賺的錢也要帶回來。

第三部份開頭便呈現著結論的景象：當人子在他榮耀裡，同著衆天使降臨的時候，要坐在他榮耀的寶座上；萬民都要聚集在他面前；他要把他們分別出來，好像牧羊的分別綿羊山羊一般；把綿羊安置在右邊，山羊在左邊。於是王要向那右邊的說，你們這蒙我父賜福的，可來承受那創世以來爲你們所預備的國。至此，我們感到兩者明顯混合一談了；可是此時，狹義的復國已被我們的意識拋置於腦後，我們只可相信這是廣義的天國福音。無疑，生而爲人，其一生的終結目的，在神學裡他的目標是定得異常明顯的；但現今的哲學只界定人生的範圍，斬除人從何而來的問題，也阻擋人將往何而去的問題的探討。主張這種哲學的人的最大理由是，人死之後即失掉知覺，軀體腐敗化爲塵土，因此不知道死後的境界爲何；而生之前人沒有任何形體和知覺，無從考據靈魂的存在；所以他們說，在人生裡討論生前死後的事是無稽的。因爲人的行爲意義全賴感官和知覺來如以辨別，從人之生到人之死，完全是知覺感官的經歷史，從受精與卵子結合成孕開始，知覺感官便被賦與它的地位，直到感官知覺失掉效用而整個軀體死亡。在這樣的說法裡，人或萬物均被視爲物質，不被賦與其他的知能和靈性的存在，就像佛洛伊德的學說中，人只有性的衝動，一切的行爲意識均導源於性的衝動。這種主張雖有其眞理的成分，卻並不完全統括所有眞理；佛洛伊德之後，楊格和佛洛姆已延伸出更高的更廣闊的眞理，使人知覺到人雖是物質體，卻有精神和意志的道德性存在。人在一生之中所屬的最高層次，就是精神和意志的道德性的思辨工作；而最低的層次則是生活的基本問題；因此，人生應該分成兩個部份，一是生活，另一是生命；而生活的取得靠勞作，生命的取得靠精神思想。如果哲學的思辨和主張，能夠包含這兩大部分，那麼它與宗教裡明喻的生前死後之事，便能夠互相交融諒解，甚至求得一致的語義。在神學裡，人從何而來，將往何處去，路徑分明，有如一條坦磊的大道；上帝是造物者，是永恆的，無論如何上帝的存在，不可能在理性中被加以去除，人不能因爲個人的理由而否定上帝，在感情上人更應該信仰上帝。現代的思想猶於重視現實世界的事物，猶於人與人的紛爭，國與國的戰爭日漸頻繁，猶於人的貪慾越來越繁富多樣；如果由於這種情狀所造成的迫害和不公平，而質問到上帝的存在，在個人的命運上是值得同情的，但在整個人類的立場，就是一種反理性。人類所發展的科學，是因爲人類的懷疑而產生的，其眞正的終極目標是爲了證明造物的存在，追求宇宙的起源，而不是用在旁門左道上，進行國與國的戰爭，殺害人類本身。近代哲學的迷失，不能誤引爲宣判上帝的死亡。人生的積極意義本身即有宗教的意涵，而神學的最高服務便是爲人鋪行一條完善的道路，人類有能力維靠形上思考，從福音書中感悟人生的善。所以受教於神學所得的利益，必定可以創立足可施行的人生哲學，這一點必再仰賴個人的耐心，準備和勤勞，以及完全的信仰。在現實世界的實踐裡，耶穌說：

for I was an hungred, and ye gave me meat: I was thirsty and ye gave me drink: I was a stranger, and ye took me in; naked, and ye clothed me: I was sick, and ye visited me: I was in prison, and ye came unto me.

「因爲我餓了，你們給我喫；渴了，你們給我喝；我做客旅，你們留我住；我赤身露體，你們給我衣穿；我病了，你們看顧我；我在監裡，你們來看我。」

他又說，我實在告訴你們，這些事你們既做在我這弟兄中一個最小的身上，就是做在我身上了。這就是現實人生的天國感情；相反的，地獄的人間便是如此了；因爲我餓了，你們不給我喫；渴了，你們不給我喝；我做客旅，你們不留我住；我赤身露體，你們不給我衣穿；我病了，我在監裡，你們不來看顧我。他說，這些事你們既不做在我這兄弟中一個最小的身上，就是不做在我身上了。耶穌這樣說，天國比照現實世界的意義不是很明顯了麼？晚安。

第二十六章 最後的晚餐

耶穌的命快要完了；當他說，在他榮耀的寶座上，右邊的可來承受那創世以來為你們所預備的國，這些義人要往永生裡去，左邊這被咒詛的人，離開我進入那為魔鬼和他的使者所預備的水火裡去，這些人要往永刑裡去。說完這一切的話時，他對門徒說，過兩天是逾越節，人子將要被交給人，釘在十字架上。他不止一次說到被出賣釘在十字架的事，我想他不是癡人說夢話，要人同情他；因為情勢的確是如此。自從他進入耶路撒冷城，在神殿鬧了一陣之後，現世的當權派法利賽人，文士和長老，豈能容忍這小子來玩弄革命的勾當，破壞當時的秩序，任他來指責咒罵，指出他們的不是，而又自命不凡地說他是唯一神的兒子，和最大的先知。自有人類以來所建立的王權，都不容有反動者的存在，除了民主政治，有一部公正的憲法，人民有自由權批評政府，但也不容許有叛國的行為。所以有識者都能明瞭，這位愚蠢作夢的精神病者，是非完蛋不可了。那時，祭司長和民間的長老，聚集在大祭司稱為該亞法的院裡，大家商議要用詭計拿住耶穌殺他；欲加於人於死，何患無辭；他們唯一顧忌的是怕生民作亂。這種防患是聰明的措施。但是民眾的性質是什麼，我曾經說過了，他們能被煽動成野蠻的力量，有如在大草原狂奔的野牛，有時也會突然潰成散沙，懦弱不能團結，任人隨意宰割。平時他們跟隨耶穌走動，視耶穌爲領袖，爲救世主，被認爲忠誠的信徒；我想根本不是這樣；他們大都是想貪得便宜，看熱鬧，吃免費食物；耶穌不再用五個餅兩條魚養他們，他們對耶穌也漸漸失掉了信心。所以當權派的人的預估，只是防患於萬一，其實要捉拿耶穌易如反掌，因爲他並不逃避他們，他是自願前來就死的，只要成全他便得了。

本章的情節是臨近高潮前扣人心弦的一部份，不論眞實人物的耶穌在當時是否有這等的表演，我們一路讀下來，已經了然撰寫這部福音書的人的完美章法，把枯燥的教訓（現代人是非常厭惡說教的）和來去自如的人物行動，用散文詩的形式鋪配在一起；就以敘述一個單一人物的故事而言，沒有比這部福音書更能滿足我的讀書慾；世界上也沒有哪一部書比它更高貴；因爲本書的效用，每每讓人駛入寬容的心海裡，享受著無欲的平靜。

正當當權派設計捕捉他之時，耶穌在伯大尼長大痲瘋的西門家裡，有一個女人，拿著一玉瓶極貴的香膏來，趁耶穌坐席的時候，澆在他的頭上；這時候的門徒，仍然還有僞善的俗人的脾氣，說這香膏可以賣許多錢，賙濟窮人；耶穌直率地說，她在我身上作做的，是一件美事。因爲常有窮人和你們同在，只是你們不常有我。她將這香膏澆在我身上，是爲我安葬做的。親自聽到這樣的話，誰不涕淚羞顏低頭呢？當下，十二個門徒裡，有一個稱爲加略人猶大的，去見祭司長，說我把他交給你們，你們願意給我多少錢？他們就給了他三十塊銀幣。關於猶大的出賣行爲，後來的世人有各種不同的猜疑意見；有一說，認爲猶大是個理想主義者，愛國的狂徒，也是一個絕頂聰明的人，想藉耶穌之死，達成他的理想願望，鼓動民衆推翻當權的人；因爲在猶大的眼光看來，耶穌太過虛幻，沒有俗世的領導能力，這種人只可利用，不能視爲革命的領袖。或許，耶穌之死，以猶太復國的觀點而言，他是一個犧牲者，使當權派落人設計的圈套，以便引起民憤，乘勢進行革命。種種說法都可能符合當時的事實，可是在此地並不重要，只可視爲戲劇的情節，描摹人類的心理。所以如果要多談猶大，應該另設主題，此時並不是我的職責，暫且輕輕放過他，關於他，後面還有他的演出機會。

除酵節的第一天，門徒來問耶穌說，你喫逾越節的筵席，要我們在哪裡給你預備？這些門徒雖然還未完全徹悟，但對耶穌卻溫和而禮貌，多少帶給耶穌一些俗世的安慰。他說，你們進城去，到某人那裡，對他說，夫子說，我的時候到了；我與門徒要在你家裡守逾越節。這就是我們所知道的，聞名後世的最後晚餐。

我們所看到的「最後的晚餐」的圖像，是中世紀文藝復興時期義大利佛羅倫斯人達文西所畫的，在《諸神復活》這本記載達文西一生的傳記裡，談到達文西繪畫這幅壁畫的經過，他很快地畫完全幅畫，卻留下耶穌的頭部沒有完成，他每天都去看它，經過了許多年才下筆完成這個部分。我們可以了解，要描繪一個聖人的表情，是一件極需思考的事；這件工作我想也唯有達文西這位幾近完美的人才能勝任。關於達文西，我心中懷著敬仰，那本《諸神復活》的書，是一本不能不讀的書，我在讀師範時從圖書館借出來讀，我一面讀一面做筆記，使我印象頗具深刻，一個人要認識自己和人類，這樣的書是太可貴了。請原諒我此刻的心情，使我移轉應說的主題談到別的事；假如諸位一路讀下來已經了解我的個人情緒，你便知道某些聯想是必要的敘述；我的情緒總是不平穩的，平時需靠多量的文明物的安慰，諸如音樂、美術、小說、詩和歷史等書籍來填補職業工作之外的空暇時光。這一趟前往臺南尋弟旅行的最大意外收穫，是使我拾起對聖經的興趣，我相信東方人如不是因爲什麼機緣，一生之中都不可能去接觸聖經，即使受過教育的人，也不一定有耐心去披讀，何況有大部份的人以爲信仰基督是背宗的行爲；總之，對聖經的種種歧視對本地人來說是難免的事；但我想一個人只要抱著求知的態度，不妨在一生中讀一次聖經，信仰不信仰是個人取捨的問題，似乎不必以嫌惡的態度，對待異國的文化和宗教信仰。

耶穌與十二門徒的晚餐，成爲基督教世界最爲值可紀念的一件事；不過，我想他們不一定吃得痛快；正在喫的時候，耶穌要中止大家的食慾似地，便宣佈說，你們中間有一個人要賣我了。門徒之間互相詢問猜疑，我們從達文西畫的圖像裡便看得出來，有的人甚至手中握著尖刀。耶穌拿起餅來，祝福，就擘開，遞給門徒，說，你們拿著喫；這是我的身體。又拿起杯來，祝福了，遞給他們說，你們都喝這個；因爲這是我立約的血，爲多人流出來，使罪得赦。這件事，天主教後來在彌撒中一直奉爲最重要的儀式；但自路德宗教革命後，各種派別紛紛創立，爲了餅和酒是否眞能代表耶穌的肉身和血起了歷史性的辯論，而終於在基督教裡把它廢除了。我認爲天主教保持這個儀式的優美是應該的，但基督教各派的堅忍之士的實際卓行，而不重儀式也令人敬佩。如今，耶穌的遺訓已不再受人重視了，多談實在無益。他們吃完飯，唱了詩，就出來往橄欖山去。

現在我們都知道彼得是十二門徒中第一號人物，但在常時他是信仰最猶疑不決的人；前面的章節裡，他常常說錯話，叫耶穌不客氣地教訓他，直到現在耶穌臨危時，他依然一錯再錯。耶穌在山上對他們說，今夜你們爲我的緣故，都要跌倒；彼得再度虛僞的說，衆人雖然爲你的緣故跌倒，我卻永不跌倒。耶穌說，我實在告訴你，今夜雞叫以前，你要三次不認我。不過，彼得在耶穌死後，他的確扮演堅信永不跌倒的角色，羅馬的教會就是他所建立的，使許多基督徒在競技場內表現不畏死的精神，也是後來在梵蒂岡有彼得大教堂紀念他的偉大的傳教功勞。然後耶穌同門徒來到客西馬尼，要他們坐在那裡，他帶著彼得、和西庇太的兩個兒子同去，就憂愁起來，極其難過，對他們說，我心裡甚是憂傷，幾乎要死；你們在這裡等候，和我一同儆醒。他就稍往前走，俯伏在地，禱告說，

O my Father, if it be possible, let this cup pass away from me: nevertheless, not as I will, but as thou wilt.

「我父啊！倘若可行，求你叫這杯離開我；然而，不要照我的意思，只要照你的意思。」

他來到門徒那裡，見他們睡著了，就對彼得說，怎麼樣，你們不能同我儆醒片時麼？這是何其悲嘆的話，他心內的感受直叫人同情呀。他指出他們心靈固然願意，但肉體卻軟弱了。而這又何其心地慈悲，他高貴的人格也直叫人落淚。他第二次又去禱告說：

O my Father, if this cannot pass away, except I drink it, thy will be done.

「我父啊！倘若不能離開我，必要我喝，就願你的意旨成全。」

我們知道一個人有時常在他人面前說大話，等到事到臨頭便違言溜走了。我們也可以姑且認

爲耶穌先前也是犯了同樣人類的毛病，但此刻，固然他覺得深具恐懼，才有這兩次的禱告，他並不臨陣逃脫，寧可認定而靜待命運的來臨。他又做第三次禱告，說著先前一樣的話。他看到門徒眼睛困倦著了，說，時候到了，人子被賣在罪人手裡了。任何人爲自己的生命擔憂是很自然的事，重要的是能否有勇氣面對。他叫他們起來，我們走罷；看哪！賣我的人近了。說話之間，猶大來了，並有許多人，帶著刀棒，從祭司長和民間的長老那裡，與他同來。猶大即到耶穌跟前說：請拉比安！就與他親嘴。親嘴就是他給他們的暗號。耶穌坦然地說：朋友！你來要做的事，就做罷。於是那些人上前，下手拿住耶穌。這時發生了一個小插曲；有一個常跟隨耶穌的人伸手拔出刀來，將大祭司的僕人砍了一刀，削掉了他一個耳朵。這個人的確叫人欽佩，但砍了大祭司的僕人有何用呢？有用的是殺死大祭司；可是大祭司知道可能會發生打架的事，他是不會來的。耶穌心裡十分感激這位忠義的人，但他也知道無補於事。耶穌一說這一切的事成就了，當下門徒都離開他逃走了；他被帶列大祭司該亞法那裡去時，只有彼得遠遠的跟著耶穌，直到大祭司的院子，進到裡面，就和差役同坐，要看這事到底怎樣。

在那深夜的會堂裡，祭司長和全公會，尋找假見證控告耶穌，要治死他；有如警察深夜在街道或咖啡廳酒館捉人到警察局，硬要那倒楣的青年認出一條罪來，不認就有睪丸被踢破的痛苦。雖有好些人來做假見證，總得不著實據。末後有二個人前來說，這個人曾說，我能拆毀神的殿，三日內又建造起來。大祭司問耶穌，耶穌卻不言語。大祭司對他說，

「我指著永生神，叫你起誓告訴我們，你是神的兒子基督不是。」

耶穌終於說：「你說得是。」

我想一個不知自己的親生父親是誰的人說他是神的兒子有什麼不對呢？

大祭司就撕開衣服說，他說了僭妄的話，我們何必再用見證人呢？這僭妄的話，現在你們都聽見了。我們知道耶穌以神的兒子起家，最後也必要以神的兒子而死；凡人以何種事業起家，終必以其執著的事業而亡；有如藝術家爲藝術而死同樣的意思。一旦有了藉口，大祭司問各人的意見如何？他們回答說，他是該死的。死之前，耶穌就在這未審判的深夜會堂裡，受到唾沫的凌辱，拳頭打擊的痛苦，也有用手掌打他說，

「基督啊！你是先知，告訴我們打你的是誰？」

說這話的人眞可惡極了，說不定他曾吃過耶穌的餅和魚呢，只是一朝落魄，就順勢踢打落水狗，這種人在時代的改變時便會出現，同時乘機發點國難財。耶穌受盡了衆人的辱打，即面對它，也不懊悔；他是知道的，他有準備，所以他能忍受。彼得看到這種情形，欲想溜走，有一個使女前來說，你素來也是同那加利利人耶穌一夥的，彼得不承認；他到了門口，又有一個使女看見他，指認他，他又不承認，並且起誓說，他不認識那個人；有人認出他的口音來，指出他和耶穌同黨，彼得就發咒起誓否認；立時雞就叫了。彼得出來，想到耶穌，痛哭而去。晚安。

第二十七章　結論

一、耶穌或巴拉巴

到了早晨，耶穌像個罪犯似地被捆解去交給巡撫彼拉多。許多對這段史實一知半解的人，都痛恨這位彼拉多巡撫，以為他是主動捉拿耶穌，並下令將他釘十字架的人，這實在是大錯特錯；依據經文的記載顯示，這位羅馬帝國屬下的小巡撫，倒是非常憐憫被統治地區的人民；而眞正表露出凶惡和剝削百姓的，反是那些名義上依賴當權者的本國人；是那些法利賽人，祭司，文士和民間的長老，才是眞正想治耶穌於死地的人。我在開頭先說了這些話，是有感於歷史上如此的事都非常相似，害本國人的往往不是異族的佔領者，而是道地的自己本國的人。煽動無知的人民仇恨外國人的，往往也是本國的野心家。也許有人要問道，那麼是否要永遠順服異族的統治？答案當然是否定的；誰給誰統治，有自然的律則，不是暴力的；如果本國人能自我奮發，都能在各種事務上表現優秀的才能，自然而然，形勢就改變了；那麼過去歷史的錯誤或種種不幸，便能經由溫和的方式糾正過來。一個民族的興衰，大都可以從民族本身的品德和才能上測驗出來。好罷，我還是少說閒話，要緊的是依照情節的進展，順序地把耶穌的命運道白出來。祭司長和長老在彼拉多面前，控告耶穌許多許多的事，耶穌一句也不回辯，彼拉多覺得奇怪，認爲他只不過是個呆癡症的可憐人，一夜的折磨使他看起來十分的落魄，形貌顯得無比的悽愴和襤褸。最後依照他們的指控，彼拉多問耶穌說，你是猶太人的王麼？耶穌這時才說，你說得是。事情也就因爲耶穌認爲自己是猶太人的王而顯明了；面對一個專制的政府，如果有那個傻子敢認爲自己是王，也一樣要殺頭的；這個事也沒有再申述它的必要了。可是在那時，可有一個十分溫情而民主的常例，就是每逢節期，隨衆人所要的，釋放一個囚犯給他們。這是一件有趣而不可思議的事，讓人覺得活在那個野蠻的世界，有點像在遊戲；現在這種常例倒沒有了，使人覺得現代不如古代那麼有人情味。當時，有一個出名的囚犯叫巴拉巴。衆人聚集的時候，彼拉多就對他們說，你們要我釋放那一個給你們；是巴拉巴呢，是稱爲基督的耶穌呢？我已經說過了，這位耶路撒冷城的小統治者，他是充滿客觀精神和寬容的情懷；他原知道，他們解押耶穌前來，是因爲嫉妒他。彼拉多的愛妻也知道審判耶穌是完全沒有道理的事，頂多把他當成瘋子驅逐出境便罷了，覺得有勢力的本地人未免太過分認眞，和小題大作了，便打發人來說，這義人的事，你一點不可管；她說，因爲我今天在夢中，爲他受了許多的苦。她的夢無非是聽聞許多有關耶穌的事，便特別關懷起他來。祭司長和長老，開始挑唆衆人，要求釋放巴拉巴，除滅耶穌。所謂群衆，早被祭司長和長老安排好了某些人，搶先發言，然後鼓動群情，使其他人受到強勢的左右。有人說要巴拉巴，然後有一部份的人也說巴拉巴，那還沒有說的自知這時不喚，事後一定會被人暗算，於是也說巴拉巴。彼拉多無奈地說，這樣，那稱為基督的耶穌，我怎麼辦他呢？他們都說，把他釘十字架。反正死的不是他們自己。這時彼拉多眞有點對群衆生氣，內心很厭惡這群不辨是非的烏合之衆；他說，為甚麼？他做了什麼惡事呢？他們便極力的喊著說，把他釘十字架。所謂群衆已經融合成一隻邪惡嗜血的野獸了。彼拉多見說也無濟於事，恐怕反要生亂子來。他就拿水在衆人面前洗手，說，流這義人的血，罪不在我，你們承當罷！衆人都回答說，他的血歸到我們，和我們的子孫身上。撰寫這部福音的人，是多麼愛國，又多麼恨自己的國民的無知和無恥。

這時候，賣耶穌的猶大，年輕而無經驗，看見耶穌已經定了罪，他從群衆的反應上知道他的理想破滅了；為這樣的野蠻而無能分辨是非的群衆懷抱著理想，是一件多麼不可思議的事，他後悔了；他把那三十塊錢，拿回來給祭司長和長老，說，我賣了無辜之人的血，是有罪了。其實不用猶大通風報信，耶穌的性命也在他們的掌握中，猶大畢竟還是個不怎麼聰明的誠實人，我想像他的模樣有點像現今的大學生。老奸巨滑而推脫乾淨的祭司長和長老說，那與我們有什麼相干？你自己承當罷。猶大至此時才徹悟到人類內心的險惡；他知道耶穌要死了，他活著也沒意思了；把銀錢丟在殿裡，自殺去了。無毒不丈夫的祭司長拾起銀錢說，這是血價，不可放在庫裡；他們就商議，用那銀錢買了窰戶的一塊田，做為埋葬外鄉人之用；所以那塊田，直到今日還叫做血田。

凡委身當走狗的人，大概都有奉上欺下的性格；由於人類個體本身，對獨立人格的建立遲遲不能完成，人間才有階級化，才有奴才讓人討厭的嘴臉；像巡撫的兵一樣，主人走了，他們開始要猴戲，把交給他們手中的耶穌，嘲戲和凌辱了一番。他們給他脫了衣服，穿上一件朱紅色袍子，用荊棘編做冠冕，戴在他頭上，拿一根葦子放在他右手裡；跪在他面前，戲弄他說，恭喜猶太人的王啊！又吐唾沫在他臉上，拿葦子打他的頭。頭上荊棘的刺一定穿入頭皮內，血絲像淺溪流水，從髮裡流掛到面部和耳後根；整夜被折騰到天亮，由天亮到晌午，再有精力的人也要軟弱了。耶穌這時也只不過是一息尚存，十分疲弱的人，面容沉默，眼神垂視著。戲弄完了，就給他脫了袍子，仍穿上他自己的衣服，帶他出去，要釘十字架。一個古利奈人，名叫西門，看耶穌根本沒有氣力揹拖十字架，就替他背了。然後到了一個叫髑髏地的地方，兵丁拿苦膽調和的酒，給耶穌喝，他嚐了，就不肯喝。這酒大概用來痲醉的；耶穌既然不願，就將他活活釘在十字架上，然後拈鬮分他的衣服；實在太無恥了。他們在耶穌頭上安一個牌子，寫著他的罪狀說，這是猶太人的王耶穌。這樣的事居然是人類自己對自己幹的，我們對所謂的人類還存有什麼希望呢！

二、復活

當時，有兩個強盜，和耶穌同釘十字架，一個在右邊，一個在左邊。從那裡經過的人，譏誚他，搖著頭說，你這拆毀聖殿，三日又建造起來的，可以救自己罷！你如果是神的兒子，就從十字架上下來罷。祭司長和文士並長老，也是這樣戲弄他說，他救了別人，不能救自己。他是以色列的王，現在可以從十字架上下來，我們就信他。他依靠神，神若喜悅他，現在可以救他；因爲他曾說，我是神的兒子。那兩旁的強盜，也是這樣的譏誚他。從午正到申初，遍地都黑暗了。今天任何假藉神的名義行騙的人，一旦受到公正的判決，受到懲罰，我也會同樣譏誚他，爲何他信仰的神不救他，尤其那些自設神壇，而不是從知識和理性的認知上承認宇宙只有一位造物主的人，更應該受到公衆的制裁。今日有知識的人都能辨識耶穌不能同另批人同日而語。那時他們譏誚耶穌，是盼求他的神蹟，沒有神蹟，他們便看不到任何什麼有意義的事，有如盲者摸不到眞象。今日我們看耶穌，像斯賓諾莎一樣不再相信經文中的神蹟；神蹟的事，既使當時曾有，對我們現今的人也已不再重視它了；因爲我們現今的人的智慧，已能透過時空的淨化，看到一層比神蹟更爲有意義的事存在那裡。耶穌博愛的精神已受到歷史人類的效法，成爲修善自己和行善於別人的導師；一個眞正基督徒的精神，不在神蹟，也不在體制，而只需一個簡單力行的信條，那就是公正和親愛對待鄰人的實行。這句話是斯賓諾莎倡議的，也是我們應該贊同的；今日的世界更需要實行這個信念，推廣到國與國之間的諒解，消除既往的仇恨，不要把歷史的錯誤，再行延續於未來。我認爲有智識且心中充滿善意的人，都能知道怎樣來實踐它，且能從基本上先認識自我，修養自我做起，人類才能消除內在存活的幻滅感覺，進而在外在把個自的差異協調融合在一起。話雖這麼說，人類要達成這種完全溫和的態度，恐怕還有許多的來日，或如耶穌所預言的人類的邪惡必推演至世界的末日。我對這樣深遠和艱難的問題，實在一無所識。活在今日，我實在有無可適從的苦惱，只要我能從日日的思考和學習中，知道了眞理的所在，我一定不吝於將它述諸文字，傳達給別人；因爲我不能以無知爲有知，以平凡的人類的立場，我更無資格說教；我更不敢存心煽動，滿足我內在的野心；我活著只有一條天律，勤勞工作和保持自身的健康，時時具有清明的理智，而不被幻像所迷惑，而能聚精會神來追求眞理。

本章以下的事，我已不再記錄；從上章經文的精彩內容，一直展讀下來，甚至下一章也連著急迫的興趣而讀完了；看經文的讀者也可能這樣做，所以我也不要再闢一章，增加許多繁言；這一章的結束，就是我讀馬太福音筆記的全部結束。只有在這末尾追述一點我對耶穌復活意義的感想；如果你們直截了當地問我一句話，說，耶穌復活是眞的嗎？我會說，沒有那一回事；但如我是撰寫這部福音的人，我依然要安排他的復活，問題不在事情是眞是假，是在於所要說的事是否有意義；爲了這層重要意義，耶穌復活了。晚安。

書簡

●周世禮致七等生

七等生：

我現在還只是一個學生，常然夠不上資格批評您的任何著作；所以寫這封信，一方面是昨日和學校一個研究生因〈城之迷〉而引起一點爭論，然，最主要的是站在一個「共鳴者」立場誠摯的向您請教一個問題。

〈城之迷〉裡的柯克廉在經過一年的城市生活，最後仍決心回去鄉村——一個純樸、誠實、與世無爭的地方。我認爲這是一種「逃避」，至少是一種儒怯的行爲。（恕我直言）。雖然，城市好似一個大賭場，每個人以自我做賭注；僥倖贏者，名利兩收，輸者，不但是自我的受屈辱，還要畏縮的逃離人群（城市），過著封閉式的生活。但是，難道不能身處賭場而不參加牌局嗎？再說，鄉村變爲市郊而城市，這是社會發展的必然現象。到時又能到那裡找一個「鄉村」隱居呢？因此，我認爲斐梅的話較對，「大隱在城，小隱在林。」

也許，我誤會「曲解」您的原意，懇切的等候您的回信。

快樂
祝

周世禮上

七等生致周世禮

世禮：

我很高興接獲你的來信，以及你的問題的趣味性。但是你的問題的要旨偏重於現實世界的選擇，亦即在現實中城市與鄉村的比較孰好孰差。你的思辨沒有錯，但這樣的思辨則完全傾向於理論，對於我們短暫而又似乎綿長的人生則不盡正確。因爲人生遠較於單純的理論的邏輯爲複雜和多樣，情景亦因時空的不同而有異變；人生不能歸於一條簡單的原則；在歷史的價值中，時而爲帝王，時而爲禪；時而爲英雄，時而爲隱者；變幻交替，互爲補償，如何取向，憑其個別的智慧，與時代的需要。裴梅的話沒有錯，她是一個具有男性性格的女英雄，不愛獨善其身，而希冀輝煌的事功成就。但她也因此雄心而失敗，落得悔恨一場。柯克廉是一個觀察者，亦是一個半參與者，我是要透過他的所見所聞所參與的經歷而做一個迫切的選擇；在現實裡的城市充滿著追求成功理想的人物，在他們奮力追求的過程中，外表顯現著他們的活力和智慧，以及那可能邁向成功的喜悅；可是他們也在掩飾內心的恐懼，如年輕的博士曹林，無情的結果，最後使他落荒而逃，當事業和愛情不合他的口味時，只好放棄理想，自私地走了。如從商獲有大利的康富，外表慷慨，卻埋藏著獸性，與他的女朋友扮歇斯底里的人生喜戲。斐梅自以爲能在這城市世界裡掌握著權力，可憐她是一個充滿愛心的幻想者，一個熱情的理想主義者，任何人都想攀附她達到他們的私慾，她最後發現她自己是個被利用和踐踏的一塊草皮，爲了自己的面子，最後還要爲曹林勇敢的收拾殘局。而她內心的恐懼是怕失掉柯克廉這個最後寄託的堡壘。一個人當惡夢醒時，總希望自己還完好地活著。這裡養傷的鄉村的意義便遽然突現出來了，這是小說境界的所在，猶如哲學上的退一步想，以及合理的現實歸屬。柯克廉的懦弱是暫時的懦弱，等待另一個機會。英雄需要時代的襯托，有智慧的人絕不會蠻幹一場，他的德行是一、修鍊，二、等待。當斐梅最後表示要跟隨柯克廉到鄉村時，他說也許我會再到城市來。人類的意志是一種circle的意象，他會回轉，像穆罕默德，像任何歷史的偉人，都是如此完成自我，亦拯救衆人。〈城之迷〉是在此意象中達成小說的任務。柯克廉是到城市來試鍊、觀察，他爲我們來斥候時間是否到來，他來體嚐人類是否和諧，理想是否一致；他同情弱者，亦同情強者，他愛男人，亦愛女人；他的外表是蒼白的，柔弱的，但他的內心充滿著耐性。對這一部小說我只說到此爲止，將來我會繼續在作品中闡述我的理念，它的不足之處是因爲它僅僅是一個階段，有待未來繼續完成。年輕的朋友，請用你的敏銳的感覺，而少用貪乏呆板的理論，你將漸漸在未來冗長的生活中睹見眞相的顯現，以及找到慰藉心靈的方法；當理想、希望遭受到挫折時，你必會找到一個容身之處，不論這容身之處是一個洞穴，一株樹上，一個荒島，或一個沙漠，或一扁舟在海洋，或一個小球體在太空中，你都不會因孤獨而喪失了勇氣，你將自信有一天還會回到人群之中，就像人類的精神，有一天要親自抵達最高的造物面前頂禮膜拜一樣。不論它多麼遙遠，他要嘗試；雖然我們此時陷於情緒的低潮，我們在這暫短的時光裡悲歌，但不要蔑視消極的意義。我們應該明白休息的價值，因為我們想要做的更為熱烈興奮。今天我們離開愛人而傷吟，那是表示我們還會愛得更深。我們不要害怕別人嘲笑我們的外表表現得像懦夫，只要我們不自我捨棄，不要隨意和盲目地讚許站在你面前裝得萬分勇敢而言語熱烈和阿諛鼓動你的人，也許他是個偽君子假英雄，像我們慣說的名詞「草包」。任何人都應學習一種自我的獨特思考，以便在繁複雜亂的人群中辨明。任何人也應自尋一種自我特定的飲食，以便在共認的糧食缺乏時不至於飢餓死亡。而一個個體要有自我確認的價值，才不至於在群體的價值中感到自卑而迷失。世界是你是衆人，互相參照：世界是大一（big one）。朋友，「大隱在城，小隱在林」，並不互相歧視，而是互相替換。告訴你的朋友們，這是我的意思，並祝福你的朋友們。

七等生

●周世禮致七等生

之一

七等生：

接到你的信後，我想了兩天，覺得有很多話想和你當面談談，希望你能答應。老實說，我之所以寫這封信是處在心靈極度焦渴的一種呼喚。請你儘可能答應。若你准許，我會在這禮拜六（三月二十五日）正午到達通霄。

我是上次寫信向你請教有關〈城之迷〉問題的讀者。

祝

快樂

周世禮上

P.S.：

①寫完信後，心裡有點害怕，並不是害怕和七等生見面，而是害怕發現事實——七等生其實也是〈城之迷〉裡柯克廉眼中的一種人而已。

②當你看完信後，若覺得這只是一個年輕小夥子的衝動而已，那就一笑置之吧！

③昨晚把〈來到小鎮的亞茲別〉再看一次，有點感想。有時候，一個人在家並不是一個好子弟，在社會不是一個好國民，在學校不是一個好學生，然而他卻是一個道道地地的「好人」。這可能是因為個人的道德價值判斷標準和社會的判斷標準有所衝突吧！

之二

七等生：

看完你的信後，我有一個直覺反應是柯克廉的「等待」有可能實現嗎？這又牽涉到個人的思想信仰方面。

柯克廉的行徑如孔子所言「道不行也，則乘桴浮於海。」當然，他不像陶淵明看破世局而歸隱山林，他仍在等待，等待一個人類理想和諧的清平之世。所以柯克廉是暫時的逃離人群（城市），歸鄉休養，待機而出。他的態度是消極的，但是對人類未來的命運仍是樂觀的。然而，我認為何克廉的等待是永不可能實現的。當鄉村發展成為城市後，人心也隨著外在環境而轉變，於是鄉村又充斥者〈城之迷〉裡柯克廉眼中的各型人，這只是一個惡性循環而已。（我所推論的並不是說人性本惡，而是說明人類命運在世界潮流的衝激下所形成的無可奈何的事實。）

我認為人都有奴役性，除非有一種外來的極大撞擊才會導致現狀（以及防止未來）的改變。所以，我主張應積極的參與人群，以一種「知其不能為而為」的精神踏入城市，而不是處在絕望的等待中。（我想你會認為這只是一種年輕人無知的衝動而已，狂人說夢話罷了。也許吧！畢竟個人在城市裡是太渺小了。）

祝

快樂

周世禮上

●七等生致周世禮

世禮：

你的來信充滿了對問題的熱心，引起我的感奮，但是，我想你也明白，你的問題的眞正本質是不可能經由辯論而獲得解答的。你幾乎把我的意思解釋為凡在城市不得志的人，都退回到鄉村去住，所以你依然在說那一套循環的理論。城市和鄉村是兩個我的書中的可感而不可指實的象徵。不要像讀一般現在暢行的寫實小說那樣去了解。也不要以為我的作品能清楚確實的指出像你這樣的年輕人的行動，把我當成榜樣，你應該像看藝術品那樣去欣賞，其中如能深獲你心的感應地方，那是一種多麼好的幸運和愉悅，只是幫助你在個人的德行上邁向成熟，而不是為你解答終身事業或釐定大志的東西。在現實中，人與人之間在生活行爲上是沒有多大差異的；所以如你來看的不是我，而是陶淵明，你也會大失所望，因爲我和一般人一樣的工作和生活。淵明給人的印象是他的思想的化身，其實他在農業社會的時代，只是不願再去做官嘔氣，不再爭求名利，他在鄉村同樣與鄉佬的一切無有分別。他將他的理想寄託於詩文，同樣的，我將我的理念與感受寄於寓言小說。等你將你現在的滿腔熱血投向於群衆之後，當你有一天還會再憶起我的時候，那麼我和你已在無形中建立了深厚的友誼，那時相見備覺親愛，如今要辯會成爲仇人。

七等生

●周世禮致七等生

七等生：

謝謝你給於一個陌生讀者這麼大的熱忱。

讀了你的信後，我稍稍能「抓住」你（七等生）作品的意旨──「不要像讀一般現在暢行的『寫實』小說那樣去了解。」「像看藝術品那樣去欣賞。」在以後的日子裡，我會仔細沉思你的話和我所執著的思想。也許，有一天我會和七等生成爲好朋友（在精神上）。再一次謝謝你的來信。

祝

快樂

周世禮上

P.S.：很抱歉，再打擾一個問題。七等生的作品和卡夫卡（或任何存在主義作品）有關係嗎？

●後記（七等生）

我要公佈一位名叫世禮的年輕人的來信和我給他的回信，是我感想著這位青年的思想可能是現在一個很明顯而普遍的現象；知識青年熱切地想尋求一條服務社會的路，不但希望能安頓自己，而且希望社會有一條軌道邁向完善和繁榮。無疑這種熱情令我感動，我在這種年齡（二十歲左右）時亦抱有這種理想。我可以想像他們想尋找思想的依藉而對我的作品起疑的態度，因爲現在社會上有少部份文藝界的所謂知識份子掀起了一種頗爲誘人的鄉土的理想主義，表面上具有愛鄉愛土愛國的時代使命，使知識青年充滿了躍躍欲試的衝動，去批評社會，去掃除文藝的頹廢作風，希望能夠關心大多數的勞工生活，使國家民族朝向健康和繁榮，而權勢不集中在少數人手中。這種理想的確令人喜悅，如果它是那麼純粹和單純的理想的話，而我相信我自己亦抱持這種思想，不止是如此，依歷史的進展，我愛全人類，愛全世界人類共同攜手締造一個更新的文明文化，並且共享它的成就。但我知道，任何理想無不說來容易，做起來便阻難重重，而最大的阻難是個人無法控制自己的私慾，犧牲小我，完成大我的精神實在太少，我只是一個智慧平平與別人沒有多大差別的凡夫俗子，因此我想在我能做的工作上做好，其餘在我能力之外的野心幻想，我不願去參與。前面提到一個使命口號的提出並不意味著它有同等的內涵實質，美麗的，而事實上懷有詭詐的居心的口號，歷史上所展陳的事實不僅令我們心身懼怕，尤其當我們有機會去認識和考察他們的言論與生活行爲做一比照時，我們應該在受那種美麗的使命號召之前有所警惕，勿落入受利用的命運。今日政治問題十分的敏感，也引起人的關注和興趣，我相信在此時刻裡各種的使命會像商品廣告一樣被提出來，我們必須訓練自己有分辨的能力，並依自己的願望投其所愛做一個選擇，在善惡眞假中自行判別。各種理想都有它眞實和眞理的成分，但它的價值是實踐。世俗的眼光是膚淺的，它看不到永恆面，這不能責怪世俗，因爲它們只能解決現狀各自面臨的問題，因此歷史文化或民族的興盛的維繫必要靠智者的引導。作家、藝術家的作品反映著時代現象，他們把紛雜的各種景象綜合成一種感覺，變成爲作家專屬的風格。作家的使命不是像報導新聞般對人宣佈一個直接了當的單純消息，它涵蓋著人生於形式內容裡，它的形貌是消極的，但讀衆一旦獲得作品的啓示會轉換成積極的行動。文學藝術的價值便在於此。有人會無知地批評說唱悲歌兀自流淚有何意思，爲何不找歡樂，但有識之士必能明瞭，悲歌之後常能喚出新生的力量，猶如悲劇的作用能洗滌心靈的污垢，產生生命的意志。我不必在此煩贅，這是眞確的事實。因此作品總是描寫灰暗悲傷的一面，以啓示人生。我在回覆世禮的信中說得很清楚，我是一個作家，忠於我是一個作家應做的工作，我希望他能敏於領會，而不要像現實社會的某些人一樣不歡迎作品的灰面，且從表面的文字上斷章取義般地挑錯，就像一個理想主義如果是霸道蠻橫的，那麼它可能只是一個美麗的謊言，它的目的是利用徬徨中的青年，人群聚處就不會是單純；我所看的、想的，和經歷著的，有比這位單純的知識青年的所知之處多些，我應該給予他誠摯的告訴，問題不在我的作品上，而在他現在懷抱的熱情，他應該依照他的願望奔投到社會去，因爲他的命運他的路不會與我相似，在理論上沒有什麼可辯之處，重要的是去經驗，或許有一天當他在勞苦後休息時，會感悟我與他有點相似的精神，如果他不是學文學或當藝術家，也許會意外地收獲到領悟文學藝術是什麼玩意。如果他沒有，對他也沒有什麼損失，也許他能在某些事業上獲得輝煌的成就，他那道義的心靈更直接地貢獻於社會大衆。做爲一個文學創作者，我所祈望於讀者的報償很少，幾乎沒有，只要有三兩知音已感莫大的安慰。這種勞神的工作完全是自願的，因此也能自甘淡泊，忠於藝術的原則，注重內心的靈思，不會爲分外的野心而撰文鼓動群衆。我永遠不會爲「理想」這種廣泛而近乎無邊際的事體去與人爭辯，我永遠尊重別人心有理想，不管他們想的是否和我一樣，但是當有人蓄意危害到我生存的權益時，我將會奮而戰鬥，或有人蓄意侵犯別人的人權時，也會喚起我的道義心。這些話好像和我的作品是兩回事，其實不然，假如他能眞確地了解，我相信他會發現我的作品比我現在說的還要廣闊，在原則上我注重個體的健全修養，唯有個體的健全才能促成社會群體的健全，才有餘力去服務他人，時尙的所謂「人道的理想主義」它是排斥個人有自由的自主權，只提出理想的社會形模，無疑忽視個人人權的社會絕不可能是種好理想，這種淺明的道理，竟然會迷惑現在的知識青年，難道會像世禮所說的人具有奴隸性，而甘於受擺佈和奴役嗎？或是現代的青年只會望文生義，而不知道世界上邪惡詭詐的東西都具有它的美麗外衣，而受其蠱惑和欺騙嗎？當我的勸告顯得不生色而缺乏意義時，我希望他去獲得他應該有的寶貴經驗，而不要理會我；我也希望其他的青年，選擇他們自己的途徑，充實他們自己；因爲我不是全能者，我所想所說的也有缺點。

我年輕的時候

當我年輕的時候，非常的寂寞和孤獨。那是十七年前，我年紀二十三歲時。曰經在礦區九份當了兩年多的小學教師，沒有異性朋友，沒有什麼值得安慰我心靈的事物。夏季我徘徊於山下瑞濱的海灘，赤裸地暴曬在波浪排向岸沿的岩石之間的小沙灣，或潛入清澈透藍的深水裡，探尋水草與游魚同伴。那時我的心在海洋上的空際鳴響著，想呼求什麼與我在這宇宙自然結合，但我很愚蠢，找不到方法將我獻出和迎取。我深自苦惱，在浪費時光；我懷疑我是誰，是什麼事物，爲何獨自漫步於這曲折、岩石與沙灘和漁村的地方，而山上是令男人疲倦和蒼白的礦區。世界的表面看來平靜而美麗，但我的內心很不安寧。有一天我路過一個礦工們的休息處，幾個蒼白的男人在樹下陰涼處歇息，頭部戴著裝有小燈泡的工作帽，身上穿著半溼的灰綠色粗布衣褲，腳部套著膠鞋，臂部掛著一塊橢圓形厚木板，他們正利用那木板墊在地面上坐著。他們垂著眼瞼，一面吸煙一面在談話。有一位矮胖年紀較大的人特殊地躺在一張長板鐵上，眼望著樹葉的華蓋，那頂上陽光從隙間透出一個一個閃亮的白光，他眼望手擺做出觀窺的姿態，然後發表一些他的觀察心得。我坐在附近的石頭上，疑問著那單純平常的現象於他有何深動的感觸，爲何以一種平易的語言向周圍的人講述喻象；他是誰？為何能處在寂寥的處所而怡然自得，他說的與旁邊的人有什麼關係作用，為何他能津津道出，顯然有點荒唐和奇怪。後來我隱避的探詢他人，才知道他是先輩有名的畫家洪瑞林，一個經常與礦工為伍的人。我回到租居的斗室後依然還是像一個蠹物般生活著。不久，我漸漸感覺到我的身體像被一種無形的網布纏繞著，越來越緊也越厚，我開始掙扎想擺脫這種讓我深感窒息的束縛。

夏季過去之後，冬天來了；然後冬天過去之後，春天來了。我像平常一樣的工作、遊玩和消遣，沒有任何驚奇的事發生。我在潮溼的斗室裡像一條蠕蟲。

但是突然我意外地說覺我能思想，那是三月，我能知道我長期的禁錮和憂鬱，我像有另一對眼睛看到我過去的形體，它在時間的流動裡行走，我清楚地窺見到那行走的陰沉姿態；然後我又驚奇地發覺我能夠說出與別人不同意思的語言，也許我一直就如此，在這之前，我沒有知覺我能語言，但現在我十分驚喜地聽到我自己的聲音。我像在夢景中看見了這樣荒謬的事，我像一個做夢者，除了意識一個睡眠的自我形體外，還有一個在那夢景中活動的相同人物存在，我看見他行動，他說話。當我醒來時，我不知道我是那夢中的人或是原來的我，但我的清新意識有如一個包裹在絲繭裡睡眠的蛹，它成為一隻蛾突破了那層包繞的殼，然後拍翅顫簸地走出來下蛋。

已經退役半年的透西晚上八點鐘來我的屋宇時我和音樂家正靠在燈盞下的小木方桌玩撲克。

這是我的第一篇作品〈失業、撲克、炸魷魚〉的第一句話，長而沒有停頓的標點，一口氣說出來。在這句話裡，已經完全顯示我的個自思想的條理，清楚的描述我的世界的現象，以及呈現出語言結構的秩序。我的語言也許並不依循一般約定成俗的規則；它是代表我的運思所產生的世界的形象，由形象的需要所排列成的順序，它並不含糊混沌，而是解析般地清楚的陳列，就像自然所需要呈現的諸種形象。因此語言是爲了構成情景境界的工具，它的語態是爲了這情祟境界而自然流露。因此，我的語言便容許主詞的重複，動詞或述語的重疊堆砌。這並非故意造奇，而是表示我的胸懷的容納能量；它隨著我的思想的方向紛紛跳躍出來，不是我刻意學習的結果，而是我的性情的自然流露。

所以，當我寫出第一句話後，當我踏向寫作的第一步後，我從不因我沒有在學園的薰陶下受到栽培而感到惶恐，也沒有因我未曾受過良師的指引而感到憂慮，更沒有因沒有志同道合的寫作友伴而裹足不前，我是爲了我非要不可的欲意而寫作。所以我純然爲我掌握的理念寫作，我開始就踏入於純粹的文學，雖然歷經十七年的艱辛的否定生活的折磨，我從未改變這條路，這條路使我不斷地在自我個體與整個宇宙世界間的關係逐步做哲理性的思考。

回憶我能寫之前，在那年輕的時候，甚至遠在我童年的時代；在這個由誕生到幼年，由幼年到青年的茁長時期裡，任何一點如今能記憶的細節，無不是都在隱密地爲這二十三年後的迸發的衝動做準備。非常不幸地，沒有人連我自己都不知道，在那個受教育的漫長階段裡曾呈現出它的跡象，不像絕大多數在創作的天地裡縱橫馳騁的人那樣，在他們年幼的時代裡就露了端倪而已經躍躍欲試了。我們都知道創作的天才，常常在十歲之後，已經能表現出他們的眞正的秉賦，同時受到喝采的鼓舞，以及讚美的激勵。他們也幸運地受到環境和長輩們的小心培育和照護，自早就已為他們預做了各種準備，鋪上一條輔助行走的道路。而我，在那段年代裡，我的家庭卻必須為日日三餐而焦慮，辛苦工作而忘忽了我，為了這點，我只有一條權宜的選擇，進臺北師範藝術科讀書，以便將來做一個教師，緊緊捧握一隻鐵飯碗。我的外表是馴服的，但我的內心已在抗辯和苦悶。路是沉寂的，沒有人為我照明，一切均憑我的直覺的本能。首先我只能去覓食，為這心靈的饑渴到處尋找一點一點的食料，也因為如此而自覺和認識肉體生命的卑賤，而養成隨遇而安的性格，甚至養成貧乏不憂、豐富不奢的生活習性。我在隨手可得的音樂和繪畫的領域裡，發散我的熱情。我勤勉收集和參與，對音樂的知識和對繪畫技巧的認識，這二者成為我發展文學的踏腳石，它們永遠賦給我在文學的世界裡具有美感的質素，永遠具有聲音的格律和動人的形姿，產生我個人的眞正風格。我的文字是音樂的聲律和圖像兩種意義的結合，塑造出內在心靈和外在形象俱全的完整人格。這豈非不是我不幸的成長中眞正幸運的慰藉？

但悲劇性的靈魂卻是來自遺傳，不快樂是我的宿命，每當月圓我會感到特別的憂鬱，即使今日我能擁有人間的一切價值的事物，我依然不會全然處屬於快樂，因為烙傷已不能去除。解脫和悟道已經成為我現在和未來的文學追求的一項重要課題了。我在十三歲時喪父，正當在我開始要認清我唯一直接尊崇的對象時，他突然從我的眼前消失。在這之前，因為時代的陰影，造成年幼的我與我父有些敵意和疏遠。他在我記憶的黑幕中顯現的是一個憂患的形體，他高瘦的身軀和臉上痛苦的眼神，以及他在病魔的纏繞之下的掙扎扭曲的情態，我常常為此而逃到無人的角隅去獨泣。本來我和他開始時是互相和諧和友愛的，但有兩件事破壞了這份情感。第一件是我在七歲時，我抗拒入學，他痛打我，我不明白那時任何小孩都會歡天喜地地想要做的事我會感到深深的恐懼，這點惹怒他有如毀棄了他的希望，我被吊綁在屋樑下，在他憤怒殘酷的拷打下攞盪著，痛苦和恐怖深入我的心底，至今這個印象依然在我的記憶裡。不久，在姑母的撫慰和誘騙下，她背著傷痛的我進入小學校。第二件是我稍長懂事後，我厭煩於替病痛的父親向他的友朋尋求援助，在我小小的心胸裡認為這是羞恥的行為，我表現得很堅決，認為人無論在何種痛苦和貧困的情況中，都應保持鎮靜和獨立自尊的人格。我深深為以上的兩件事感到懺悔，直到現在，經由漫長歲月反覆不已的個自沉思省察，在我的心中才逐漸恢復我應對他的敬愛；當我獨自告悔時，每每泛起我對他的追憶，祈願著能與他再度重逢修好。他死時的淒涼打擊著我的心靈，我開始逃避人群，自尋安慰，學習自我處理事務的本領，另一方面幻覺的產生成為我的存活世界的一部份。

因此，有關生死之事，我從不肯用冷酷無情的態度來解釋它的現象；當一個人不能從死亡的現象裡延生一線永生的希望時，此人已不助於有情世界的建造，當他自身滅亡時常會連禍於別人。所以有關處理文學現實功利的闡揚，在我的思考裡最為謹慎，我不願輕率地為現實被目的曖昧的思潮或片面的眞理利用和服務，而輕易地道出在時光中會迅速消學的結語。文學可視為認知生命現象的工具，甚至它與其他藝術形式一樣代表生命現象的內涵。在我踏出第一步發展我的文學生涯裡，我唯一的使命乃是勤勉地學習和探索，祈望有一天能與過往的人類的仁善精神相接續。有人指責現今的文學，成為它頹廢地不斷在創作與自身相似的悲戲，只是對西洋文學的模仿，沒有為大衆做代言人，於是對生命的認知探索所應用的手段，也由個自內心的思緒移轉到表面世界人與人之間的議論，如此眞可謂喪失了追求知識的本意，喪失迫求知識的本意，只有破壞人生而不會改善人生。對人類權益的維護，我們所鼓起的熱情，應該直接去參與社會的服務，我們的社會也眞正需要這種明朗作風的寫實人物，因爲「人道」或「憐憫」是一種直接的帶有濃厚的「捨己爲人」的情感。至於文學的了解，它是一種體驗的「緣」，絲毫沒有強制的意思，不能因境界的不同而有殊異。佛教裡的「善知識」，以及老子的「無爲」是我個人傾近文學的本意。

日夜在交替，當我踏進寫作的第一步後，對於過往成長的歲月所遭到的貧困和苦難，遭到人事的折磨等種種夢魘，一步一步地獲得了紓解和擺脫，使我不平靜的心透過這層修鍊的認知，蔑視仇恨的報復而獲得了平靜。人間的美好事物是我天性中所喜愛和追求的，但追求有「道」。「愛」不直接指物質的欲望，它是一種精神的責任感，不是單純肉體渴慾的滿足；「愛」不但是融合和喜悅，而且是苦痛和憂患的分擔。在理想的國度裡，愛不是全然的歡樂、無止境的滿足，而是清楚地規劃出人的權利和義務，使成爲秩序；在此天地裡，不再有獨特的個人英雄的事功，只有依秉賦能力所分佈的責任工作。這是人類歷史文明追求它的理想的法則。當時代進入於動亂不安的時候，那不是某些人的錯誤，而是人人的錯誤；在此不幸的時刻裡，每個個人應從內在產生改善自己的能力，甚而關愛別人。

我的寫作一步一步地在揭開我內心黑暗的世界，將我內在積存的污穢，一次又一次地加以洗滌清除。我的文字具有兩層涵義；它冷靜地展示和解析各種存在的現象，並同情地加以關愛。當我現在還依然年輕的時候，我的智力和體力都還完好，我不應該懶怠，應勤於對污塵的擦拭和拂掃，因爲我知道不久我就不再年輕了。當我老時，我一定會感到精疲力盡，而年輕的一代已經接替了掃除的工作，我就應該退讓去休息，那時我應該可以享受到一份清閒，過恬淡的生活，因爲我已不會有欲望和熱情；如果我現在的努力沒有白費，我應該可以獲得眞正的平靜。母親告訴我，我的誕生在午夜之後，我的父親曾爲此急忙地跑到街上，喚開一家雜貨店，買幾個雞蛋，煮給我母親吃後補暖。因此清晨太陽出來的時候，正是我第一步開始掃除黑夜留下的暗影的年輕時候；現在我隨時光走到了中午壯年的年紀，黃昏的老年已在不遠處等候著我，愛人的小氣離我而走，我不再悲痛，因爲小時我已經哭過。我依然寂寞和孤獨，可是人生我已活過，責任我已盡過，我就不會像花年輕時那樣徬徨憂慮，焦躁而恐懼。晚間是我的安息。當第二天的凌晨再來臨時，我的靈魂已經投入於另一個嬰孩的誕生，因爲我的肉體生命也是原本爲了寄存一個原先的靈魂而產生。那新誕生的嬰孩依然會醞釀成長，依然有他的年輕時代，依然有他的工作。但那是另一個時光的天地，就與我這個肉體不再有關係了。

困窘與屈辱

——書簡之二——

敬愛的：

您一向只視我爲懷抱自由和重視意志的作家，所表現的是探索心靈的形象；我的確拙於處世，只誠心地追求藝術的美善，而大都對於人世的事象隱涵而不過分表露，恪守文人傳統的操守，不喜喧譁叫嚷，不爲個人的得失而顯露野心，也不願歪曲事實而批評社會的醜相。我重視情感，敏於感覺，所以常與人疏遠，以免產生磨擦和紛爭，過著恬淡自樂的生活；我忠於友情和愛情，但由於性格的孤僻和軟弱，屢次在危機裡自行退讓和遠離，以免心靈受創過深而墮落喪失意志能力和自由生活。事實上我無需太過描述我是怎樣的一個人，我的作品已完全表露出我的人格的樣相，它不若一般雄才大略的人在果斷和勇氣上受到人們的讚揚，我只是個小角色，只是一個注重存在感覺，而深懷情感的人；我曾說過：我對於人世的一切有我私自的看法，對生命、宗教、社會、政治和文化藝術，有自我的解釋，不便隨意附和別人，但也不任意反對別人，我尊重他人像希望他人尊重我一樣，我個人的小世界的存在毫無妨害整個大宇宙的規律運行，因爲我的生命是短暫的，而大世界則能長遠，我的意志便是能有自我的創發，其成就如何不是我的目的，卻希望能從其存在中肯定自我的價值罷了。

那麼我現在要向您表陳什麼呢？敬愛的，我蓄意要打擾您不是違背我持有的做人原則嗎？我此刻的心神不寧爲何不像過往的行徑一般轉化到藝術去尋求彌補，將我來自生活的感覺昇華爲藝術上容許表現的靈瑰形象呢？是的，我一向如此，因此共鳴者少，了解者寡，不若一般將現實的狀況直鋪記錄的人容易受到激勵和感動。甚至我爲文的形象被人誤解爲不熱愛同胞的自戀者。我不必在此自行辯護，關於批評的事端讓時間和廣衾的人去校正罷。有關作品和作家的事就說到此處爲止了，因爲我並不希望述諸於您煩勞您來做裁決，我現在只希望您能關注另一個領域，像您一向仁慈的關懷的所爲，至少也希望您能傾聽我要說什麼，爲何在這衆人歡樂過年遊玩的時候，顯得如此焦急和不安，爲何要訴諸這書函；坦白說，我也爲我自己此刻的疾書感到意外，因爲我不但對於此種表露頗覺陌生和笨拙，也對於它竟然會發生在我身上的事件在衆多人的眼前感到羞恥，十足地顯露我在現實生活中和同等遭遇的人一樣活得痛苦和不光彩。現在您約略可以料想到一些端倪，我以直述的方式從我自身的經歷做開始：

四十多年前我出生於現在住家的舊屋，而這個地方在戶籍上標記著「世居」，也就是我的先祖就住在這裡；當我童年時，通霄還只是一個靠海的中部小鎮，市街的人口不多，房子大都是舊式的低矮瓦房，像我如今還居住者，街道是泥土路，我記得家屋門前是一條通往南勢沙河的牛車路，時常尾隨跟著牛車奔跑，對面則是街尾的垃圾堆，有一片別人的菜園。日據時代家父是鄉公所職員，臺灣光復後失業，他逝世時我才十二歲，由家母負起生活的擔子。當我進師範學校就讀時，家鄉還是老樣子，直到我畢業在他鄉當小學教師，當兵，後來又在臺北浪跡四五年，在十年前我攜眷回鄉復職，這老家已變得老舊了，但街市卻有些改變了，樓房林立，街道是新鋪的柏油馬路，儼然已成爲一個人口衆多的大鎮，市場商店非常熱鬧，加上近年來經濟成長的結果，人們的富裕已接近奢侈了，想到我在進小學讀書時吃甘薯的日子，實有天壤之別。我在鎮郊的一所小學任教距今十年，所獲薪津剛好給母親、妻小溫飽而已。但是一天一天的過去，我除了學校工作外，還需維護這所舊屋的安全，因爲屋樑已腐朽，屋壁已剝裂，屋瓦脆而易破，生活並不怎麼閒適和輕鬆，早應打算加以改建爲堅固的石泥屋子，以爲居家的安全。再說這舊屋與整條的仁愛路的樓房比較，實在不甚雅觀，所以在我回家整頓之際，便在水溝的內側空地種植扶桑花樹，做爲一排圍屏，每二、三個月修剪一次，遮掩了一部份的醜陋，以維護市容的瞻觀，事實上也裝飾著自己在感覺上的羞澀。母親一再叮嚀，希望我能節儉或另賺外快儲蓄以備，因爲不知道什麼時候，大風大雨吹毀這老屋時，能夠有能力改建。當她突然吐露出一件我原不知道的事時，使我大嚇一跳，一時甚感疑惑和不快，她說：

「你不要以爲屋倒重建那麼單純，屋簷外臨水溝的空地還要想法向某某人購買，否則也建不成啊。」說著，她的臉顯出十分愁苦不堪的樣子。

「爲什麼？什麼道理？」我問她。

「爲什麼?什麼道理?」她重複地說著。「我們早先買這個家屋的國有地時,屋簷外的土地已被某某人買去了,所以我們只擁有屋內的十四坪多地,屋外就不是我們的了。」

「怎麼是這個樣子的?」我不解地思索著。

「就是這個樣子,你一點都不明白,你只會讀書,你還懂得什麼?!」

「那麼這就糟糕透了。」我苦惱著。

「你還不知道我這十幾年來的苦悶,我都不敢告訴你,現在你年紀這麼大了,責任歸你了,你就要去想辦法,我老了,還有幾年可活,我不管事了。」

「我知道。」其實我不知道怎麼去做。

於是這事開始日夜騷擾著我,使我的思緒紛亂和不安。我這樣想著:我童年時屋前的牛車路變成乾淨平整的柏油路,這固然是一件進步值得稱道的事,可是過去的快樂現在卻轉爲痛苦,因爲該屬於我們的權利被人佔去了。我再追問母親當時她承購家屋國有地的情形。她說:

「以前誰像現在重視土地,有的住,能吃飽就夠了,那時你們年紀小,你父親死了之後,我日夜操勞的就是爲了你們的衣食(我記得我考上中學時還沒有鞋子穿赤著腳),那有時間和精神去關注我們還有什麼權利,我不識字,也沒有知識,等到我們察覺,已晚了一步,還有什麼話說呢?」

「那麼某某人憑什麼權利呢?」

「他是建設課長,街市是他們計劃的,一切都在他手裡,他知道怎麼做,所以他便能大批大批的買，不只是我們這裡，幾乎到處都有他擁有的土地，別人不懂申請的，他都劃爲己有，只有人家的住屋他不敢罷了。」

「然後呢？」

「高價而沽啊。」

「爲什麼沒有人檢舉他呢？」

「誰願意去興訟做壞人，你去檢舉，你不怕他的人把你打死。」

「那有這等事？」

「你要知道，傻孩子，他買也是憑法律的許可下買的，這就是說在公告後，如沒有人去登記，他才去買的，我們憑什麼去檢舉。」

「但公告時我們並不知道。」

「這是自己的失察，不能怪別人佔有。」

據說所謂公告，在舊時只是形式，主辦單位可以做手腳，不讓人去注意，譬如第一天貼去，有人故意去撕掉，或者在上面加貼好幾張，不識字而日夜爲生活奔勞的老百姓便不會去注意，也看不懂，知道的人也不便去管這閒事，專程去通告別人，於是時間過後，一切便都落入互相勾結的人手裡。這就是所謂合法掩護非法的行爲，許多地方政府的官員或地政建設人員後來都成爲大富就是這樣來的，法律如此，申訴也無效了。

我聽後心中眞覺得哀慘和無奈。事實如此，也只有忍氣吞聲了。現在唯一的辦法就是備錢去向某某人購買；我的打算是和姐妹們商量，大家標會籌錢合力把土地買回來，再向政府申請自建地國民住宅貸款來改建。

於是我親自向某某人交涉，問他的土地有多少坪，要賣多少錢，他出示了土地所有權狀說，十九坪多，照市價（非公定價）。

「有這麼多坪嗎？」

「土地所有相狀寫在這裡。」他似乎有恃無恐地說。

「我希望鑑界重量，有多少坪就照實際多少買。」

有一天黃昏吃晚飯的時刻，他偕同地政事務所的一位人員來到我家，似乎想由這位人員的出面，證明他的所有權狀上登記的土地面積沒有錯。因爲我曾約略地比較家屋內和屋外空地的大小，屋外是長條梯形，是騎樓的畸零地而已，實在看不出它會比家屋內更大，而家屋只有十四坪多，爲何屋外反會有十九坪呢？我還是請求他們重新鑑量的實際面積來買賣以求公平，經過那位人員的首肯，我當面繳出鑑界的費用六百元，另外加一百元的界樁費。約半個月後，依照通知，鑑界人員來了，某某人偕同他的妻子也來了（據說他好聰明，他都以妻子的名義登記抄來一筆又一筆的土地，以規避法律責任），鑑界在極馬虎的情形下完成，在家屋廚房外的一處釘上一根「鋼釘」，其他二處是在水溝邊敲破缺口爲標記。我請求地政鑑界人員是否可以出據鑑界的地籍證明，並依照那些量出的尺寸算出多少坪數面積，他們說不可以，而且我察覺某某人站在我的背後向他搖頭做暗示。於是我當場依照他手握的地籍圖抄畫下來，這長條梯形各邊爲四點五米、四點三米、十一米、近乎直線的七點三米和七點五米合加的十四點八米，圖形如下：

土地鑑界圖

他們臨走時還對我說：你是老師應該會自己計算才對，很顯然地不願服務和幫忙。

我去找一位建築師，向他出示我畫下來的地籍圖形，並請他爲我計算面積，結果他算的和我自己算的都是約十三坪，但他說這要依據眞正的地籍圖用儀器計算才合標準，不過依照這實際的尺寸，也不會相差多少，而絕對不可能有相差六坪多的怪現象。

既然有這大概的數字，當夜我冒著寒冷的風雨到某某人家與他說，那時只有我和他兩人相對面，他的態度顯得十分倨傲，他對我說：

「你算的不確，」他否定著，不相信那大概數字。

「你比較方便，可以請地政所用儀器算算看，當然我們要以地政所算出來的爲準。」我說。

「土地所有權狀上的面積就是地政所算的啊。」

「不可能會錯得這樣離譜，除非……」

「除非什麼？」

「我的意思是請你們再查核一下。」

「不過我一向買賣就依照這所有權狀，不依照測量。」他傲慢地說。

「如果實際並沒有那麼多呢？」

「也依照所有權狀買賣。」

「這話不錯，相差少可以，但像這個相差三分之一，實在不合情理。」

「我就是這樣依照土地權狀爲憑。」

「但我們已約定依照重量結果來買賣啊。」

「沒有這回事，是你要量，不是我要量，我說過了就是依照土地權狀，我一個月買賣好幾筆都是如此。」

「相差六坪多，我負擔太重。」

「不依照土地權狀，我就不買。」

「你知道相差這麼多，不合情理。」

「沒辦法。」他搖頭並用欺視的眼光看我，使我頓感困窘和屈辱。

他露出敵意的憎惡臉色，似乎要下逐客令，我苦惱地走出來，在街道上行走，讓寒雨無情地打溼我的頭髮和身體，我滿面雨水猶如在哭泣。我想著他在我走出門時最後說出的一句話，他說：「我現在不賣了，我還要去查一查錯誤在那裡，我自己的土地我要去了解一下。」我想著他本已了解的事他還要去了解什麼呢？他是否準備去更改那些數字呢？我懷疑他們數十年前官官勾結預謀欺詐老百姓的事，至今這個小部份的利益還未得手，他們在我發覺後難道還要重新佈置一番嗎？我以爲是，因爲現在他們也應該有所警戒，一旦有什麼敗露，他們將可能全功盡棄。可是我又想，他們會有很好的準備的，因爲我的能力不可能去打通關節，追訴到上級機關，法律站在他那一邊，他是抱著吃定我這無知小子的心胸在暗地裡把一切都謀算好了。

當我轉回家告訴母親時，母親氣得發昏，歇斯底里般口中咬牙切齒地喊著：

「他要吃人……他要……吃……人……。」

敬愛的，我不是寫小說，這不是我一向寫小說的題材，我只是說出我身受的一件被欺辱的事實。我也知道一件簡單明白的事實：法律支持他，只有正義支持我，但現今還有多少正義存在著呢？人的生存唯靠法律，他不放手，我只有等待某一天在颱風狂作的夜裡被塌倒下來的屋頂壓死，他的財富萬貫，他當然有耐心等下去，看著我坐以待斃。我也相信不止是我個人，一定還有無數的老百姓在臺灣各角落受到這種類似的事體的壓迫，而含悲苟活。我們的政府目前也只重視大事，而不可能事事都關照到這種個案小事，何況地方政府總是官官勾結，連成一條利益的防線，更不可能主動爲老百姓辦事解決種種情況的疾苦。我記得小時候某一天，母親和姐姐們在屋裡做草蓆，突然有一位陌生的男人走進來，他告訴我們他是某某身分下鄉來探訪民隱，要我們不要懼怕，把社會或身受的不公事件告訴他，那時大家普遍貧窮也就不覺得眞正的貧窮，也還沒有關注到土地的問題，因此母親沒有說出什麼不公的事來，事隔這麼久，我就再也看不到像那位身著樸素的人來造訪了。現在我們並不覺得太貧窮，我有工作，大家都是豐衣足食，只是覺得屈辱的事一件一件的冒出來，感覺好生奇怪。在這個經濟主宰一切的時代，人性趨於貪婪，因此一日甚於一日社會顯得貧富不均，也因此人們越來越趨於世故而正義缺如。

我寫信給您，敬愛的，不是蓄意強調這件私事的嚴重性，對我個人而言，我極易於去逃避面對它，只要我的心思馳入於我獨自擁有的幽深的樹林，陶醉於潮聲和幻想，便會將現實的一切忘得乾淨，您知道我習慣於此，因此自來您就極少理會我，任我去自生自滅。可是，許多人並不會像我懂得忘懷人世的竅門，他們的痛苦日日加深，他們唯一的解決辦法就是認命地努力工作，以便在某一天將辛苦的儲蓄奉上添飽惡霸的血口，以求解脫，然後才得喘一口氣，感覺自在的擁有。這些被欺壓的老百姓的生存哲學實在令人敬佩。但是我心量狹小，不能做到這種默默爲奴的精神，我不會屈服於惡勢力，再去請求他們，我會堅守和等待，一如我信仰的理念，像一隻蟹回到石洞裡，而不肯將我辛勞的收穫白白送給狡詐之徒，只要今天我還活著，我便對明天的光明抱著希望，因爲明天會發生什麼事會改變何種樣象無人可知；甚至或許會發生天災地變，大家同遭覆滅，人世的苦難同遭消失，有如我在〈我愛黑眼珠〉中所示，有信仰理念的人不會在災變中感覺恐懼和自覺喪失，只有貪婪的強梁才會痛心疾首，爲何我要像那些抱著忍辱哲學的老百姓去助長惡棍在現世的氣燄呢？像美德助長惡德的存在呢？如果我此生不能重獲我生存的權益，還有我的子孫啊！我相信因果，而因果在中國人的世界裡也顯得特別彰明。

敬愛的，您是不是會意到我想求助於您而又顯露一派孤絕呢？是的，我不單純爲我，我是爲那些不肯放棄甘於奴隸的老百姓請求您的特別關懷，而以我身受的經歷做爲例子，否則有人會批評說是我蓄意杜撰，想要造成社會問題，擾亂我國的美好名聲。我自認不是那種有抱負和理想的人物，我是凡事委諸於神靈存在的人，人世間有形的東西，在我看來無比的虛無，而唯一存在於宇宙的只有精神和靈魂，因爲它無形，所以少有人去相信它的存在。但是我也相信感覺是存在的，它們雖短暫，但它們總會融入於靈魂裡，因為感覺畢竟體現了一部份宇宙的魂魄，人類的生活就是充滿著這種感覺，這是無庸置疑的。讓我們關心一點現實感覺，也希望同我為文的朋友能夠仗義做支援的後盾，像您們一向的所做所為一樣富有正義感，共同掃除這人世間的髒污，維護心靈在生活的潔淨，邁向公正和安樂。

歲次庚申武雄於通霄舊屋

愛情是什麼？

在生命的開始，受到護衛和關愛是我們全部的滿足，那時我們企慕擁抱豐腴而慈藹的形象，我們是純潔而柔嫩的小天使。從此「愛」有許多的歧途，受到環境和自身性格的支配，而煩擾一生，癡迷、激情、爭鬥、犧牲，不一而足。眞愛在那裡？明淨如水的世界在何處？我所追尋的理想的永恆愛人是什麼樣子？永無回答。或許跟隨生活現實，就如河水流經堅實的土地，像史梅塔納的莫爾島河的樂音所說的：將我們的情感注入，無論經過山畔、草原、森林、城鎮，無論是細水淙濯，或平蔓緩行，或激流，或斷崖的衝瀑，或悲壯地流入海洋，這一切都是熱情。沒有人會非議如此多姿多彩的愛情。不過，當事過境遷，不論懷念或悔恨也罷，生命才有眼光見到這原無所有的世界呈現著一片眞空，而經歷到或感覺到的都是虛無縹緲，有如變幻的雲彩，永遠無法捉摸。如要說愛情是什麼，那是你們的事，知不是我要說要做的，因爲我們不會相同。

河水不回流

他年紀很小的時候在課堂上曾經聽過一位教師說到在遠方的沙漠上埃及人建造金字塔的故事；現在他也是一位教師，輪到他來講這樣的故事。

有一天清晨，他照例要步行去鄉下的學校；在路途中他遇到一位陌生的女子擋住他；他認出她是往日在某地的愛人；爲了不耽誤他上班的時間，他們一面走一面談。他詢問她爲何前來，她說她也不知道爲什麼要來，如果她不來就得憂鬱死掉。他起先帶著憶舊的情感安慰她，後來稍改變了態度，對她嚴厲地責備著，把她留在一個分路口，要她自行回去，表明對於過往的一切最好如河水般不要回流。

當黃昏的時候，他下班走到分路口，發現她沒有離去，站在那裡等候他。這時他憐惜地拉著她的手，要求她一同回鎮上的家，但她拒絕了；她看到他一天的授課之後，那疲憊而冷靜的蒼老模樣，她終於領悟了。她說他何等偉大，能夠自甘平凡地生活在辛勞之中，她不能因爲自私的理由要求他，同樣的愛在另一個女人身上與自我的身上是沒有兩樣的，她爲自己前來的念頭感到慚愧。她甚至說她現在就死亦無遺憾。他親自看見她裝出一副笑容搭乘路過的車離開了。

他回到家已經比平時晚了幾小時，他的妻子在這一天中已經聽了幾次有關他和一位陌生女子的傳言，現在他晚回來更證實了這件事。他坦然以告，說河水不會再回流；但是他的妻子懷疑著他，決定離開成全他。

有關小時候聽到的金字塔故事，他記憶不甚清楚；現在他說的是另一則。

歲末漫談

臺灣文壇在今年思想和觀念都有急遽的改變，新而年輕的一代大都在這一年中有極熱烈的表現，他們的作品，無論是小說或詩，與一二十年前向著廣漠的世界探索和模仿的那批孤獨的勇士們有著極大的迥異，甚至相反方向的做現實的追求；當時那些在文字上刻意顯露他們的內涵的作家們，對於他們生活世界的描寫是憂鬱而又含蓄的，充滿傷感和荒涼的美，並且總留給讀者一股永不忘懷的夢魘般的迴音；而現在的這批年輕鬥士，他們是憤怒的，幾乎沉不著氣地要把一個發臭的爛缸摔碎一般，他們可不計較自己是否有教養，他們充滿著改造生活環境的勇氣，在他們露骨和鄉氣的文字裡，使人看到的不是哀曲而是激烈的爭辯，較少勸解而隱隱地可以看到他們背後握緊的拳頭。我先做這種印象的分野，不外是大體上作一種對比的區別；事實上，現在年輕一輩的熱流，是導衍於六十年代時的某些心聲，其意識形態亦是那時傷感的哀曲的傳繼，只是在形式和文字上給予一種活跳的改裝；這是純文學上的形式改變，爲配合內容的眞實需要，因爲凡是作家必然選擇自己生活的環境爲素材，不論在內容上以內在的情感委婉的陳述，或以外在的現象做平實的記錄，都是來自相同的泉源。雖然目前文壇的面貌有如許新的改換，某些出現在六十年代的作家，依然保持他們的風格存在著，倒是一些自認是啓蒙這新的一代的前輩作家，卻漸漸地停頓了他們的動人筆桿。在今年裡，我們到處看到年輕作家直接來自表面現實的體材的作品，而少見活躍在上述六十年代的作家的作品了。

每一個讀者對今年的文壇都有極深的印象，二報的文學獎和吳三連文藝獎使作家和讀者全都投以特別的關注。但是有識之士幾乎把現有的臺灣各種文藝獎的表現結果視爲淺俗而幼稚的行爲，把如許多的獎金送給某些投機取巧的不見經傳的作家感到可惜，這些得獎人是否抱定遠大的志向，則頗令人懷疑，讀其得獎之作，多少也可判別其才氣不足，只是一時因評審人的曖昧而複雜的現實意識而做了此種給獎的決定。這種獎金制度無疑在浮表上會操縱著文壇寫作的取向，更會爲年輕的讀者或將來想當作家的人，無知地以得獎作品的格調做爲模仿和效法的標準。關於上述導致極不良影響的二報文學獎作品的總評，近日夏志清教授已經誠實的在時報副刊做了詳盡的陳述。而首屆的吳三連的高額文藝獎，其結果幾乎給予人冷淡和失望的感想，因爲他忽視了一直在臺灣生活而以本土題材寫作的某些有成就的作家，因此在頒獎之後，就馬上爲人忘懷了，甚至連去談論它的興趣也沒有了。今年眞正值得注意的，還是發表在幾個文學雜誌上的有份量的作品。臺灣眞正的文學主流都來自那幾個前仆後繼的可佩可敬的雜誌，前後有臺灣文藝、文學雜誌、現代文學、文學季刊、中外文學、小說新潮、雄獅雜誌、笠詩，和各大學如雨後春筍般創辦的文學季、年刊，以及今年新誕生的前衛。也惟有在這些文學雜誌上發表作品的作家，被視爲臺灣文壇的健將，惟惜社會的各階層並沒有普遍地投以關懷，以致我們可以清楚地看到他們都在生活和寫作上掙扎奮力的情形。

可是明顯的趨勢，報紙的副刊所扮演的角色，已經搶奪了上述雜誌的地位；現在的寫作者已經不以某一個文學雜誌做爲他發表作品的根據地，學者們幾乎在副刊上表露了他們的好勝心；由於時代潮流的影響，上半年以前，他們都以抄襲和滑稽的材料來賺取優厚的稿費，演成一股雜文爲盛的風氣；我們知道凡是沒有創見的作品都將容易爲人忘掉和輕視，下半年他們已經較爲斂跡了。我想報紙副刊將會在未來的時日回到保守的傳統路子上，不過其景象無疑會比過去的爲寬廣。

反觀我自己，寫作依然是我的職志，孤獨不合群是我的本性。我開始寫作於民國五十一年，屬於六十年代那一輩人中的一個，但我大部份的作品成集於這二三年之內，由遠景、遠行出版社出版有小全集十冊，今年又添了一冊，在這之前晨鐘出版社出版《離城記》，共爲十二冊。恕我自做宣傳。而年內裡我總共發表的作品計有小說〈復職〉〈小林阿達〉〈散步去黑橋〉〈回鄉印象〉〈迷失的蝶〉〈夜湖〉〈寓言〉〈歸途〉〈白日噩夢〉等九篇，還有一二首詩和一二篇散文。有一位輔仁大學的學生批評我一首舊詩〈戀愛〉時說，我在散文和詩方面的創作似乎太少了。雖然我詩寫得少，但我平時最愛讀詩，因此也有批評家說我的小說是詩體寫成的，大致沒錯。但小說仍是小說，與詩有別。有人在閒聊中爭辯到底詩或小說何者更爲藝術，我想它們的區別在於形式，只要寫得好就是最高的藝術，因爲詩和小說各有各的不同構思的方法，也各有各的不同修養。詩在古代的中國是文人表現的主要形式，但愈近現代，則是小說爲統領和受注目的文學焦點，西方的文學演變的情形亦如此。小說是現在世界最爲盛行和有力的文學形式的表現，不論題材如何，小說文體的雋永是它最具說服人的魅力，而它的構成來自於作者所採用的觀點，而一個作者的氣質決定了小說的精神；因此要成爲一個小說家就像要成爲一個完人一樣的艱難，一半是天賦，一半是後天的陶養。每一個想以創作小說爲職志的人，都應朝這個方向努力。我平日的心思，幾乎全都在此方向做思考，從靈感的觸發到寫作完成，精神完全集中關注在目標上，絲毫輕鬆不得，有人說會發高燒，是有點近似，因此作品寫成之後，身心都變得十分的虛空。一篇作品被稱爲是有生命的東西，是因爲作者的確傾盡其生命力於此之故。作品要感動人，要看作者是否有血有淚，並且其內在的動機是否純眞而定。

但是我們不要深以爲凡是好小說只有一種境界，當我們稍事涉獵文學史和展讀各時代的文學作品，不難發現各時代都有其代表的精神面貌，這也使我們嘆服文藝技巧演變的繁富多姿，而使我們領略藝術創作的奧密，優美而珍貴的創作使我們在觀賞時感到像是接近一個神聖而完美的人格，是我們內在所企慕的象徵，這也是有識之士認爲良好的人類教育不能免除要選讀各時代所產生的優秀作品的理由，讀書成爲一種不可少的修身養性的過程，這個過程教導我們在人世上能夠思想和辨別。所以小說並不是一般的觀念所以爲的消遣時間的無用讀物，在現實中幾乎大都疏忽或輕視文學作品的隱密的積極功用，我相信要認知生命存在的眞實，愈來愈需要透過文學作品的思考。

但我不能肯定凡是小說都對每個人有益處，我們也許極輕易分別過去的時代的作品的優劣而加以選讀，因爲流傳下來的無疑是經過了時間和品嚐的考驗，並且有公正的批評做爲我們選擇的導引。但要在現狀無數的作品中去辨別好壞，我們沒有客觀的視野，由於每個人立身處世和教養的不同，也缺乏公平公正的批評精神；一個現實盛行的事物並不一定保證它能在歷史中具有價值地位，許多在當時沒沒無聞的事物，在經過時間和經驗的洗淘和識別之後，變得光芒四射，許多有成就的先賢先知在生存的時候，非常困苦潦倒，其精神和行爲地都遭到當時人的歧視，卻在後世爲人所仰慕和效法。這種現象，尤其在一個時潮蒐湧和變革的時代，最爲令人目盲和沉迷。歷史記載著許多導致不良後果的運動，但在當是時，絕大多數的人卻認爲理所當然，更加推波助瀾使其浮騰和爆發，卻沒有想到受害的是自己本身，所以任何運動並不一定代表著人類正確的良知。眞正的良知決不可能帶有強烈的群衆的愛憎的意識，以及爲所謂眞理的標榜做強辯和煽動，我想愈愚蠢無知的人愈會受這種事物所牽動而付出了他盲目的熱情，有如現時非洲的民族，成爲某種意識而鬥爭的國家一樣。眞正的眞理總是隱而不見，它在塵霧中的某處，或爲沙塵所掩沒，必須惟靠我們耐心的摸索和謹慎的挖掘，才能稍露它的一部份面目。人類的世界沒有完全的眞理的存在，完全的眞理只在上帝統轄的時空領域之內，人類只是其極小的一部份。而且眞正的人道不是指大衆的意識，人道其本身的眞體是非常細小和脆弱，也需要我們的耐心的培植；就像要在一篇小說中去看人生的大道理是不可能的一樣；但如果我們虔誠和學習，則會幸運的獲得多少的啓示；而我們又需要花許多的工夫在無數之中尋找，有如要在這億萬人的世界中找一個知己，幾近乎在無望中找希望一樣。我想這就是我們人類存在的眞精神。

今年的確讓人有表面熱烈而內在失望的感覺，自鄉土論戰之後，並沒有產生任何較具水準的作品，反觀六十年代沉默地摸索的一群，我們清楚地看到他們留下的代表作，而且投下了深遠的影響，那時眞正是各個風格殊異，表現得極爲優秀。也許因爲新聞報導的關係，注意力都集中在自大陸出來的陳若曦一人身上，她的成就只是一個開始而已，不能視爲臺灣文壇的領域來加以看待，除非她回來以本鄉本土的題材寫作。所以對於來年，沒有人敢加以預測到底情形如何。宋澤萊和洪醒夫在今年無疑是兩顆新星，我們希望他們更上層樓。當六十年代的作家日漸成爲陳跡之時，我們的確盼望有新的一群來接續文壇的命脈。我個人因家庭生活的關係，和對種種現象所持的懷疑態度，致使心神感到倦怠，來年恐將不會如今年的多寫。話雖如此說，但作家永遠會反映時代，將來的時代如何，關係我們的生命和生活，我們可能要在自由與奴役中做抉擇，且讓我們有時間沉靜下來思想和辦別。

——一九七八——

聊聊藝術

——席慕蓉畫詩集品賞與隨想——

覩見藝術品，可以省思現實人生的遺憾，所以創造「美」來補償，安慰悸動的心靈。「美」是外形，內涵道德意識的「善」，瞧見樸實虛懷的「眞」。這是一切藝術創作家心靈的本體。藝術家可以貧困，可以受現實的奚落，可以放浪不羈，可以病和死亡，但其創作品知蘊涵著華貴莊嚴、崇高的視野、秩序和永恆的道德理念而長存。何以故，不外求取天地人事的和諧和平衡，獲得自由和意志的抒發。人生沒有藝術之美，就無法證之心靈的存在，進而無法覓至崇高的境界，和畏服上帝的眞善。美術品的表現，不應區分爲藝術而藝術，或爲人生而藝術；兩者不能分野，爲藝術而藝術實質是爲人生而藝術，其目的、功用十分彰明。藝術的創作行爲，旨在陶冶人生，此不在話下，現在我想直接展開席慕蓉小姐油彩作品之外的鋼筆素描創作品、兼有詩歌配合，隨興聊聊，以盡同學相知之誼，望讀者恕納。

蒙古籍的席慕蓉小姐，畫壇有所知其名和畫，讀者大衆知未必全然知曉；因其女性之身，情感壯闊細嫩並蓄，受西洋繪畫的薰陶，卻並未忘懷鄉土的本質；其故國鄉愁濃密，亦不捐捨生活意趣；亦畫亦詩，左右相乘，其展埸的《畫詩集》，誠是理識情趣兼顧，才情藝術同優，創作之用心嚴謹，不能不令人讚賞而加以宣揚。

我青少的時候，有緣與慕蓉同班同學習畫，但畢業之後，拐轉他路，美術的品鑑和批評非我專長，故我不談繪事的專門理論知識，只憑我不羈的一時感興隨想發之筆端，如有謬誤和淺薄的野夫之見，能望賢達不吝指教，並寬宥諒之。現在翻開了《畫詩集》，放肆直言，供之讀者的閒暇，孤意獻曝，以娛大家雅興。

慕蓉的畫詩，分〈歌〉、〈思〉、〈線〉而集成，我亦照秩序分三個部份揣想其意。到底詩歌爲畫而譜，或畫依詩作而繪，應無分別；因畫有詩助，可明晰意旨，詩有畫補，更能觀明景致；我想她並不刻意效法前人，單爲了心緒情懷，揮展雙方面的特長而已。又非潑墨筆翰沿習傳統形式，而是細工鋼筆，詩更繾情懷柔，形式內容完全新穎而現代，最好以此分域，不必牽連受之古人的遺澤影響，較爲新鮮乾淨；如攝影家山姆．畢斯京的作品，他常特意選定嬌美主題配以詩句，詩照合併，自成風格，也不要因形式略仿，中外混爲一談。美的發生是由於動心而思創意，述諸於技藝，乃天經地義之事，雖然美術成品有優劣之比，但說形式內容之由來，其辨別好壞如何，便是另一個問題了。

●集一：歌

慕蓉的歌有十二首，依序是：

山月
給你的歌
十六歲的花季
接友人書
暮色
邂逅
樹的畫像
銅版畫
舊夢
回首
月桂樹的願望
新娘

看這樣的排列，彷彿是她個人的成長藉著幾個重要斷面跳接連綴進展的生命過程；裡面的主詞都是意象，是創作者的我注視原本生活情態的眞我，內在的事實完全佈滿在這些詩句中，以歌將它唱出。生命尋找另一生命，成了自然的眞理，否則生命無以爲繼。生命由另一個生命產生，這過程非常悱惻動人，爲何如此，只能用自然環境和人事的交錯變換來加以回答，別無說明。關於這事實，慕蓉在〈山月〉的開頭便唱出：

我曾踏月而來
只因你在山中

其意象鮮明，眞理俱在，不可諱言。愛是生命個體出生後，尋找、交纏、恩怨、蛻變、離開、懺思、復合、死亡的故事，正是「但終我倆多少物換星移的韶華，卻總不能將它忘記」。這是人世生活的事實，不能拂逆。「山月」定於篇首，其理甚明，是一個直接表露的開場，引人進入情況，並不是它寫的較早（一九七七），因爲集中有一首「月桂樹的願望」，寫的更早（一九六四），被排在次末的位置。所以創作家的作品，詮釋生命事實時，並不依時間秩序發表，因爲人類的思想並不只有單一路線，和生活的腳步並行；思想猶如瀚海空際，能自由潛藏和飛翔；證之於我們一日之所思所爲，其中繁雜的人事，回憶與瞻望，夢和現實，無時不在前後左右交織，也無時無刻不在興起和沉滅，一個爲另一個所替代，而這全部都包容在同一個生命個體裡。在小說的發展史中，意識流是近代普爲倡行的一種形式，它的發明完全是參照人生和個體思想作用的本質，從開展到結局，跳接十分頻繁，而由這樣的情狀來勾勒事物的眞實存在，非常的合理和自然，令人讀之如臨其境。由這種形式我們更知生命軀體和生命思想兩者導源於一的存在事實。

觀覽慕蓉在〈歌〉的結構亦相彷彿。但現在我們興趣在於她道出「我曾踏月而來，只因你在山中」後，他們是何種經歷的故事，其中描述情愫的種種，完全來自實際生活，但她的技巧卻有如另造美境，引起我們無上的嚮往。她唱著：〈給你的歌〉：

我愛你只因歲月如梭
永不停留，永不回頭
才能編織出華麗的面容啊
不露一絲褪色的悲愁。

這種人生的扮演，你我皆然，道出外在的追尋和內在的隱憂。人生如戲劇，幕前幕後，兩種身分和面貌，我們常遇在公衆前歡顏，孤獨時飲泣這回事；生而煩惱，就是爲此感覺疼痛，不能如一。在〈十六歲的花季〉裡，她像某些人在十七歲一樣，是一種轉進，這裡能看出她心智的早熟，欣喜變成永不抹滅的警惕，未來的一切都向著十六歲的那一年看齊。以後是否重複或模仿，我想答案是肯定的，較佳的說法是邁向成長和成熟，但無疑眞正的感覺生命是始自一塊豎立的紀念碑石。慕蓉對自己的情感，時日持續，不能遏止，如她所說的：

那奔騰著向眼前湧來的
是塵封的日，塵封的夜
塵封的華年和秋草

這些多情東西讓人目不暇給，當一個人煩思之時，眞是一景接一景，一事交一事，無從數起，但如果忽然跳過二十年，那就更有好看的了。在這些詩的歌唱裡，我最喜愛右邊的這首、左邊的那幅題爲〈暮色〉的詩畫：

回顧所來徑啊
蒼蒼橫著的翠微
這半生的坎坷啊
在暮色中化爲甜蜜的熱淚

詩是女性優柔的寫法，很不錯，而讀之使人想要貼近古意的作風：

回顧所來徑
蒼蒼橫翠微

至於那一幅畫，是百合花的兩株花葉，花姿葉態很分明從她特殊磨練的筆觸，在黑白的線形中，好像看到葉子和花朵的原本色澤，就是配給一種不相干的顏色，亦不失其結構涵義的雋永，從翻開封面到蓋合封底，都能看到，不止是因爲它佳妙美麗，平凡卻含蓄著高貴，實在是代表著創作者本人的形態。

下一首詩「邂逅」，可看出作者文學的素質和修養，不是一朝一日新手的膚淺可比，當她點破人生時，有如莎士比亞般老練自然，也不像俗間一些人故做清高跳出域外，完全是表現我相是衆相，衆相是我相，大家一個樣，愁樂共體，無分軒輊：

你把憂傷畫在眼角

我將流浪抹在額頭

……

請別錯怪那韶光改人容顏

我們自己才是那個化裝師

這是看得清清楚楚的邂逅，與一般迷亂的邂逅煞有區別。在這一部份歌情的詩作裡，情感在而理性也在，要看透哀傷的事可不容易。省略了說不清的繁纏，事過境遷，一切只要一句「親愛的朋友」便涵蓋了過往和現在，包涵著恩怨和尊重，擴大著邂逅的哲理意義。女作家常有她們現實的尖銳情感，流於偏狹和責怨，像慕蓉卻有大地之母的懷抱，使人放下重擔，回復自然和新生。像她這種勇敢之氣，明理的態度，可爲女性的楷模，事實上也唯有如此，才可導入於更好的未來，而不必在人間老傷著和氣。她說：「我只是一棵孤獨的樹，在抗拒著秋的來臨。」抗拒是抗拒，卻不能倖免，人類世界，應該不要畏懼這種可由自然現象中看到的命運；因爲堅毅和識命才會重生希望，在持續的生命時光中修正改進，創造佳境，而一切的物事猶如新生，才會珍惜而獲得充實，有如〈銅版畫〉中的自許：

如我早知就此無法把你忘記

我將不再大意，我要盡力鏤刻

實在是說到了身爲美術家的使命。是的，我們爲何不如此呢？爲何人生不像藝術？我們豈不太笨太傻了，太過愚癡而找不到眞諦。在〈舊夢〉裡，她便說出了那種愚蠢和苦相，而以誰都不會少有的現實生活去做對比。我們跟著可以清楚地看到，她選擇和掌握到目前的幸福生活，這在自由的天地裡，只要有智慧才能，並且不要有過分的貪婪野心，大概都能享受到這幅實在的美景：

我牽著孩子
走下山坡
林中襲來溫香的五月的風
我的兒女雙頰緋紅
夕陽緩緩地落下
摯愛的伴侶已回到了家
他在屋前向我們遙遙揮手
這黃昏裡的家啊
那樣甜蜜，那樣溫柔。

這樣就夠了，還有什麼奢求？何必美詞堆砌顯得不實在呢？一首接一首的詩句所出現的回顧和省思，心中的自許和顯現的眼前光景，就是這集〈歌〉輯中結構的意識流和作者本體。大多數人的人生經驗幾近相似，便不會對這種俗套太過誹謗；覺悟並非一次來便一切都順暢而沒有窒礙，芸芸衆生遙望學道的佛徒，以爲理識開悟是他們的涅槃護身符，不會再有煩擾，這是高估和誤解，只要有存相，就不可能那麼了無牽掛；一位高僧在漫漫泛海中企求道悟，頂多是次數較多，一次比一次境界昇高而已，決不是完全沒有絲毫痛擾，因爲生命在他仍然必須腳踏著這塊苦惱的土地才能轉進；人生世界是眞眞確確的，不可能沒有體認，甚至一隻白老鼠，都需要嘗試著多次錯誤，才能獲致報償，何況是萬倍艱苦的人生呢？任何人都需要經過重重𢑥𢑥的努力，才能獲致結果，這是一條不可能省略忽視的途徑。我們不可錯會我們不相識的意外事實。

是否我已經越分地揣想了大題？但無不可在此互相交換一些感知和經歷；品賞文學和美術品並不限在它的題目之內，更珍貴的是讓我們藉此機會馳思和隨想，不要狹限與它沒有相干；擴大創作品的品鑑範圍，更能估價作品的功效，有些低劣的藝術家不讓我們這樣想，或愚笨者只限定某種想法，可是老道的藝術家卻能讓我們隨便自由，也唯有自由世界，才會擁有好文學和藝術品，容許文學藝術家的存在。

歌已近尾聲，慕蓉提出一個質疑：「有誰在月光下變成桂樹，可以逃過夜夜的思念」，做爲開始時〈山月〉的回應，這是她說「我爲什麼還要愛你」的理由了。一切過往的歷程逝去，最後在自擇和努力安排下實現美麗的現實。〈新娘〉是歌中最終高頂的意象；透露一點慕蓉的私事，她和劉先生是在異地歐洲求學時相愛而成爲夫婦，但是慕蓉並非穿了紗衣，步上禮堂，只求外在的美觀就好，她告訴科學家的夫婿說，她當他的新娘子是有條件的，有詩爲證，也是歌聲的結束式：

愛我，但是不要只因爲
我今日是你的新娘

不要只因爲這薰香的風
這五月歐洲的陽光
請愛我，因爲我將與你爲侶
共度人世的滄桑
眷戀該如無邊的海洋
一次有一次起伏的浪
在白髮時重溫那起帆的島
將沒有人能記得你的一切
像我能記得的那麼多，那麼好
愛我，趁青春年少

集二：思

我所擁有的，只有那在我全身奔騰的古老民族的血脈。我只要一閉眼，就彷彿看見那蒼蒼茫茫的大漠，聽見所有的河流從天山流下，而叢山暗黯，那長城萬里是怎麼樣地從我心中蜿蜒而過啊！

在這〈思〉集裡，全都是前面經由個人與藝術結合、與現實生活結合的情感抒發後，擴大的民族鄉土的懷念記憶，從她現在生活環境的臺灣，奔馳在偉大工程的高速公路的意象出發，回走到童年祖籍的故園國土。從歌小我，到思大我，是這本「《畫詩集》最具特色和見長的編輯，可以看到漸次高潮；不若一般人總是將偌大的題目自當招牌，誇口著在前頭嚇人，和有恃無恐地強辭奪理，把自己裝得腫脹和不實；而慕蓉腳踏實地的依理路編排，先剖析個體生命，再擴大追溯群體的原有發祥地根源，頗使人信服其情感的實在性，這種技巧才能使人賞識和贊同，而不致倒生反感。現在激進分子的意識就是常常將事理本末倒置，不先健全個體，反倡要先強大群體結合的幻象，受情緒的左右而混淆了概念和實體所代表的時空位置。譬如有一個站在街頭高聲唱著自己愛國指著別人不愛國的人，大多數人會爲他這種表現所困擾，甚而畏懼躲避，覺得本來安分守己過得平順安靜的日子，卻爲這樣的聲音騷擾得惶恐與不安；要是這種情態是有組織的，不止是一個人站在街頭，甚或利用各種的媒介到處散佈，心弱無知的人便在這樣的鼓吹下喪失自己而跟著去吶喊，覺得愛國的理想眞偉大，個人的存在眞渺小，無憑依；如果他是個還沒有人生閱歷的青年學生，便會忘掉了充實和保全自己生命的本分，不依自己的能力再理智地決定將來是否該貢獻社群多少，竟野心勃勃地也跟著批判善惡是非，否定現有生活的價值秩序；遇到這種人，實在說，只要質問他到目前爲止到底已經爲國家社會做了什麼，他是否身體健康，經過這一考驗，他便應該自慚形穢了。現實不是由空洞的辯論形成而來，事實上自吹自擂的言論反而讓人看出僞詐，憑著膽大高論，其中大都有滿足私慾的作祟成分；凡事有關現實，如政治問題，應由政治績效證實之，否則不能置信。所謂理想架構，並非一天便能建造起來，繪聲繪影地說得天花亂墜，那都是海市蜃樓的幻影，現代有知識的人不應該再受騙，或故意做欺詐善良民衆的幫凶。愛國愛民族，可由文學藝術的創作去啓發鼓舞，擴大現實生活的理念情感；一種觀念的了解，必須經由一項存在於現實的物事的引導和啓迪。我們讀美國詩人惠特曼的〈自我之歌〉，完全可以見到個人佈置在群體的時空之中，無一處不看到群體是由一個一個充滿血氣的個體所組成，因此一件一件的事功被他們完成，一回一回的理想被他們的勤奮和努力而實踐出來；那發出於個人的有限聲音，匯集成大河高山般的壯闊宏大；到處可以聽到船塢碼頭的吆喝，聽到打鐵的叮噹聲音，修築鐵道的工人的歌聲傳得很遠；可以看見公務員走過街頭準時上班的腳步，看到農夫日曬的面貌，聽見時序的跫音，看見季節變換的景致；這一切都是由個人規律的心臟跳動來促成，而由這樣的節拍歌唱出爲自由和更而團結一起。這首自我代表美利堅意象的詩作，具體而實在，不容置疑，確實鼓舞著每一個心靈，可以做爲我們的楷模。

慕蓉在〈思〉集裡，優雅地喚醒離開故國的中國人的記憶，盡到一個創作者的職分；在思念感懷中鼓動著我們的心靈，希望我們一步一步踏實地走回去，那裡有我們對未來的憧憬。如〈長城謠〉裡：

敕勒川　陰山下
今宵月色應如水
而黃河今夜仍然要從你身旁流過
流進我不眠的夢中

又如〈出塞曲〉，她毫不妥協地堅愛自己的塞外家鄉：

那只有長城外才有的清香
誰說出塞歌的調子都太悲涼
如果你不愛聽
那是因爲歌中沒有你的渴望

記得我和她在師範藝術科修習的時候，有一次，我們排練著一部歌舞劇，叫《沙漠之旅》，慕蓉擔任幕後的吹笛手，另一些人在臺上表演；她一個人站在進出場的布幕邊，由那處縫口，張大著眼睛，注視著商旅和姑娘的走舞，一面吹奏一面淚流縱橫；當我們退場，一個一個經過她的身邊而意外地看到她眞情流露的情態時，都啞然肅穆起來，站在她的背後，等著她把笛聲延至最後的一個音符和落幕。她本來比我們的年紀都小，經由那一次的發現，不由得讚賞她的豐沛奇情，而刮目相看，不敢蔑視她是個蒙古人。她的才華不止繪畫一面，音樂、文學同樣並行成長，今天她能詩歌、美術專精同時展現，誠屬意料中事；一個人在成長中的成就是惟賴情感的秉賦，是外力無法阻擋的。我們都知道她的姐姐席慕德女士，亦同樣是才情超高的人，她在音樂歌唱界的成就，受到中外的讚譽。現在我們已知道慕蓉在〈思〉集裡深沉的內涵，已不必一首一首地加以瑣談，直接翻閱朗讀原作更能貼近她的感觸。我想應該轉往談她畫的一面，欣賞她在鋼筆功夫的表現；在我們的畫壇裡，這一門的獨到成就，似乎少之又少，有之不是流於格調低俗的漫畫，就是在報章雜誌上做爲文章的不甚得當的插繪，能夠像正統的表現形式受到重視和同等評價的，只有慕蓉一人。當我一張一張翻閱品賞，不由得由心裡升起對她的讚佩，其中她注意到繪畫上不能忽的對工具的熟練操作，以及認識到工具的特性，給予無瑕的發揮。回顧去年她在美國新聞處的油畫大展，對她掌握油彩特性，表現出內涵的震撼效果的技法，我們還留有深刻的印象。這是一個畫家最爲起碼的能力條件，不論他的表現有別於傳統或別於他人，重要的是要有純熟的技術，這一點由表現的主題是否能感動人而加以認定。技法與主題合成爲內涵吸引到共鳴，是一個藝術創作品値得評價的準則，其他別無約定，以及受到思想和意識的框限，使一件成功的藝術創作品受到侮辱般的排斥和棄置。文學、音樂等許多藝術形式的創作亦然。文學藝術創作家不必孤心設想另外的奇技，單指這項戲法誇言，當他達不到如上述內涵吸引到共鳴時，我們不必迷惑於那徒增多餘的取巧；有如創作家實不需要單獨只就主題的材料去做辯護，博求同情，同樣當他沒有做到雙方的結合可以內涵吸引到共鳴時，不論他自認題材如何可取，只有讓人徒增嘆息而已。甚至做爲一個文學藝術的評論家，當他身負責任去批評時，唯有捉牢這根不變的金尺，而無需顧左右而言他，自賤自己的神聖身分。在一個現實而動亂的時代，文學藝術的創作呈現著雜亂景象，有著個佔地盤排斥異己的爲非行爲，甚至受到政治情勢的指使，淪爲工具，其評價便會像現實生活的社會情形一樣，有不公平的現象；藝術乃在知識的範圍內，此時應憑良知緊握金尺，像一個忠貞愛國之士，在存亡之秋，應有豎立不搖的精神。

就鋼筆這種確定無可輕率表現的「線」和「點」，如胸無成竹，很容易發現到不純熟現象的走樣，或表現不恰當，會形成糟糕而令人不堪入目的尷尬。它不能修改，或加筆，當一旦失手而弄髒，懊悔都來不及，只有換紙重來；尤其眼看從開始便順利漸近完成之際，要是受到突然的打擾而精神旁顧，使筆趣消失，格調前後不一致，那麼便會覺得難堪，只好前功棄盡，甚至會發一頓賭咒的脾氣。鋼筆繪畫技巧的優美之處，有如杜預屠牛，乾淨俐落，所到之處皆迎刃而解，否則便像受宰之牛，被搞得悽殘不全，痛苦不堪。慕蓉的操筆，雖屬細指功夫，但頗有我上述明淨灑脫的優點，筆筆清澈，有如滑韌的鋼絲，在匯集處絲毫不含糊混雜，讓人有清爽和條理分明之感。這種筆法，使畫面自然形成高貴和清秀，所繪出的不論人物或自然樹木，大致能獲致表達的效果。但有部份形體造形，尤其面部，未能準確表露內在涵義，而有呆板堅硬之嫌；因為這種只能靠線條表現的平面藝術，不能不在造形結構的選擇上，透過生活閱歷，求取美善，達到外貌顯現內在精神的精確密合。

如果分張品評，大都能獲得不同程度的喜愛，其中以〈暮色〉為題那一幅，如前所述，應得普遍的賞識。在〈歌〉集裡的那張〈銅版畫〉，則是一張上乘的佳構，與亂針刺繡，有同工之妙，非常脗合詩意內容。在〈歌〉集裡的畫幅，其表現受情感主題的約制，雖然在結構上頗為特殊，以及表現得十分奇麗，但我懷疑不會受到嚴格的品賞家的斤斤計較，有如在男人的世界裡那種苛酷挑選女性的態度，不是嫌棄智力不高，就是惋惜不夠性感，如果經久相處，就有些不耐看的牢騷。天下沒有一塊可稱完美無瑕的璧玉，甚至崇高無比的上帝，仍時有對他大呼不公平的人。任何的批評應是有益的，此後兩者之間使會自行調整，而獲致諧和。在〈思〉集裡，〈高速公路的下午〉一幅，最見她獨到的鋼筆功夫的性能，操作的正確使人激賞；還有那張〈出塞曲〉為題的較粗的筆線，使人深感其奇女的灑脫明快，而不致零亂失散，表示出條條思（線）路的來源和去處。〈植物園〉一張，我個人則不太喜歡，造形和情態有些失錯。總之，批評就是一種怪異矛盾的個性，就像我們說到某家的閨秀好高騖遠，雖暗心懷著愛慕，但口頭上還是散佈著微辭。

●集三：線

從十四歲進入臺北師藝術科起，這麼多年來，偏愛的仍然是單一而又多變的線。

這麼多年來，實際是十數二十年間而已，不是一生，還是有限，只能代表她現在的主觀說法；要去肯定她的創作；並不依據她個人的偏好。好像數個孩子中，父母最疼老二，但是在別人或社會的觀點，疼愛是一回事，並不同意這老二就是最有用，乃必須由孩子本身的作爲來衡量批判。未來如何慕蓉或許會有改變，將來總觀自己的創作歷史，自然較理性地接近社會的觀點；所以當我們客觀地審查她「單一而多變的線」的成就，就可能要與她的偏愛牴觸了。但我相信慕蓉所說「線」的意思並不指此，而是表明她喜愛、深入，進而肯定的所謂藝術。

什麼是藝術？宇宙的存在就是藝術，單一而多變就是一種約簡的說明。那麼藝術品的評價，就可能非常冷酷現實，好則視爲珍寶，受到無盡的寵愛，不好則看做糞土，不願去理睬。好壞之間，還有無數的層次，好似定有價碼，依形式內容的不同，讓人自由選擇購買；而這些伯仲之間的藝品，使評審煞費周章，使德行不高的藝評家的心思混亂了。藝術家在衆藝品面前，猶如掌握命運的主宰，但是他的評斷是來自深習的學術，廣大的人生閱歷，以及本身心智的健全。質言之，評鑑藝術品，是知性感性交合發揮作用的事。藝術品的鑑賞品好，隨各時代的風潮而異，但不要輕忽文化的歷史所留下的不可更改的存相，不言而喻地它自然產生自每一個人的心靈，去瞧見和擁懷那份喜慰和滿足，就像誰也無法搶奪他心許的愛情。這種微妙的感覺存在，不能憑肉眼看見，只能訴諸一顆至純至善的心；而每一個人如能勤於掃除凡世的滯重昏噩，那麼每個人都有福分受到它明淨的照耀。藝品的鑑識並非與心智無關，以爲只要釐定標準就可覓至獲得，好比玩一場有規則的遊戲，在規則內得分最高便是勝者；但是不論規則如何，重要的是那參與者本身具備的道德能力。藝品本身並非眞體，藝術品是一種手段和媒介的幻象，透過它去會見眞理。相信唯物理念的人，認爲藝術和藝品都是工具，背面有指使者和它們的目的，這是討論藝術問題時最常聽到的藉機贏取的反證，使靈肉共體的自然一分爲二，進而泯滅了心靈存在，驅使生命進入苦役的域地。這是對於眞理的懷疑而影響到評鑑藝術的標準。以達文西的蒙娜麗莎畫像爲例，鄙和懷疑它的價值的人大有人在，因爲他們信奉的人生眞理（唯物的），正要迫不及待地剷除這種唯眞唯善唯美的至高無上藝術，他們套套的現實理由可以迫使別人開不了口；但沉默底下，依然有良知的心靈，不肯信服那套威逼的說辭，還是深愛和確認它的存在，甚至那些反對者在孤獨時，也會湧出至眞的情愫去懷想。至於那個企盼的境界如何，現在我們幾乎無能用語言揭露它的存在神秘。

我現在特意要去相信慕蓉偏愛她的〈線〉的理由（前面已經說過與客觀的評鑑藝品成就不相關），以便去接近她從事藝術的心得。一個心有所獲得的創作家，幾乎已不再關心外界的評語，可以想見她擁抱和珍惜心得的情操；直接地說，她對藝術奧密的發現，是一件她自認駕乎生命的重大事。透過千百萬條單一而多變的線的實驗，她從中獲致這份體悟。大家都知道許多事實說到創作家忘食廢寢而對藝術的執著，一旦發現愛上它，可以忍受窮困，可以放棄一切俗世的生活快樂，但就是不肯放棄藝術。我們檢視慕蓉在〈線〉集中的畫，極其容易地看出為何她會如此偏愛，甚至去貼近她的心得，而分享到類同的喜悅；一個外在的複雜形體，能夠經由幾條、或無數條線勾勒後，再現出一個類似的形體，豈不奇妙，而讓人著迷。從外在的客體轉變成內在的主體，這種神奇的作為，其愉快和慰藉的滿足，是不可言喻的，誰也不能加以否認。如果我們有這等的認識，也就不必懷疑慕蓉所說的偏愛了。

我已經無需像前面一一去瑣撰有關慕蓉每一幅畫的特色，我想讀者只要親自去觀覽品賞，便有自己的特別領受，甚而超過我用文字寫出的更多的微妙發現。很值得介紹的是，這本《畫詩集》，在皇冠出版社的企劃下出版，印刷十分清晰精美，不止在品賞時可以獲得很大的快樂，而且是雅好藏書的人士，書櫃中不可缺乏的一本畫冊；我不是為商業行為說這樣的話，而是席慕蓉女士是我們這一代中很可重視和喜愛的畫家，從這部《畫詩集》裡，她毫不隱諱地呈現中華兒女的豐沛感情，她心中的歌和思是完全經由線（藝術）來表達，我們也是在這部《畫詩集》裡這樣認識她的；這樣夠了，不需要用過分誇飾不實的言辭去歌頌她的成就，她也不想有人這樣。

一九七九、十一、七

戲謔楊牧

大肚子楊牧
毛線衣是你冬天的上身標誌
眼鏡背後的冷眼珠
最善辨思文詩
又是這樣識故
千里戀思我笑你癡
北斗星後就是那古銅的女子

啤酒桶楊牧
太平洋兩岸孕育你這遊蕩子
好一番冷靜的義理
不彈救贖的臭屁

善於戀愛拙於認輸
請說清楚是花蓮山的氣質
還是那女子的純粹肚腹

六七、十一、九

緣由：近日在報紙副刊讀到楊牧的蘭嶼遊記和訂婚的消息。此二者有新意又有趣。我見識他有兩次，一次約四年前夏天一同吃牛肉麵，一次在去年冬天受邀赴林海音先生的晚宴。以上賦詩只爲好玩。

隱形人

窗外秋日
一棵木瓜樹
結著青青纍纍的果子
每天早晨我來注視
心數它轉黃的日子
但有一個隱形人
當我離去他便前來
等在我不在的黃昏
一天一個摘去熟黃的果實
直至半個不存。

●

從春到秋

木瓜樹是我的戀人
甚至遠至它的幼孩時
它可愛地爲一位老人所植
周圍插著籬竹
囑咐我小心灌注和呵護
但是那隱形人
竟然不勞而獲
捷足先登。

●

我因未嘗而傷心，
爲此失戀而悲吟；
我的青春已逝去，
不久死亡將降臨。
但我寄語那隱形人
將我赤裸地埋於樹下
爲來年滋養木瓜
好讓我在輪迴轉復的宇宙

做爲你這貪饞人的魂魄。

無題

突然我的心靈招喊著
要我向一個鵠的走去
秋日的陽光高耀如火輪
寂寥而偏僻的灰色小路

那音響在空際清晰可聞
當多節的火車轟隆衝過橋樑
兩岸濃密的水柳林投的護蔭
有一道蠕動無聲的水流

還未長穗的稻葉堅挺如刃鋒
最好不要被疑鄙的眼睛看見

我隱身在褐與綠相雜的樹後
逃過在海岸巡遊的一隻獵狗

於是我悄悄地進入木麻黃樹林
僅僅是一片寧謐就是我的聖地
我站在沙丘的柔軟高頂肅立凝注
那聲音在白波的發生和幻滅間形成

一九七九、十二、二十

三月的婚禮

大廈內庭繁殖而多慾的卑草
在冬季竹枯黃之後回轉青綠
水池中芭藤在石上翻露蛇腹的碧白
黑而深的洞隙嫩葉像鹿耳聳出驚異

從禮堂大步邁出的是高大的新郎
穿著形同那逝去的祖父的咖啡色服裝
三月的新娘嬌小面帶雀斑
白而薄的紗衣隱約浮露瘦弱的肩膀

沒有音樂卻在空際彌漫灰靄的倦怠
這高廣建築的前廊的一根橢圓大柱

襯著面露積鬱而圍聚拍照的親族
突然綻放的陽光使椰樹垂葉明亮

如果無人了解時光的特定意義
那唯有跳躍奔向的內在生命自知
無法讓人解釋的是股曖昧的情愫
雖然在這換季的月份缺少祝福

一九八〇、三、十

紫茶（註）

我妒慕的情火
不能比你更酸
我的心也需要
你來染紅

一九六四、三、三十

註：民國五十三年我服役於軍旅中，連隊奉派赴關子嶺修築道路，每日黃昏士兵三五成群到火洞沐浴和飲茶。此處有一特別的茶品曰紫茶，色紅味酸，與善談笑之女服務生閒聊共度。某女性詭奇，信佛，虔誠，常於黃昏舉香三步一拜至清雲寺。日久我與她相好，我常趁深夜官兵休憩之時，偷偷溜出營帳，奔走山嶺小徑與她單獨幽會。修路完成，部隊調回嘉義，某日我重訪火洞，其女已不在那裡供職離開，詢問亦不知她走往何地。

跡象

在綠灰牆下
躺著玩具坦克
一隻紙箱裡
雜堆著各式塑膠製品
紅色的電話
開口的空藥箱
而她倒在它們中央
一個女娃，深而圓的大眼
也是塑膠製成
她的狹小胴體酷像隻老鼠
臉孔充脹著血液
後梳著金色頭髮

她是個美麗的女人
微微地張開紅唇
但是折失了手臂

這些死物恆常如此地
爲一個玩膩的男孩
散積在角落
兩堵牆中的一面
深暗地覆著陰影
坦克造禍般橫臥
扯斷了電話線
話筒失掉了
張著希望深凝著
可是那女娃的雙睛
白色中空的板塊
曾經用來砌成屋宇
另有一隻輕巧的鐵鎚

也是塑膠製品
氣球面上印著圖案和人物
他們是否埋藏著過去
屬於建造和快樂？
是的，紅色的刀鞘
光亮的軍刀
全都靜默無言的躺著

藥箱銅皮的表面
印著HICEE
這與女人的皮膚有關
卻不能醫好胃腸
再看那無生息的女娃罷
高廣的額上閃著亮光
脫掉了手臂
依然帶著天眞的微笑
雙睛沒有眨動

固執地瞪著

一九七一

秋日偶感

遠眺無佳景
近園頹菊枝
北風帶沙起
厚氣日暉蝕

藝術家是啞吧
如今流行印版畫
不是黑太陽
就是紅月亮

疊羅漢擺黃瓜
上面是鋼筋水泥

現代城市
然後一個氣球
宣傳民族意識
一隻繡花針
尖端是個人

一個小小冷凍室
擠著百萬冰
五百塊錢
一會給教員
一會給警察
像馬戲大觀
玩雜耍

人性多狡猾
瘋子說真話
草場絕牲畜

楓樹如刀插

學者面前白米飯
硬說來自舊磨房
從墓地挖上來
彈彈灰塵
油漆油漆
叫人再穿上

樂人死了

——憶長兄——

樂人死了
從此，他的幽靈
一秒就是千年
無所不在地優遊
但是且看人間有情的友朋
樂隊在前引導
走過沙河上的石橋
在那常受海風侵襲的山丘上
爲他選擇了一處
偏僻而遼闊的草地
合乎他孤傲的個性

他在那個地方早晚眺望
海潮的上升和太陽的西墜
可以聽到流行的樂音
從鎮上穿過高大的木麻黃
纏綿在他的周圍
那時他從臥睡中醒來
垂憶罹患肺病的生命中
甜美的愛情和不幸的婚姻
耳中聽酒女嬌嗔的笑聲
他也笑了

一九七二

有什麼能強過黑色

睡倒，冷靜地滑落幽冥
如吸食沁涼的罌粟
這神秘過程如神秘本體
只有死者與至高的神明
賦有共知的體認。

生存如庸浮
死亡的自大之姿
靜謐而靈知
生是連鎖的痛苦
一旦嚐到死亡的甘飴
迷亂而恐懼的心都受到泣憐

對於生存的事實多麼悔恨。

死亡是高明的清醒
這文字貌似醜惡
但境況有無比的美麗
煩瑣已不再侵擾
債務和為它而做的不息勞動
神奇地休止
使燥熱的心轉換清冷
病痛無能再殘害
面部呈現開朗
皺紋平展眉彎如畫
靜靜如玉
容納病菌的軀身
完全放棄。

苦難續留在世上

使死亡感到遺憾
哀傷難對它產生榮光
悲號和淚水是爲那層
看不透的面目洗淨驚亂；
自私的人們，稚女和親朋
死者不再屬於你們
倫理的鍊條斷了
義務斷了，斷了
眞的痛苦
假的快樂。

死亡腐蝕富人的心
虐待狂的巫師頒佈深黑的恐怖。
死亡對於永恆的死者
接近相親，供他居住
永遠沉睡靜靜躺著
冷傲不語地思維

化去不美蠕動的形象
留下至美寧靜的精靈。
曾被讚美的美女和英雄
死亡將是他們最嚴酷的懲治
使他們在未離人間之前
變成巫婆和懦夫。

有什麼能強過黑色
在這色彩繽紛的世界？
有誰能比它的意志更強硬
在這超人力士充溢的世界？
名譽是堯舜的辛勞
惡名是紂桀的享樂；
那是洗淨的秩序和法則
寬容和自由所織成的公正景致
始能由它透明無垢的引領。

一九七四

海思

撈鯔須候潮湧水
白鳥飛低水波邊
青春踩陷岸海泥
黃衫學禪綠草中

旗紅招展西天藍
天空白雲豬油凍
如春潮水滾滾動
火球已漸降海中

覓魚白鳥腳瘦走
木麻黃下炊煙濃

帆帳傳出聲笑喜
背嬰女子立海中

金沙轉褐時黃昏
網團長竿吊漁夫
孩童無知猶戲水
黃衫長海高天中

一九七四、五、二十九

斷樹吟

它在斷折之處
暴露著哀吟的獰牙
我有如遽聞獸死
想著它曾繁葉遍佈
在未被風浪襲擊之前
美麗壯大，傲視四群
也老大自尊
但基幹何時腐蝕
有人看見蟻群入侵
那斷折之處幽明可尋
腐敗鬆馳的肌理
這有何說

自然的大地豈立著衆樹
雜陳著老與幼
自形盤踞
互爲爭勝
而它呈露醜形丑貌
處處砍折結疤
新葉横發不勻
不若它落種的新樹
直伸霄雲。這株斷樹
強風是勢
自毀是因
未能及早鏟除菌魔
擋斥蝕蟻的築窩
凡生存有其運數
當瞥見青枝拖走

一九七四、三、二十一

戀愛

我們已經把一切說好
走出那個昨夜的屋子
有一個目標
步驟一致
暴風雨未把一切掩蓋
我們曾經出來一下
購備糧食
拉開窗簾對外探視
哦，一個好美又好壞的城市
但我們未被誘騙
好好地守住
緊緊地擁抱

世界已到末日？
他們爲死籌設儀式
爲生存定價値
我們是固持己見的人
對呈現的現狀否認
我們未死
永遠守住
不走出
而今天已到來
我們已經把一切說好
拉開窗簾
陽光在街道

一九七三

一隻單獨的白鷺鷥

一隻單獨的白鷺鷥
在冬天的一個黃昏裡
當紅紅大大的太陽快要下去之時
突然飛臨到多石的沙河上空

牠劃過紅紅大大的太陽時
有一個瞬息間的黑影
留下了銘刻般的印象
牠是一隻純白的鷺鷥

牠在多石的沙河上空飛翔
逆著冬季強勁的風寒

單獨一隻，扇著翅膀
斜斜地衝入濃綠綠的樹林

牠又從樹林裡飛出來了
單獨一隻的白鷺鷥
像在尋找什麼顯得慌張
當紅紅大大的太陽快要下去之時

我不知道牠想尋找什麼
也不知道牠叫什麼名字
但牠是一隻單獨的白鷺鷥
終於消失在後面的山頭

我回憶那天
在沙河上空看到的白鷺鷥
在冬天的一個黃昏裡
牠單獨一隻突然飛臨

牠是一隻純白的鷺鷥
劃過紅紅大大的太陽時
有一個瞬息間的黑影
留下了窒息般的印象

我想問牠從那裡飛來
為何那麼匆忙慌張
扇著軟薄的翅膀
當太陽快要下去的時候

我不知道牠叫什麼名字
牠是一隻單獨的白鷺鷥
飛入樹林，又從那裡出來
消失在後面的山頭

牠那失群的樣子
單獨一隻的白鷺鷥

飛臨在多石的沙河時
牠想尋找的是伴侶嗎？

但我沒有做那樣想
因爲那天我看到牠時
我正坐在沙河的石頭上歌唱
紅紅大大的太陽快要下去了

因爲那是不重要的
在冬天的黃昏中
風寒使得大地顯得蕭索
蛇和某些動物都冬眠了

因爲那是過去的事了
牠現在是一隻單獨的白鷺鷥
在紅紅的太陽快要下去時
牛和某些動物都回家了

所以那天在多石的沙河上空
當一隻單獨的白鷺鷥
突然逆著冬季的風寒飛臨時
我想問牠為什麼？

我看得非常清楚
牠在沙河上空轉了數圈
劃過紅紅大大的太陽時
有一個瞬息間的黑影

牠留下了銘刻般的印象
牠是一隻純白的鷺鷥
雙翅軟薄，雙腳向後
飛入濃鬱鬱的樹林

但牠又從樹林裡飛出來時

紅紅大大的太陽快要下去了
我看得非常清楚
牠顛簸地消失在山頭

一隻單獨的白鷺鷥
牠突然飛臨多石的沙河上空時
我回憶那天
正是冬天的一個黃昏

我想問牠從何而來
將要飛向何處去
但牠的影子曾在某一瞬間
把紅紅大大的太陽劃破了

牠沒有告訴我牠是什麼名字
牠只是一隻單獨的白鷺鷥
牠飛出多石的沙河之後

就斜斜地衝入濃綠綠的樹林

當牠又從樹林飛出來時
我想問牠尋找什麼？
牠在風寒中滾跌了數次
就迅速地消失在後面的山頭

我回憶那天
我正坐在沙河的石頭上歌唱
那時紅紅大大的太陽快要下去了
突然一隻單獨的白鷺鷥飛臨

牠是一隻多麼純白的鷺鷥
劃過紅紅大大的太陽的時候
有一個瞬息間的黑影
留下了窒息般的印象

一九七四

落落之歌

一

從一個囂張的市鎮珊珊地走來
我站在沙河海口看日落
天邊有著象形且成群地急急飄向南方的雲朵
我站在沙河海口看日落
兩岸的木麻黃樹林的清晰的枝幹像不移的群衆
我站在沙河海口看日落

朔風吹著我的身體吹亂頭髮
使我的雙手插在夾克的袋子裡
滿滿河床是曬紅吹乾的沉默石頭
我站在沙河海口看日落

二

手指捏著一根折斷的稻草
把它放在太陽與半閉的眼睛之間玩弄
眼簾出現陽光長而帶彩色的光芒
我躺在沙河海口看日落

遠處傾斜入沙灘的可憎的碉堡是如此的違逆著風景
我躺在沙河海口看日落

如今失掉了童年，我不能更接近海洋
木麻黃樹林的那邊有咬人的凶狗的巡邏

我躺在沙河海口看日落
回憶久遠的夏日沐浴在海洋中

三

那些沒有坎坷的往日的人們也遺忘了他們喪失了什麼
當那光燦燦的太陽逐漸低移熟落

我們的知識仍是逐時復蘇
柏拉圖遠在古希臘如是說

我躺在沙河海口看日落
一個穿拖鞋的農夫逆風牽著牛隻回家

四

我躲到漁夫避風的石屏
躺臥在稻草堆裡

明亮而廣大的天空一個細小的銀色形體在移動，不久即消失
對我而言，那不明之物不比太陽使我更覺得奇蹟
我希望那早已失去了連絡的戀人在此石屏下坐著躺著
曬曬太陽看看日落照著大地
現在我在等候Kohoutek慧星在夜晚的蒞臨
我是如此地寂寞又如此地豐實
我躲到漁夫避風的石屏
躺臥在稻草堆裡

五

如今我猶能憶及那天春節假日的鞭炮聲音
我走到沙河海口看日落

也憶及午餐時的酒醉和滿足的午睡
我走到沙河海口看日落

如今往日的友朋已不再往來，而我又無法忘掉他們
我走到沙河海口看日落

海鷗飛來獻技，俯衝後又揚長而去
我走到沙河海口看日落

太陽愈紅愈大愈落
我不明白雲朵爲何奔走

一九七四、一、二十五

當我躺仰在海邊的草坡

當我躺仰在海邊的草坡
望著樹林的波動
白雲在藍色的天空
鳥群飛翔而過

有關於你和這世界所發生的事
在這多風的海邊
索索地穿過木麻黃樹
雲朵的追趕和接合在藍空

強風吵嚷著什麼
白雲形象著什麼

蝙蝠盲飛著什麼
藍天意味著什麼

這是一個春天的下午
我的頭枕在手掌中
有關你及這世界所發生的事
當我躺仰在海邊的草坡

落葉在我的臉上
藍天白雲的形象
綿柔的追趕和接合
我望著樹林的波動

然後我沿著沙河動身
面向東方的山巒
強風穿過木麻黃樹
赤足孩童在河床奔過

海洋的上空覆蓋著烏雲
當我躺仰在海邊的草坡
有關你及這世界所發生的事
鳥群飛翔而過

柔綿的白雲的形象
在藍天追趕和接合
落葉打在我的胸脯上
強風索索穿過

銀波翅膀

一個有霧的午後，盧生遽然自生地看到一個友人的形象走來，他的外表閒散，但面目如帶著詭譎的探索。這是盧生自去年來到海濱的小學校任教以來首次有訪客前來。盧生原是城市裡的一所中學的資深教師，他的妻子發現他與一位年輕的女教師產生戀情，將此事告到校長那裡去，當校長將那位女教師解聘時，盧生憤慨地同時辭職，但幾經另謀職業的奔波後，他疲倦而心灰意冷，斷然獨自到這個偏遠的海濱的小學校權充一名教員，暫時擺脫了和妻子在家裡的不愉快。這個前來的人是盧生久遠前的好朋友，曾在城市結伴交遊過一段頗長的時光，那是在他們年輕又富幻想的時代，另外還有一些人，形成一種好酒消沉而喜樂忘憂的小團體，然後生活把他們衝散了，各奔前程成家立業去了。這時是春天，陰雨而潮溼。當他出現在操場的一端向校舍這邊走過來時，彷彿他是在灰霧中從天空降下的；那天的確在中午過後，柔軟的陽光開始被陣陣移動而來的灰雲遮住了，然後下著一會兒沒有聲響的毛毛細雨，雲霧從右鄰堤防外的海洋自由地翻捲上升，佈滿在海岸和村舍的空際，木麻黃樹林和這漁村的屋瓦的顏色都變灰了，更遠的景物就看不見了，而他突然降臨。

盧生原在教室裡，午後的教學已使他感到倦煩，他轉頭從敞開的窗戶看到他走來。於是他走出站在走廊上等著他。盧生英俊的臉上展著笑容，他的頭習慣性地低傾著，但眼睛卻瞪著那人走近。

「我就知道，除了你，還能是誰？」

他們面對面時，盧生笑容可掬的高興說。

「你好嗎？盧生。」那個人望著他說。

「我告訴你，我是自由了。」盧生說。

「那是再好不過的事。」他讚同地說。

「我們多久不見了？」盧生問道。

「好久好久了，你應該記得我們分手的情形。」

「我當然記得，那時我們都醉了。」

「你爲何有時間來？」盧生又說。

「靈感，我們都有互通的靈犀。」

「是的，我們自來總憑著靈感交往著。」

「那就對了，我現在就在你的面前，你需要時，我就來了，不是嗎？」那人說。

「是的。你看這是一個優美的地方，我沒有想到我會在這樣的地方一個人生活著。」盧生說。

「你說優美？」

「當然，我這樣認爲，你不以爲然嗎？」

「這種地方我熟悉透了，海水，新鮮空氣，鄉下人雜亂的屋舍，骯髒的小道，還有你會說他們誠實的面孔，其實是腐蝕性的魯鈍，多疑的心地。這是使你喜愛的理由嗎？」

「即使不是這種理由，你知道，我有我私自的理由。」盧生仍然愉快地說。

他們相見心情頗爲快慰，但不免像昔日一樣展開一場爭論。他們大致意見相同但仍有少處差異的對所謂鄉間的一切的感想。他在探試盧生在此地的生活是否快樂和滿意，而他發覺盧生對鄉間的讚美無非是對自己的一番遭遇的嘲諷。他知道盧生會把它當的暫時的退避之地，他會再找機會回到城市去，在那裡不止是他應付出的責任所在，而且可以靠勤勞得到優厚的薪酬，以供他排遣他猶健壯的生命所發放的熱情。而熱情和欲望是一個人生命的詩章。一刻鐘後，小學生列隊離開學校回家，盧生準備將他的這位朋友帶往他在附近租居的房子。

盧生從辦公室走出來和他並排地走到此時空曠無人的操場，他們在雲霧的覆蓋下親密地交談著。

「我眞的高興你此刻來。」盧生說。

「你這一切的感覺如何？」那人問道。

「很好，眞的很好，」盧生停頓一下。他繼續說：「你知道，我說很好，是眞的很好。我感到從未有過的輕鬆，這是指婚後而言；我的婚姻，還有那三個孩子……你知道，我現在單獨獲得了幾近完全的寂靜，欲望離我而去，我最近寫了幾首詩，並且每天札記一些生活感觸……很美，我感覺這是極恬靜的生活，對我而言是最佳的生活，我的意思是對一個一生勞碌又沒有專志成就的人而言，有一個能夠暫脫形式生活的束縛是彌足珍貴的事。你知道，我原可找到其他中等學校任教，但那些繁瑣的枝節我厭煩了；但我現在覺得我的判斷沒有錯，我來這裡是對的，對我的身心獲益不少……我想到我現在能一個人單獨地生活在偏遠的一隅，我就會情不自禁地感到一股解脫的自由和快樂……我明白你來看我的意思，我沒有你想像得那麼糟糕，我不是會誇飾的人，我完完全全能適應這種單調乏味的生活，除非情勢使然不得不被迫回到城市，我想我會一直留住在這樣的地方。」

這是盧生的肺腑之言，但他的傾出使他突然停頓沉默了；他對自己的吐露感到驚疑之至。於是在他的臉上現出慘淡悽苦的笑容，羞赧地把身體轉來轉去。這時，他們的肩膀由於靠近，相互撞擊摩擦著，首先像是輕微而無意的，漸漸地像是有意而變爲猛烈，彷彿一個軀體蓄意地要擠進另一個軀體，情勢變得越來越爲急迫。此時已是黃昏，霧靄的空際中響起像潮水般澎湃的音樂聲響，原本隱形於宇宙的透明的幽魂舞蹈般地現形了，直到他們兩體的撞擊合併完成，一切又恢復爲寂靜。

這時盧生因窒悶而困難地喘息著，每當一日的工作完畢邁步回巢時，這種急喘的掙扎便會發生。他孤獨地橫過操場的草地，斜斜地轉頭向堤岸那邊的廣大天邊做了一個驚疑的瞥視，彷彿害怕天會低陷蓋在他的頭上。這是他在城市生活裡所沒有的警覺，因爲在城市永沒有天空的知覺，而他依然還未掙脫城市生活的昏噩。當他步上操場邊陲新建的籃球場時，他站在籃球架下面，舉頭望著突出板外的鐵質環圈，像是在等候下墜的一個籃板球。他曾是運動的健將，在大學他是系裡的籃球隊員，他的一位同父異母的妹妹在幾年前還是國內最好的籃球隊的前鋒球員，自她退休後，他在電視轉播的籃球賽中再也看不到她。那時每次看到她出賽的情形，他就熱淚滿盈。他的父親逝世之前曾約談過盧生，在他的記憶中，他只見過父親兩次，而在這最後的一次交談中，他放棄了他做爲長子所有應得的權益。他的母親沒有生下女孩子，所以他對那位同父異母的妹妹具有特殊的好感。

然後盧生從圍牆的缺口走到鄉村的石子路，他低垂著頭，對路旁的幾家新建的水泥樓房，和那敞露的俗豔的客廳佈置，連看都不看一眼。他轉進一條小巷子，一座老式的磚瓦房屋顯現在跟前，這是一個在過去中等規模的農漁人家的房子，前院是水泥地，旁邊樹下有一座抽水井，年輕的一輩都到城市發展成家去了，留下一個無伴的老人看家。盧生走近來時看到那位和善的老頭蹲在屋簷下剝花生。這老頭非常高興有盧生這樣溫馴和教養的男人來共住這一幢半廢的屋宇。盧生和這舒坦的老人例行地打招呼後，便由大廳門口進入，走到分隔在右邊的一間臥室。那裡他鋪有一張粗糙的暗紅地氈，設有一張低矮的書桌，上面堆放著二三十本書，另有一張配合書桌的籐椅，他睡眠用的行軍床擺在靠牆的一邊，上面有布巾覆蓋著棉被。他脫掉鞋子坐進那張唯一的椅子裡，點燃一支香煙，沉靜地等待夜晚的來臨。

之後，那個男人經常出現前來與盧生在一起，大都是星期三的下午臨近黃昏的時候，他的來到總是帶給沉默寡言的盧生一點莫名的生活的喜悅。他穿著一件深藍色的運動夾克，一條灰褲子，臉上帶著太陽眼鏡，表情總是和善和開朗，與憂鬱的盧生恰成對比，但是當他和盧生站在一起時，二個人卻混合成一種難以描摹的奇特的形象，他們外表的個別差異仍能給人一種氣質相同的躉體的印象。他和盧生在走廊勾肩搭臂，一面說一面笑時，凡是曾經在他第一次降臨看到他而產生驚擾的人，此刻都不再感到稀奇了。他已連續在這幾個星期都來過，有一次碰巧學校開完校務會議後舉行會餐，全體教職員好客地歡迎他入座，盧生拉他坐在旁邊，那時覺得他奇怪的人都幾乎把他看得清楚了。盧生向同事們介紹說，他也是一位教師，住在鄰鎮。是的，他和所有的人沒有什麼區別，在這個生活的世界裡，除了不爲人知的內在外，一切的表面事物似乎是乏善可陳的。在那一次的會餐中，他和盧生的同事們互相敬酒，彷彿他也是他們中的一員，一起談論學校中所可能產生的奇怪而拗人性的規定，然後在唏噓的酒嚷中吞到肚子裡消失了。這種吃喝的場合總是喜笑和樂的，始終在半眞半假的標榜或譏諷的話題中進行，甚少談論嚴肅的問題，彷彿每個人都能約制何種事體不能做認眞的交談，維持一種和諧而膚淺的同事之間的關係。而這種永不傷感情的關係似乎可以保持千年恆久不變，也甚少受外界的更動或刺激而改變這種形式。在這狀如歡樂實是空寞的小天地裡，只有他和盧生卻息息相關，他隨時隨刻無不在細心偵察盧生外表舉動的內在因素，在他的眸光和鼻息中辨識出涵蘊久遠歷程的意義。他時時暗示盧生不要漫無節制地沉淪在掩蓋孤志的酒肆之中，可是盧生卻故意違逆地表現出一種隨和與順從他人的態度，且希望由這一表現激勵他自己內在的思想之光。那次酒餚之食延至夜晚猶未罷席，不斷地有在地的鄰客前來助飲，每每都能引發出一場虛誇的興潮，盧生默默如羔羊，直到他把他拖至屋外，勸解他必須離去。但頃刻有人追出，並來到他租居的所在登門呼喚盧生，而他依然順服地與他們牌賭至黎明。

另有一次，他來時盧生即當面告訴他說，他馬上要和同事們前往附近一處叫頂庄的村落去喫飲，並且說他來得正好可與他一同去。

「何事去喫飲？」他問盧生。

「據說那邊在拜拜。」盧生說。

「那邊何事在拜拜？」

「這事你總應該知道，大概是神的生日。」

「神生日？什麼神？」

「我不知道什麼神，他們要我去，我不好意思不去。」

「你總要問清楚是什麼神。」

「你知道，我並不計較那麼多，什麼神與我沒有什麼關係，我是去喫飲，不是去拜神，所有的人也都是如此，你總知道我的爲人……」

「盧生，你不要去，我們可以好好在屋子裡談談，補償上一次，不是嗎？」

交談之中有一位爽朗的男同事從走廊經過，看到盧生和他的朋友在談話，便招呼他，要盧生等一下也把朋友一同攜去。這位男同事步伐健飛，理直氣壯地命令了之後，就走開了。

盧生說：「你現在看到了罷，你總該明白我在這裡任何大小事情，都無法明明白白地馬上顯示我個人的肯確態度，像類似喫飲的好事，更加無法不表示喜悅和贊同。」

「但這種喫飲有何趣味呢？」

「我的朋友，當你說到趣味來，做爲一個人要是認眞的去思考，沒有一樣事是有趣味的，凡是做過的事，沒有事後不反悔的。」盧生慨然地說。

「那麼你去我不去了。」他說，並且準備轉身離去。

盧生把他拉住。

「等一下，你知道，我內心也十分厭煩這類的喫飲。」

「那麼何不不去，如要飲酒，我們可以敘飲一番。」

「我當然願意這樣，但是你還不明瞭我的話，如果你爲我設身處地著想的話，你就不會勸止我去做那些也頗富於情理的事。」

「盧生，你的所謂富於情理是指何而言？」

「你聽我說，無論人與人之間多麼有差異的區別，有些事是有共義的存在；譬如神的生日設喫飲的事而言，各地習俗普遍相同，這一村到另一村互相交流，相等於安排生活的消遣。就功利的觀點來看；我這沒有家庭溫暖的人可以省掉了自己去做一餐飯，對那些每天都要乖乖地回到家裡去吃單調的晚飯的人，可以有一次解除苦悶的豪放；所以他們看重這類喫飲的事，不去參與等於昧於人事，爲何我們何樂不爲呢？」

於是他們加入了前往的行列邁往頂庄，在路上又與其他同樣目的步往的人匯集成浩蕩的一群；到了頂庄各街各巷都壅塞著來自他地的食客。他們早就忘掉了這是爲何神而來喫飲，因爲相識而招呼交談的人，並不談神的事，而只關照人間的事。他們早已安排好先到那一家，再到那一家，盧生甚至不知道神在何處，他漠不關心地與衆人飲到夜深，都酩酊大醉了。此刻，每個人似乎滿痛快地也心甘情願地步上回程，且在途中互相告別分手了；如此一天的逝去，猶如人一生的消失。

某夜，在地的幾位中學生到他的屋舍來請教數學和物理的問題離去後，盧生打開電視機，坐在籐椅裡觀看影集《星際爭霸戰》。這是一個能引起他興趣的電視節目，他認爲這個節目有認知和想像的啓示性，猶如那架企業號的太空船在星際間不斷的飛航是爲了探索新的人類和新文明，其中他對史波克那個角色充滿了好奇和喜愛，對他怪異的耳朵和解答諸種奧密問題的能力感到無上的欽慕。盧生想：在這漫漫長程的宇宙的冒險中，唯靠那種舊時代的勇氣是毫無用處的，在情節的進行中也只是例行公式而已，最重要的是知識和技術。包括過去被時間埋藏消失的，和包括對未來可能產生的，以及現在存於世界的幻象的評估和解答，史波克能靠他身體的觸覺明瞭機械物體的本質。他常常迷醉在這個節目爭論本源的邏輯語式中。當節目結束後，他總默然坐在椅子裡，回思史波克對一個惡魔般的科技所創造的物體做探尋和知覺的虔敬的擁抱動作，他的表情總是嚴肅的，他的思索的眼睛使人感動。他想人類將來在星際宇宙的存在地位必須賴像史波克這樣的人物，而他的溫和更令盧生產生好感；史波克始終沒有中國所謂知識份子的玩世不恭和盛氣凌人的那種高傲自負與好大喜功而實是一種虛張聲勢毫無作爲的態度，彷彿他也知道自己生命的渺小、能力的有限，因此使他顯露愼思和服從任務的使命；他看來幾乎沒有人類那種情感起伏的急躁和昏噩驚慌的面貌，他在我們的眼光裡像是一個諸種動物的混合體，但是這種特徵不會妨礙他代表知識的化身，起碼比出現在螢光幕上發出傲慢聲音的偏激而冷酷的機械猶勝不知幾百倍。盧生不知不覺陶然在猶如自身就是史波克的幻想中，直到木門上有搔撩的響聲，他始驚醒過來。

他起身輕推那個薄木板門，他看到一個精緻巧妙的綠色體的小機械物，不，那是一隻金龜蟲，剛才它正想用它細瘦的腳臂忙亂地傾盡全力要推開門，只因這門並不能完全密合，還留有一條透光的縫隙，當門扉移開後，這小金龜蟲即迅速地從黑暗的一面爬行到面對房裡的有光的一面。盧生看見它，好笑地說：

「是你，我幾乎要想到是他，這麼晚我不能相信他惡作劇地又來訪，前天他才從我這裡回去，要到下星期三才會如約地再來，另外我更不能期望有別人。原來是你。如不是你，也不可能是愛麗，我已經寫信告訴她我們的關係終結了，這已經是去年年底的事，她已經找到新的工作，她在城市我在鄉下，兩相遠隔就是兩相爲難。有一度她想來和我住在一起，但我幾度思慮之後覺得這樣會喪失我自我放逐的意義，況且她年輕漂亮，她不會持續不減對一個窮困的隱居的半老的教師感到悅樂之情。至於他，他只勸我做些我漸感懈怠的事，我心有餘而力不足了，即使是躲隱在偏僻的鄉村十分悠閑，我還是逃不開現實的俱足的滿足，因爲肉體的渴慾勝於一切精神和意志，我對他的解釋，他也不得不贊同我的作法；他要我成聖，而我卻只是一個不幸的平凡身，他明白的，我知道有一天他會放棄的，這一天不遠了。我對於自從離開城市後所發生的遭遇感到驚奇，可是我更感疑惑的是我似乎是一個宿命論者，爲了內心的平靜，我要藉託過去爲我所非議的宿命來安慰；就像我從來沒有獲得父子之情一樣，我內心不滿的空隙太大了，我越想去尋求塡補的途徑，卻發現越追索而越發覺那空隙越大，這決不是我想像的那有形的容積，倒是更像這昂首凝望的宇宙的空洞，太空船越航行越發覺天際的浩大無疆，我身陷此處，猶如人類寓屬於地球，這是宿命……」

盧生凝望那精小的不速之客，覺得它剛才的舉動似乎很不自量力。但它看起來卻是頗爲潔美，綠色的外殼能反射燈光，它是爲了表現它的美麗所以尋光而來的。盧生俯視它，對它自覺有一股可憐之情，因爲它耗費全力都不能推開他只需一指輕撥的門扉。

「我和你是否可以找到互通的語言？」

小金龜蟲安靜地貼牢在門板上，與盧生的肚臍位置相等的高度。它似乎已經滿足於它受光照射的榮耀，靜靜不動，沒有理會盧生對它的發問。甚至它是爲在盧生面前誇飾而來，它整個身體可以形容爲是精巧設計的活動的晶體，盧生對那無可比擬的綠色頗具好感和讚賞。但是他寄望它能表示出訊息來，像螢光幕上出現的那些天才科學家創造後遺留下來的機械物。

「你眞的不能表示出一點意旨嗎？」

最後盧生感到疲倦而厭煩了，覺得它老是攀在門扉上使他不能安寧；在這個他獨佔而需要休息的房間裡，他產生了排斥的心理；有一瞬間，他的記憶閃出童年用石頭擊碎小昆蟲的情景，他爲自己的殘酷感到羞恥，現在似乎無法重施那種殘暴的行動，應該擺出尊重對方生命的態度。他看不出它有自動退出的顯示，因此他用手把它捉起來，看到它繁多的腳臂所做出的無助的舞動感到好笑。他走到門外，遲疑了片刻，終於將它像一粒小石子般向黑暗處投去，他聽到一聲落在樹下柔軟地面的音響後，便十分安心地回到房裡，順手把板門關上。現在所有的煩思都沒有了，夜深人寂，是應該躺在床上睡眠的時候了。

正當他眼皮沉重知覺意識要消失進入睡眠的時候，那種擾人的搔撩之聲再度響起，盧生痛苦地眨動眼瞼，意識恢復後清晰地知覺那小金龜蟲又在同一個門扉位置做它企圖闖入的奮鬥。

「該死的東西！」

盧生一躍而起，把小燈轉變成大亮燈，他推開門，又見到它那迅速爬進的形貌。他即刻動手捉住它，並且跨出門外，毫不遲疑地把它儘量地拋到黑暗的遠處。當他想到房裡睡眠時留下的微弱燈光也是招引它重又飛來的原因時，他乾脆熄燈就寢，想到咎由自取也就息怒心平了。但只經過了半刻時辰，他聽到它飛來降落的撞擊聲音，像是一個悶鼓的音符響在他凝靜的腦幕；他疑惑著它憑什麼而重臨；他百思不解，只得起身亮燈，開門讓它進入。

現在他坐在椅子裡，與小金龜蟲相距幾呎對望著，心中明白尋光瞭耀並非它無意搔撩他的因由。此刻，他更爲迫切盼待一種能夠使他和它進行交通的顯示，以便避免因不了解而做出對它傷害的行爲。盧生想到史波克的秉賦，可是他自己畢竟是一個平凡的人類，滿身只是所謂謀生和應付同人類的經驗和知識，而知一無了知與其他自然物的接攘；他突然哀憐自己只是一個受盡人事折磨而昧於對宇宙自然知識知解的愚盲物類，且升起對於人類自我已忘忽他和萬物通訊的智能感到無比的氣絕和憤怒。而此時野蠻地對待一個自身道理甚明的自然生命物，就更顯得不可寬恕了。盧生整夜面對著它，企求從它的飛臨的啓示重新尋回他自我的本源面貌，但他難以撥開重重習染的俗世霧靄，他失敗了，直到天明，他坐在椅裡力竭而垂頭昏睡了。

爲了忘掉那夜掙扎的痛苦經歷，他謹愼地恢復到正常的生活起居，且盼望他的朋友的來臨。週三下午盧生站在學校的走廊等候，他這一次破例地謝絕了別人的邀請，想專志熱誠地與他的朋友敘談，重新釐定一條將來遵行的途徑；他想到在有生之日，一個知音朋友比什麼都來得重要。學童放學離校後，他看到同事們也一個一個騎著機車走了，整個校園的地域空蕩蕩地只剩下他一個人。他依然倚立在走廊，不敢輕率離開。他望著天際，凝聽鄰近的潮聲，想到這漸漸轉晴的黃昏，反而有著濃重的失望感覺。黑幕低垂時他踢著蹣跚的腳步回去，吩咐那位半服侍他的老頭，在晚飯後爲他燒一壺水泡茶。當一切準備就緒，老人退去後，他打算重拾久廢的詮釋易經的著述工作，而這時他呼嘯著來了，還領著一群人進來，一看竟然都是年輕時在城市狂放的相知老友，盧生感動得把他們一一擁抱在懷裡，頓時歡欣之情熱騰了整個屋宇。他把老人叫來，交給他錢，要他去商店買酒和備菜。然後他們在簡陋的大廳圍桌而飲，重敘過往荒唐不倫的行徑，以引發歡樂的笑聲。那時，他們記得都是單純而充滿幻想的單身漢子，喜愛藝術且對女人勾勒出所謂理想的輪廓；有一次，他們集體到某鎮，把一位名叫阿蜜子的茶室女子當爲體貼的戀人。夜已闌深，他們還意猶未盡。酒喝完了，他們奔到屋外，盧生領著他們走過關門掩戶和毫無人跡的鄉道，他們特殊的語聲在這靜謐的漁村的空際嘹嘵地傳播著。

他們一路走到黑漆的海岸，並排站立著，眼睛的視覺漸漸地辨識清楚了；有一刻他們完全被海洋動盪的生命形貌嚇住，驚呆有如直立不動的化石；這海特別顯現的雄偉壯蔑在次一刻又把他們感化，他們猶如處在幽明的最初的域地。這時，其中的一種突然對身旁的人指著翻起的白色波浪說：

「你看，」

「是什麼!?」

「是銀波翅膀。」

「眞是嗎!?」

「當然是它。」

「銀波翅膀」像他們心中所希望的光，他們詭密地一個傳給一個這久盼的信息。

於是他們全都狂喚地衝下奔向湧來沙灘的漲高的浪潮，他們展開雙臂，一面跑一面躍高，似有離地起飛之狀；先是他們的歡欣和祈求高過於浪濤，企圖奪佔宇宙自然的聲籟，最後在天明破曉之前，只剩下潮退的低吟。

一九七九、六、七

夏日故事

詹氏素妹的兒子剛進鄉鎮的一所初級中學讀書，她的丈夫邱世蟠就因胃癌死了。兩個沒有進學校唸書的女兒，跟隨著母親日夜編織草蓆，從這種手工藝的賺得換取勉強的生活。那個男孩名叫清源，頭大而肢體瘦弱如柴，在本鄉讀小學時就名列前茅。那時日本統治者剛走不久，米糧缺乏，物價昂貴，雖然還有大學畢業生找不到事做的情形，可是兒童進學校讀書的風氣卻逐年旺盛，有眼光的人都知道這過渡時期過後，好景氣的時代就會來臨。這個男孩在中學讀了一年書，突然自己主意要輟學想到城市去當學徒，使那母親傷心透了。首先詹氏素妹以為是他們姐弟之間吵架時互相譏罵而釀起的；剛放暑假，清源在家裡，露出忿懣的神情看書或畫圖，兩位姐姐常常斥責他浪費。詹氏素妹聽到她們罵他「吃死米的討債鬼」就起來袒護他，也使兩位姐妹流淚埋怨，難能平息他們姐弟的無知的爭吵，詹氏素妹也會軟弱地搥胸痛哭。之後她探得了實情，眞正的原因是他的兒子痛恨學校；為何會有這樣的事發生，她不能十分明白，嚴厲的責問清源之後，一張隱藏多天的學年成績單才遞到她的面前。詹氏素妹手中搖動那張紙單說：

「我看不懂，你說明給我聽。」

清源冷默地站在他的母親面前，望她一眼，然後說：

「各科成績都是甲等。」

「嗯。」

「操行成績……」

「操行成績怎樣？」

「我沒有做什麼壞行爲，但是乙等。」

「你一定是表現不好。」

「我沒有做不對的事。」

「那麼乙等就乙等，也沒關係。」那母親說。

「但這樣我不能獲得獎學金。」那男孩說。

「就因爲沒有獎學金，你不讀書嗎？」詹氏素妹望著她的兒子。

「我不甘願，我應得而得不到，我討厭這樣的學校。」清源極力大聲說。

「爲什麼你非要得到不可？」

「我沒有爸爸，我們窮，獎學金也是一種榮譽。」

「你一定做出不好的事來，使老師對你印象不好。」

「我和同學爭論吵架，他們聯合誣告我。」

「什麼事誣告你？」

「競選模範生的事。」

「你沒有當選？」那母親用關懷的眼光看那男孩。

「有幾個家裡有錢和身體高大的同學聯合向導師誣告和侮辱我做假，他們組成一個黨擁護另一個人，威脅其他的同學如舉手贊成我當選模範生，就會遭到他們的修理。我在導師面前辯護，導師在班上問其他同學，但同學們都推說不知道，沒有人敢說眞話，而我只有一個人，所以導師相信他們。」那男孩含著淚水說。

詹氏素妹憂慼地聽到清源的話，想到那過世的世蟠的一切，若有所悟地說：

「我知道了，我明白了。」

她去找世蟠生前的好友土水師德木，知道德木的大兒子在城市裡當牙膏工廠的技師；幾天之後，那位和善的德木的兒子培元回鄉下來，把清源帶到城市去了。

每天清晨約莫五點鐘左右，詹氏素妹就在床上醒來了，靜悄悄地下床，彷彿怕驚動睡在身旁的兒子，但清源已到城市一個多星期了，她還把他當在上學的日子，想起來做早飯，爲他做飯包，讓他能夠趕上六點一刻的火車到鄰鎭去。屋子裡灰暗而沉寂，可辨聽到河岸水田傳過來的蛙鳴，甚至能夠聽到狗在屋外的街道行過的腳步；到了六點鐘，便能夠聞到牛車經過的輪音，以及早起在街市散步的老人的粗嗄的咳嗽聲，和鄰居孩子衝出屋外的喊聲。這是一間她嫁來時不久搭建的矮小的瓦房，座落在街尾，屋裡分成三個隔間；臥室在中間，有兩張床舖，其中的一張雕花床原是她和世蟠用的，自他逝世，便和清源一起睡。當她穿好衣服走進廚房時，已經聽到拖拉的垃圾車木輪的輾滾聲，還有挑菜的村婦她氣喘和喊價混合的交語聲。

詹氏素妹蹲坐在灶炕前的一張矮板凳，面對著炕裡跳動的火光，上面的鍋子正煮著甘藷稀飯。她一面添加柴枝，一面注視黑亮的鍋底下舞動的火舌，火光照亮她方整的面部，她靜謐得有點像一座雕像。她的年歲雖在三十到四十之間，但端莊的面龐在前額上已有明顯的橫條皺紋，而那由清澈轉黃的眼睛和正直的鼻子構成一種累積的憂悶，而緊閉的嘴唇的形模可以看出她倔強堅忍的個性。她年輕做少女時是美麗的，而現在她早已忘掉了這回事。她在遙遠的山區長大，沒有進學校唸書，但她並不愚蠢，她沒有太多的幻想，只有實際的可貴智慧。

從柴火的嘐拍聲響中，詹氏素妹彷佛聽見了父親粗暴的斥喝。他們一家人原住在深山裡墾植香蕉，素妹是最小的女兒，上面有二位姐姐和一位哥哥；她的兄弟和父親合不來，成年後到平地自謀生活去了；大姐嫁給一位耕田的農夫，二姐招贅在家，素妹是病弱的母親的心肝，依賴和疼愛她，對她傾述心中的哀怨。她第一次看到世蟠時驚疑於他的模樣，以爲他是一個異地的獵人，高大俊瘦而嚴肅，穿著一條紅土色的絨布馬褲，腳套著踏米鞋，在山丘的小徑走著，像是個永遠不停地走著那些崎突的山頭的人；她詢問人家才知道是新來的森林管理員，但她的印象中不是她常見到的低賤面相的管理員。世蟠從不打擾別人，不像某些爲政府做事的臺灣人隨便闖進別人家裡討吃討喝要人奉承；他也不隨便管束別人，很少和蕉農交談做熱烈的招呼；在他永不停的行走中總是冷眼旁觀地注視人們；他遭到許多背後的批評。山區的人因爲難以了解他，把他視爲怪人。而素妹和世蟠的姻緣來自父親和他的一次嚴重的衝突，像是高傲和暴烈的一次對峙，素妹的父親把他恨得入骨。事情是這樣的；有一天晌午時分，那粗獷的蕉農暴君式的把那怯懦的老妻打暈在蕉園裡，不許任何人去救助她，甚至警告哭泣的素妹不可靠近，鄰居都立在園頭上觀望著，已經看慣了他對家人的暴虐，這時一派冷漠的世蟠正走到附近，他走向那暈倒在地的婦人，那蕉農轉過頭看到他，對他嘶喝著：

「喂，管理員，不干你的事。」

世蟠並不理會他的警告，把那虛弱昏迷的婦人扶起來，要素妹過來攙扶她的母親。

「謝謝，」素妹站在他的身邊覺得安全，並細聲地警告他說：「小心我的父親。」

那蕉農提著扁擔轉回來。

「放下，管理員，我說放下她。」

世蟠對素妹說：「妳扶著，我來對付他。」

那蕉農走進來吼著：「這不是你該管的事，管理員。」

「那是你該做的事嗎？」世蟠回應他。

蕉農高舉那根扁擔盛怒地朝世蟠劈頂打來，他鎮定而不爲所懼地望著蕉農，敏捷地閃開，使那蕉農衝過來的身體不穩地向前仆倒。現在蕉農羞憤得像一隻怒躍的山羊，站穩後重新舉起扁擔橫掃過來，但那瞬間，世蟠一個箭步近身蕉農過肩把他摔倒在地。這事過後，蕉農的身體氣壞了，賭氣不跟家人說話，臉上常有悔恨的神情，在那年冬天的一次感冒裡，他患肺炎死了，送葬時世蟠卻親自來幫忙，他自認無罪，也就坦然了。

世蟠雖然不易爲人所了解，但無疑他是個正直的君子，素妹首先愛慕景仰他，後來他們相愛委身給他，要他住在家裡，服侍他的起居生活。可是山區的人仍然不喜歡他，誹謗他的名譽，說他氣死了那蕉農，佔有了他的女兒，又住在那農舍裡。而素妹的二姐夫阿財在世蟠偶爾住在農舍時也不跟他說話，顯出不歡和排拒的臉色。當素妹有了身孕後，他們到州府辦公證結婚，那年素妹二十歲，世蟠已經三十五歲，然後世蟠辭去管理員的職務，攜帶素妹回到原祖地海邊的小鎮。

當素妹來到海邊的小鎮時，感覺這裡的人們和生活都有別於山區她生活的日子，世蟠的母親不喜歡他們草率的婚姻，看素妹是無知無識的山姑娘。他們邱家的人並不算富裕，卻是懂得怎樣安排生活的人；那婆婆喜好享受過著閒適的日子，膝下只有世蟠和另一位女兒彩雲，整天都與歌仔戲的女戲子在一起。素妹從鄰居的口中得知這個家族過去是十分荒誕的，世蟠在他父親死後，母親另有情夫的情形下遠赴日本，在那裡流浪了十幾年，日本的軍國主義高張，他在那裡待不住才回來。從山區回到小鎮後的世蟠進人鎮公所當一名雇員，在一家棉被店的樓上租房和素妹住在一起，不久，發生一次大地震，鎮上不堅固的房屋都倒塌了，就在那復建的時期，在街尾蓋了一間瓦頂的平房，分成兩個部份，那老太婆和女兒彩雲住北邊，世蟠和素妹住南邊。他們連續有二個女兒誕生，婆婆都未曾過來看顧。白天世蟠去上班，素妹必須挑水洗衣和煮飯。當兒子清源誕生後，那婆婆過來把他抱去餵養，素妹忍痛而沒有反抗；世蟠安慰她，說這樣可以分擔她過分的操勞，素妹只好忍氣吞聲。當老太婆一年後過世，小男孩才整天在她的懷抱裡。而那位彩雲小姑依照她母親的遺言，招贅了一位丈夫，依然住在北邊的房子。

當東亞戰爭日漸熾熱之時，臺灣開始受到美國飛機的空襲，市鎮的居民紛紛搬遷到鄉下去，世蟠把素妹和三個孩子安置在一個農家裡，星期假日他去看視他們，其餘的日子他一個人住在市鎮上班工作。在這段期間，世蟠開始飲酒，他不合群，拒絕更改日本姓做榮譽的皇民，常常單獨一個人醉倒在自己的居室內。他從來不告訴素妹他內心所想的事，或在外界發生的事情；他清醒時到農莊，素妹看他帶著濃重的憂悶神情，從他的形象意識到即將降臨到他們家庭的不幸的預兆。戰爭過去了，並且時代改變了，日本人紛紛地離去，素妹和三個孩子重回鎮上，清源已經滿七歲，進鎮上的小學唸書，而二位女兒卻因戰爭的關係超過年齡失學了。此時的世蟠由於對現勢也不熱忱而失業了，他的表現有異於那些服務公職的人，他們在日本統治時改姓做皇民受到獎賞和各種的升遷及物質配給的優待，而現在改朝換代又站出來咒罵日本人而獲得留職和受讚揚，世蟠看不起這種具有兩副面具的人，他的消沉已到了極點。素妹感覺到不幸的事要來了，有一夜，世蟠在他們睡眠的時候，悲感而溫柔地告訴她，他必須離開他們去找工作做，他想到城市去做點生意，希望素妹好好照顧孩子。第二天清早，他攜著簡單的行裡沉默地走了。開始時素妹每個月都接到世蟠寄回來的生活費，半年後世蟠回來，他的模樣改變了，態度上有一種稍具隨和的好脾氣，可是素妹了解他的內心更加深沉了；她甚至不敢問他在城市做何生意，由於早先在山區蕉園對他景仰的印象，使她永遠對他服從而諱忌去觸怒他；他們之間的生活不像一般人家那種吵嚷和雜亂；她依照世蟠的心性維持一種上下井然的秩序；他們沒有討價還價的事，她必須溫柔地且誠懇地接受他主動的指示，只要世蟠在她的面前或她依偎在他身邊，她永遠露出感激的心態面對他或對自己也永不懷疑。他待留幾日後又走了，除了簡單必要的信息外，生活費已沒有按月寄回來，家中開始有三餐不繼的情況，素妹領著二個女兒開始向鄰居的婦女學習編織草蓆補貼家用。這期間素妹曾帶領三個孩子回到山區蕉園爲母親奔喪。之後，有一年多的時光，幾乎沒有世蟠的音訊，突然有一天他回來了，帶著病弱的殘軀。素妹曾偶爾聽到鄰居的私語，說到過域市的人曾看到世蟠在一個公司裡辦事，也有說他在一個樂隊裡當小鼓手，也有說看到他在酒家裡醉倒以及和人毆打的情形。世蟠在養病期間痛下決心戒掉煙酒，並且跟隨土水師德木到建築的工地去當監工。當他身體稍健之後，他又出遠門了，這一次去了三年，當他又回家的時候，他變老了，精神和肉體都將他打敗了，他臨終時求素妹原諒他，然後永別了。

現在詹氏素妹的希望寄託在清源身上，她夜晚睡眠不好，常常做夢。那男孩的形象長得越來越像他的父親，在夢中兩個人交混在一起，而夢境總是灰黑陰霾。她看到他提著一隻熱水壺，走進一間臨時搭建的木屋，裡面有幾個男人戴著眼鏡坐在大桌的背後，其中的一位拿下跟鏡露出一對突出的眼球，他畏縮著，從水壺嘴傾流出冒汽的熱水，滴在他的赤腳上。她又看見他在雜多的人群中，被排擠到一個角落，有幾個高大的人把他圍住，拉他的衣衫，衣服披撕開後，鈕釦從衣領上掉落在地面滾動著，他彎身找那隻滾遠的鈕釦，而那幾個圍觀的人張嘴露出笑容。之後，他走進一間昏暗的屋子，那裡堆積著許多箱子和物件，他走近一張靠牆的雙層木床，下舖睡著一個人，當他從木架爬上上層的床舖時，他的頭撞著屋頂，而一條垂吊的腿爲下舖的人伸手拖住，跌落到地面上。詹氏素妹在半意識狀態的臥睡中喃喃地呼叫著，她醒來時知道是作夢，但心中憂慮著。她想起來，卻覺得身體痠痛無法動彈，心裡想著夢中情景，疑問是否是眞實。

她一直在半眠半醒中躺在床上。在夜寂中，火車的汽笛聲在空際傳呼著，並且可以聽到過橋時隆隆的輪聲；突然響起一陣狗吠，然後恢復沉寂，她聞到急速的腳步聲在屋外的街道從遠漸漸地走近，停止在屋門的前面，有急喘的呼叫聲這樣說著：「阿母！阿母！」詹氏素妹從床上躍起，奔向前廳的大門，口裡說著：「清源，你回來了，我來開門。」她把板門拉開，但門外什麼身影都沒有，她的眼光直視到遙遠的天邊，幽黑的天空閃耀著夏季滿佈的小星，在她酸澀的視覺裡，紛紛對她投出伸長的光鬚。對街的屋舍門戶緊閉著，沉默得像是鬼譎的墳屋。她半疑半信地走到門外街心，對街頭的方向尋視。在一根電桿的下面，一隻白狗將牠的頭部伸進垃圾箱裡，露出光突的兩片瘦臀，那中間上面的地方豎著被截斷的尾巴，牠聽到移動的腳步聲，倉皇地倒跳出來，盲目地朝著空際拉長地吠叫。這時把詹氏素妹完全驚醒了，她轉身走回屋裡，聽到雞啼，看壁上的時鐘，是四點；她把廳上的電燈扭亮，把木板鋪在地面上，從椅裡拿來未編完的草蓆，坐下來默默地動手編織著。

天亮時，她把兩個女兒叫醒，換上一件外衣，離開家，走到舊街去。她在土水師德木家的門前停住，從敞開的門口看見瘦矮的德木已經起床坐在廳上喝茶。

「德木兄，」詹氏素妹在門外叫喊。

德木探頭看到是素妹。

「阿素妹，早啊，請進來。」

她走進去，德木拉了一張圓鐵請她坐下。

「我有事想問你。」詹氏素妹說。

「你等一下，昨天我的兒子有信來，關於你的兒子，我去拿信。」

他走到木櫃前面，拿出一封放在裡面的信。

「昨天忙，我沒得空去告訴你。」德木解釋說。

「沒關係。」詹氏素妹臉上出現慚愧的表情。

德木把信從信封掏出來，攤開後看著說：

「我的兒子這樣說，你的兒子不適合在工廠當小工，他自願要到廣告社去當學徒，我的兒子已經給他安排好，那個老闆看他聰明有個性，收下他後要他搬到那邊去住。不過……」

「不過什麼？」詹氏素妹臉上充滿了疑問。

「我的兒子也這樣說，你的兒子有點怪脾氣，不隨和。」德木說話時總是露著笑容。

「就是這樣，不太聽人的話，不喜歡和同年紀的人在一起。」詹氏素妹臉上帶歉意的說。

「脾氣是一人一樣，我也有，譬如……」德木似要安慰她，這樣地解釋著，臉上依然掛著笑容。

「他不像別人一樣。」詹氏素妹又說。

「我看像他父親，這點我知道，世蟠和我自小就在一起，我清清楚楚。」

德木說到世蟠時低垂了頭，似在嘆息。

「我要拜託他，德木兄。」詹氏素妹說。

「阿素妹，有什麼事你只管說。」

「請你吩咐你的兒子，請他把他當自己的小弟看待，有不對的地方，教訓他，讓他明白。」

「我會，阿素妹，你不必掛心，我的兒子會照顧他的。」

「眞多謝，德木兄，你這樣幫忙。」

「看在世蟠面上，這是我應該做得到的。」詹氏素妹起身要走，德木要留她吃早飯。

「多謝了，德木兄。」詹氏素妹推謝了。

她從土水師德木家出來後，在餅某店買了些鬍點和素香，到本鎭街上的媽祖廟去拜拜，祈求神明保佑她的兒子的平安。回家的路上她心裡極欲想前往城市去探望清源，但她理智地告訴自己還不是時候。回到家裡，兩位女兒等候著她吃早飯，問她拜神做什麼，她告訴她們昨夜夢中的事以及土水師德木對她說的話。兩位姐妹一面吃飯一面流淚，自我譴責不該在清源在家時和他斤斤計較，詹氏素妹安慰她們說，那不是她們的錯，是清源需要額外的教育。

九月初的一個早晨，詹氏素妹照樣起得很早，她把衣箱裡存藏好幾年的最好的衣杉和布裙拿出來，她穿起這些過時的新衣時，想到世蟠和她回到小鎭的日子，許多人都跑來爭看她這位難得的漂亮小姑娘。離開山區使她的心智開放了，接受平地市鎭那種自由而不過分操勞的生活，而在世蟠威嚴而溫柔的懷中，她永逮像一位受寵若驚的新娘。那時對這一身的衣料和款式總是感覺珍貴，輕過幾次的拆寬，依然保留著那種樸素和好感的色澤。她坐在鏡前，梳整新剪的頭髮，彷彿瞧見了自己年輕的模樣。兩位女兒站在她的背後，爭睹她們母親那種稀罕的裝扮，展露喜悅的笑容，紛紛詢問有關過去她們不知道的事物。當詹氏素妹穿上鞋準備踏出屋門之時，她突然覺得一陣羞澀和膽怯，她躊躇著面對乖順的女兒，又折回到鏡前端視自己的面孔，問她的女兒說：

「這樣妥當嗎？」

「太好了，媽。」她們說。

「我眞的可以這樣嗎？」

「我們也要像媽一樣。」

詹氏素妹把一張通知新學期註冊的單子摺好塞進衣袋裡，她望著女兒，疑問地這樣自言著：

「我也不知道把他帶回來是不是對？他眞的了解自己嗎？我的希望是否合乎他的意志呢？」

其中的一位女兒插言道：「我們可以做草蓆供他讀書。」另一位也這樣表示。

「你們是最乖的女兒，最好的姐姐。」

「因爲我們沒有……」

母女都流淚了，但女兒倒勸母親說：

「媽，不要哭了，哭了還要洗臉。」

但詹氏素妹臉上的淚痕不是羞恥的，她的面孔莊嚴神聖而令人感動。

詹氏素妹走到客廳看看壁鐘，她的女兒催促她說：

「媽，快一點，否則趕不上火車了。」

她趕上了那班北行的最早的普通火車。她坐在車廂的座位，內心還岌岌不安地跳動著。她閉眼沉思，馬上在她的腦幕出現了那孩子的影像。他襤褸地站著，兩眼炯炯地注視她，然後他們的眼光交合了，似乎母親的願望和兒子的目標已趨於一致；這種交感的神秘電光的火花，也使整個冷酷堅硬的世界在頃刻間溶化了。當詹氏素妹憑窗瀏覽車外急速閃退的電桿，和那做扇狀移動的田野景物時，她的心漸漸地平靜了，似乎體會到一點自然演變的道理，使她升起健壯而坦然的胸懷去面對和迎接未來。

等待巫永森之後

當胡來明和羅福安一同走向車站前的噴水池的時候，胡來明的手臂親暱地搭在羅福安的肩膀上，其實胡來明的動作並不自覺。有時羅福安所表現的是一個偉大的藝術家探索眞相的即興的狂德。他們相處已經很長久的時日了；十二年的時間，使任何一個人都可能熟悉對方的優點和劣點；使他們不但親熱如兄弟，又憎恨如仇敵。羅福安臉上蓄著鬍鬚，把代表著青春英俊的臉孔整個遮掩著，使他的卅二歲的年齡看起來像一個五十歲不修邊幅的藝術家。的確，羅福安完全滿意於自己的生活藝術化，行動言語有如二十幾歲憤怒的青年。這是二月初的一個正午剛過不久的時刻，天空籠罩著灰色的雲霧。他們坐在噴水池光滑的沿邊，望著四處來往的人們。當他們抬頭朝車站的電子報時表瞥望一眼的時候，心裡總覺得那些光亮的數字變動得很慢，甚至沒有改變，要等待巫永森來臨像老是停在一個不改變的間隔時間上。天氣不太好，這使他們心裡頗爲煩躁。胡來明和羅福安約定巫永森一點二十分在這裡見面，然後一齊去士林。那是昨天他們分手的時候，互相約定的，羅福安說：「天晴在噴水池，下雨在車站候車室裡。」雖然沒有出太陽，天空呈露灰色，但也沒有下雨。胡來明懷疑是否巫永森可能走進候車室尋找他們。羅福安說，像巫永森那樣具有水準知識且了解他們的男人，一定懂得如何判斷；沒有下雨一定在噴水池。胡來明說，也不是晴天。他們只好矛盾地也到車站的候車室去走了一圈，在那麼許多熙攘的旅客之中，看不到巫永森的影子，他們又回到噴水池。

無事可做會感到不安的羅福安站起來，從衣袋裡掏出米諾塔柚珍照像機，距離五步，對準著坐在沿邊的胡來明拍攝起來。在羅福安單獨的右眼中，胡來明像一個羞怯的少女。帶沙石的風吹動著胡來明垂散著的長頭髮。在小鏡框中清秀的小臉孔上一對眨動羞怯的眼睛不安地對羅福安攫取他的影像的照像機閃灼著。羅福安宛似一隻大猩猩不而地變動著位置，一意要找到容納胡來明結實的小身材的佳妙鏡頭。在這個對胡來明探索觀察的時刻，羅福安覺得胡來明在鏡頭中不甚雄偉感到慚愧。他試著在詩意上找到他的特徵，但依然沒有尋獲。胡來明由一種不寧靜的心境面對羅福安的行爲感到憎惡起來。胡來明於是厭倦地皺起眉頭，由鏡口移開他的視線，在這一瞬間，羅福安終於滿意地攝進了一幅象徵蔑視和憤怒的鏡頭。

回到噴水池邊沿的羅福安又對那電子報時表看一眼，這一次使他有一種驚訝的感覺，時間突然飛逝了許多了。

「近有十五分鐘。」羅福安說。

「我覺得冷，」胡來明縮著他的身體，不斷地搖晃著，躲避著一次一次吹向他的風沙，然後他煩厭地對羅福安說：「巫永森不會來了。」

「無論如何我們要等到一點二十分，你替我拍一張如何？」

「我不懂那個玩意兒。」胡來明對羅福安手掌中的照像機瞥視一眼。

「爲什麼你說巫永森不會來呢？」

「我隨便說說，因爲我覺得冷。」

「巫永森是不爽約的人。」

「我相信。」

「巫永森會從那一個方向來？」

「我不知道，這裡是個任何方向都能到達的所在。」

他們沉默下來，向四週圍環視了一下。在他們的腦中開始盤旋著巫永森可能從那一個方向來的問題做著猜測。巫永森的削瘦影像令他們思潮興奮。巫永森一個自律很好的學者，可愛的男人，獨身主義著。他在仁愛路的一所小學當教員，住在學校的宿舍裡，現在正是寒假期間，所以他有一部份的時間在白天能夠和他要好的朋友們約會。當巫永森在這二月三日的日子裡，吃過了午飯之後，他會躺在床上休息一會兒，打開床邊的收音機，收聽電臺的古典音樂，聲音不太大，他會翻開法蘭西詩人的詩集朗讀一、二首，免使自己入眠。他的意識中一直記著在十二點三刻前外出，趕去約會。於是巫永森在人們午睡的時刻穿著他的黑外套，孤單地在學校門口等二二號車，到博物館下來，從館前街走向車站前的噴水池。要是巫永森和所有獨身男人一樣，永不會牢不可破地固守著自己劃定的生活原則，就是當他心中感到有些苦悶的時候，他不會在這一天的早晨就強迫自己躲在室內，和自己內心抑壓的積鬱苦鬥，平時他有教書的工作可以排遣，現在呢？

寒假期間，整個龐大的校舍十分靜寂；巫永森在早晨起床後，計算著分配時間；動手洗濯一些堆積的污穢骯髒衣物，衣服晾在門廊的竹桿上，然後鎖上門，動身來到西門町鬧區，尋找一家電影院買票看早場的電影；巫永森有這個習慣，爲了避免買票擁擠，幾乎所有他喜歡看的電影都在早場的時間去看它。巫永森對電影片子也有選擇，他不容許自己有限的收入花在那些無價值的片子上。巫永森是個有藝術和文學涵養的男人，他懂得選擇導演和爲數很少的偉大的演員，他尤其喜歡看在威尼斯或坎城影展得獎的片子。目前，在春節剛過之後，是人們歡喜玩樂的時日，大部份的戲院都上演娛樂性濃厚的片子。新生戲院在春節前夕突然化成一片焚燒後的黑色殘骸，樂聲上演霹靂彈，黃牛控制了戲票，巫永森不是第七號情報員迷。萬國上演風流紳士，國際上演諜追諜，遠東上演妙不可言，豪華上演龍蛇爭鬥。巫永森都沒有看上這些片子。他選擇了新南陽上演的三鳳嬉春，這個片子由三個意大利籍的大導演指揮三個偉大的女明星分別演出。巫永森喜歡小戲院的另一理由是能夠買半票。當他在十二點半走出戲院後，會在附近的廊下隨便吃了一碗牛肉麵當午飯。他走到車站前噴水池時不會超過一點鐘，現在已經是一點一刻了，他絕沒有出來看電影。昨夜，在分別之後，巫永森根本就沒有回到宿舍睡覺，心血來潮突然對自己生理的性慾有著不可阻擋之勢，在旅館與妓女共宿一夜……不，不，不要侮辱這個可愛的朋友，他是個自律很好的男人，他不會隨便讓自己寶貴的肉體和純正的思想墮落和鬆懈。或者……和校中的同事昨夜組成了一桌麻將，那不可能的……唯一可信的是他將如時到達。他會從家裡出發，搭二二號車，在博物館下車，從館前街走來。

「他會在最後一分鐘到達。」胡來明說。

「我們等到最後一分鐘。」

羅福安說著，抬頭看車站的電子報時表光亮的數字。

「還有三分鐘。」

「我感覺到巫永森從館前街向我們走來。」

「我好像看見他參擠在人群中經過斑馬線。」

「一點兒影子都沒有。」羅福安說。

「我相信他不會來。」胡來明說。

「意外事故？」羅福安相信地望著胡來明。

「巫永森不是說可能不來嗎？」

「我現在也那樣相信。」

「那麼他會在最後的一分鐘出現嗎？」

「說不定。」

「爲什麼？」

「我不知道。我們有義務等到最後的時刻。」

「但是當我們十分確信他不會來的時候？」

「那是一個人信義心的問題，而不是判斷是否正確。」

終於在最後的時刻，巫永森並沒有出現在他們的面前。羅福安站起來拍著胡來明的肩。胡來明垂喪懊惱地跟著站起來。這時他們依照著他們互相的約定，去搭十路車到士林。他們離開噴水池，走到十字路口，和一些人們站在一起，望著車子一部一部地從面前駛過去。對面的綠燈亮時，他們擠在人群中走過斑馬線。羅福安到窗口去買車票，胡來明站在一小隊人後面等候著車子。車子急速地來了，羅福安跑過來。前面的人緩緩上車，突然胡來明看見他們在噴水池等候的巫永森出現在一條一百公尺遠的巷口，他那削瘦的身體穿著慣常的黑上裝和一條灰色的褲子，態度十分的淡漠飄然，好像不是要趕著去赴會的樣子，他向著胡來明這個方向慢慢走來，沒有看見胡來明在向他招手，彷彿他的視距像昆蟲一般的短小。

「你看，那是巫永森。」

胡來明指給羅福安看。

「我們坐下一班車等他走來。」胡來明說。

「我們等候的時刻過去了，我們不再有義務等候他。」

「他會看到我們……」

「巫永森是我們的朋友……」

「即使他跑過來，我們也有理由可以不理會他。」

「朋友？他是與不是我們都沒有理由等他了。上車，胡來明。」

在車廂裡，胡來明和羅福安併坐在靠近前面車門的位置。車廂裡並不擁擠，和他們同一排座位的還有三個男人和一個面貌平庸，服飾古板的婦人，一位年老的紳士，唇上留著整齊的短鬚，像是大學的教授，很嚴肅地坐在胡來明的身旁。對面一排座位有五個更年輕的男人，兩位女學生插坐在中間。這兩位清瘦的女學生穿著深藍色的制服，一直喋喋不休地談論學校的事情。車掌冷淡地立在後車門旁邊，高高地站著，她雖然年輕，但身材的平庸不值得男人再對她注視第二眼。司機像逃犯一般魯莽地操作著變速桿，車子死命般地往前直衝。最後面的位置，還坐著一位工人模樣的壯漢，穿著布鞋和藍色夾克。胡來明和羅福安沉默地直視著窗外移動的街道上的各種事物，但所看見的都不足使這兩個人有任何的驚動，和沒有看見是同樣的感覺。車子在中山北路過了陸橋後停了又開走，上來了一位摩登女郎。胡來明和羅福安對面的空位和那個敞開的玻璃窗正爲這位剛上車的摩登女郎佔據了。兩個人不相信自己的眼睛那麼幸運地會看見這樣一種令人心旌搖動的女人，甚至所有全車的男人都懷著同一個感覺。司機從頂上的一面小方鏡裡也看見了她的側影。胡來明和羅福安不再心情淡漠，他們的內心開始在焚燒著一壺熱水。羅福安開始審視著她，他表情像懷著一種侵犯的決定。在胡來明的眼中，這位摩登女郎所呈現的形象像是一隻大袋鼠穿了衣服坐在那裡；這位女郎頭上包縛的一條黃色絲巾露出一束劉海，鬆鬆地且彎曲地覆蓋著額面，一雙不對稱的單眼皮的眼睛鎖定著空洞得毫無思想，凹陷的中間附黏著一隻桃子似的小鼻子，向外翻捲的兩片大嘴唇塗敷淡紅色幾近白色的像油彩的唇膏。這有趣的面目使胡來明感到她是個不在家庭中做家事而應該是在外面日夜陪伴美國來的大兵的舞女的典型。當然憑著這張滑稽媚人的臉孔，不會使胡來明的男人的眼睛感動，但也不嫌惡。可是胡來明感謝上帝，他代表所有看見的男人感謝造物者；他看見從那圓粉的頸子以下是個十分豐滿勻稱動人的身體；她身穿的黑外套翻領露出貼黏著肉體的雪白羊毛衫，豐盛的胸脯緩緩地起伏著；當她坐下時，她身穿的短裙收縮向裡，僅僅遮蓋住大腿的一半，窗外來的光線使那雙穿著玻璃絲襪微微分開的長腿全露著黃金的顏色；整個的美魔惑著胡來明。胡來明的內心極自然地產生著接近撫弄的慾念，他的心跳動著，而且像是加速地跳動，蒼白的面孔已經像火爐一樣的燙熱，但是他的手掌和腳底卻冒出冷冰的汗水。摩登女郎十分地鎮靜，像感到她的四周是什麼也沒有似的。她的腳套著一雙半高跟黑色的美麗鞋子，右手握著一隻小小的紅色皮包，這一切都增加她的性感。胡來明對車廂裡的乘客環視了一瞥，在每一位男人的臉面都看見了彷彿在鏡中的自己，所有的男人都像自己一樣把視線投在摩登女郎的身上。當胡來明的視線輪到對身邊的老紳士瞥視時，就看到他自己的面孔附在那老朽僵硬的身體之上，投向眼鏡，面頰佈滿年老深刻的皺紋。但是那個平庸的婦人和兩個喋喋不休的女學生和車掌的面目變得模糊起來，像個圓圓平平的肉球一樣。胡來明的視線又回到那惹人的焦點，他的全身顫動著，像在起跑時的狀態一樣懷著得失的恐懼，他的腳在移動，像要支撐起身體站起來。這時挨著他坐在一起的羅福安就像自己意願般地站起來，而且羅福安不再是代表他自己那自命爲藝術家的羅福安了，他古怪得像一個小丑；他戴著司機的帽子，穿著老教授的一隻光亮的鞋子，另一隻是那位壯漢的布鞋，穿戴著所有男人的衣服、褲子、手錶、衣飾和領帶，並且他的臉部完全是所有男乘客的特徵，看去那一種年齡都是。羅福安——不，所有的男人——站起來後僅只跨出一步，就到了摩登女郎的面前，伸出他的各種年齡的手，把掩蓋大腿的那條短裙翻起來，那位女郎手中的紅皮包掉落在她的腳邊，她的手自衛地想壓住裙沿，但舉到空中便停止了。短裙爲羅福安翻開後，那雙大腿的盡頭密密地黏在一起，只暴露出一條紅色尼龍內褲包繞著那微微凸出令人昏迷的小腹。羅福安滿足了他的渴望之後，回到自己的座位坐下來，這一刻，摩登女郎的皮包自動地由地下回到她的手中，她的表情依然是鎮靜和目空一切，從那微動的死白的嘴唇發出她心中的一番感想——「這沒有什麼，這是我所經歷的最平凡的一次，甚至對於像我這樣的女人是有點不夠而近乎輕視；爲什麼僅僅只有輕輕的一翻呢？爲什麼不繼續做你們想要做的一切呢？害羞嗎？女人給男人翻的有看許多層次，那最裡的就沒有人能夠做到。」胡來明的心冷卻下來，注視著羅福安，他頭上身上腳上的一切都消失了，重回到物主的身上。車子在中山北路的另一個小站停下，摩登女郎站起來，由靠近羅福安的門從容不迫地走下去。車子繼續未完的旅程，噗噗前進。胡來明和羅福安的視線不再受到阻礙能夠由窗口投視到移動的街景——那些冗長的像永不完的中山北路的灰色優雅的景象。他們沉默著，像腦中空無一物般地沉思著，突然羅福安轉向胡來明：

「胡來明。」

「嗯？」

一會兒，胡來明轉向羅福安：

「羅福安。」

「嗯？」

七等生早期短篇小說中的哲學神學與文學理論

凱文・巴略特作青春譯

七等生一九三九年生於臺灣，當時臺島尚在日本人的佔領下。他出生在通霄，一個苗栗濱海的小鎮，位於臺灣北部三分之一處，臺北的南邊。苗栗的主要居民是客家人，說客家話。

七等生的父親名叫劉天賜，母親名叫詹阿金。他取名武雄。這個家有了七個小孩，七等生居中。他是三個男孩中的老二，有兩位姐姐兩位妹妹。

一九四五至四六年間，這個家庭遭逢危機。一九四五年，中國國民黨政府控制了臺島，七等生的幼弟阿鐘也在這年出生。可是到了一九四六年，父親失去鄉公所的職位，失業在家，家庭陷於窮困。就在這一年，七等生入通霄小學就讀。

一九五二年十三歲，他小學畢業，考人大甲中學。不幸同年他父親去世。十七歲，他中學畢業，考入臺北師範藝術科。

一九五八年，他在師範學校度過難挨的一年。因爲開了一個小小的玩笑（上餐桌跳舞，譯者註），他一度被勒令退學。兩星期後，由一位老師做保復學，又因別的原因重修一年（教材教法不及格，譯者註）。

隔年，廿歲，他畢業於師範學校，被分派至瑞芳鎭的小學任教。瑞芳位於臺灣東北角，鄰近基隆港，是多雨的地區。同年，他還單車環島旅行。

對他而言，一九六二年是重要的一年。這年年尾，他的長兄死於肺結核。他自己的生活也有所改變，他改調至萬里國小，這年尾時入伍當兵。這一年他無疑頗有成就，發表了他最早的一些文學作品：幾個短篇小說和一篇散文。

一九六五至一九七忽年這幾年間，他生活艱難。他於一九六五年結婚，可是這並不意味著他安頓下來了，直到一九七忽年他幾度變換職業和地址。儘管生活如此動盪，他繼續他的文學創作，寫了許多短篇小說，羞有一些中篇小說、詩和散文。然而，這一切努力並不足以維生。事實如此，就像他在一九七六年的訪談中所說的，光靠文學作品他還賺不到四萬臺幣（約合美金一千元）。

讀某些他的早期短篇小說，發現在語調、場景和處理手法上極爲繁複。這充分顯示出七等生勇於嘗試創新，十分重視藝術技巧的經營。在一九七六年的訪談中，他認爲（中國）文學作品在藝術技巧的表現上非常不足。

無論如何，就中國作家而言，他的藝術技巧是非常新穎的。他善於組合長短句和帶詩意的句子。在小說的對話中間，他習慣排除了一般常見的敘述者的解說。此外，時空轉換迅速。整體效果有如電影蒙太奇。

這些藝術技巧，加上一連串不合邏輯的情節，以及伴隨時間進展而來的無窮變化，如同情愛一般，一味地尋求自身的完美。如此顯而易見，他的文學世界何以會被認爲是一種夢幻的世界，一種屬於超現實主義的藝術技巧。或許，這種超現實主義多少是他早期小說中的特色。

就他的早期短篇小說而論，値得一提的是，文學評論者和一般讀者的注意力大多集中在七等生一九六七年的短篇〈我愛黑眼珠〉。稍後在考察作者這些早期短篇的基本意圖時，本文將討論這篇小說。

短篇〈林洛甫〉充分說明了七等生藝術技巧的運用。這是一則令人痛心的故事。顯示許多評論者論及的特色。有位女人搭火車旅行，從車上可以瞧見一場交通意外的場景，旋轉的閃光燈及形形色色的交通工具圍繞著受傷的人們。接著，來了前面提過的時空迅速轉換。女人現在爬著一座山，後來曉得她是在打算同她丈夫會合的途中。

小說的情節展開時，較早的那個意外插曲，在繼續發生的戲劇性事件中，有了迴映和拓深。這時捲入了一個男人，尾隨著她的腳步，而她的丈夫正從山上下來。這位一向忽視她的丈夫，和那位開始誘惑她的陌生人，陷入一場激烈的打鬥，直到山崩中阻了他們。

又一次迅速的轉換。由於那場打鬥，無疑的減低了陌生人對那位妻子的誘惑力。這時，陌生人尋找她，關心她的安危，現在他像一塊磁石般將她從她丈夫身邊拉開去。然而她的行爲是曖昧的，因爲不顧到她做爲一個妻子的職責，可是她的丈夫忽視了她，在山崩中她需要幫助的時候她終於轉向那護衛她的人。

在前面提到的一九七六年的訪談中，七等生十分自覺於他所要表現的。這是與梁景峯的一場對談，發表於臺灣文藝。文中，他指出文學並不僅是取材一個事件，譬如屠宰場是如何殺豬的，描述它的細節，而是利用它拓深對絕望的體悟，提供給人類及他們的苦難。在文學、戲劇或電影中，這是一個常見的手法，利用動物界、物質界或新近的工業界中發生的類比事件，強調所描述的人類處境的意義。七等生並無清楚說出其間的關連，只暗示：存在著一種與現實對立的絕望。

與梁景峯的討論中，七等生關切地解釋說，他的句型和句子的長短並非放任隨意的，而是關係於主題和內容。再者，他的句法、人物名字、對白和情節的特異，對他而言是屬於文學的質素。進一步說，如果對白情節等等寫得陳腔濫調，就談不上是文學了。至於讀者，七等生認爲，最初會覺得這種特異性的難解，可是透過作者使用的語言和場景的怪異，最後他將憬悟到眞實，否則至少他會逐漸接受。另外，他屢次使用的詩意的句子，讓作者能夠表露小說人物深一層的內在本質。

七等生認爲，作者實際運用的技巧和架構不必直接呈顯出來，兩者一開始便融入外在形式與內在內容的混合中。

西方讀者熟悉貝克特戲劇中語言和描寫的簡約、某些意義曖昧不明的現代小說家的意識流手法，以及卡夫卡全集的中夢魘性質，七等生的藝術技巧不會引起多大的驚奇。可是就中國文學而言，他的小說觸發的問題不止一端。他對某些中國文學的傳統少有尊重。不過在其他中國藝術中，七等生所使用的那種技巧，已被襲用很久了。他自己也指明這個事實：無論電影、音樂或文學，存在著一種創作共通的模式。舉中國繪畫爲例，畫中對於精確細節的省略法早就被接受了，並且開展出一種中國的表現主義形式。因此有這樣的說法——「藝術家的本質在於尋求表現自我的思想、感情和精神，而非求對象的逼眞。」中國歌唱劇中非自然的特色，諸如唱者的假聲假腔以及道具運用的簡略，均習以爲常。

或許在語言的壓縮和簡約上，最近似七等生風格的是中國詩。那本臺灣文學評論集《台灣的中國小說》中，有一篇美國大學教授王靖獻（楊牧）的文章，他極重視七等生的詩作，認爲其中幾首可以列入戰後最出色的臺灣詩。

然而，七等生的文學作品並非全由藝術技巧所決定。雖然，前面提到他認爲中國文學作品太忽視了藝術技巧，可是在有關理論的討論中，他含蓄的表露了他的認知：文學藝術家應表現自我，而在這表現中他充當先知一般的角色，抨擊不公和爲善。

與梁景峯的討論中，他對文學的表現理論有最精確的陳述。他談到一個可以激發他感情的特殊景況。運用如此具有它自身時空背景的特殊景況時，也在爲自己個人的經驗所限制。簡略說來，他的寫作是希望表現他的獨特性以及個人的關心。

關於文學的表現理論，七等生稱許早期中國文學批評家劉勰的說法。劉勰主張文學作品以氣韻生動爲尊，氣韻正如作者的呼吸、節奏變化的脈搏、思維的波動或情感的曲折。

七等生認為，作者如何表現是非常重要的。他甚至強調文學主要是表現，這表現本身並不預備透過哲學或社會學來處理善惡。

避開如此巨大的主題，他的小說大多表現獨特的心靈景象。不是在街上行走的一般人；他們個個是獨特的事物，有自身獨特的視野和夢境。這種心靈景象並不侷限於任何特殊的年齡，這可以用來說明何以他的小說人物大多不標明年齡。

七等生清楚每個表現技巧的效用。討論中，也說到早期短篇的處理手法，譬如小說中的男女關係，他們幾乎是突爆的欲望，也認為這操之於藝術技巧的作用（像壓縮、簡化現實），同時顯現了心靈能預先達成圓滿。

梁景峯提說，七等生的小說裡苦難和恐懼終趨克服；可是七等生以為這些景況及至他屢屢描述的人的沮喪，只是被呈顯在那兒並無特別的意圖。對於論評者在也的小說中尋求各種象徵意義，他感到十分困惑。這並非一成不變的，有時作者是有那種意圖（或是使用暗示性的象徵），有時是有那麼一個象徵，不過評論者誇大了它，再說作者對作品也可能沒有任何目的或理由。無論如何就他而言，文學作品中存有一種曖昧的角色

在有關象徵的討論中，七等生贊同梁景峯引證卡夫卡式欲望的創傷，「花」，他又引證另位日本作家已揭示心靈的苦悶具有深邃的象徵意義。

類此的贊同，至少有兩方面重要的意義。積極一面，它或許道出了對個人自身感覺的非常敏感，加上肉體、心靈或精神的深一層的創傷。消極一面，它道出了對人性的陰暗面及其痛苦幾乎

有著自虐般的迷戀。

這兩方面，與波特萊爾的《惡之華》有相同的本質，從人類的黑暗面中往往浮昇一種莫名其妙的幸福感。波特萊爾在〈死的喜悅〉中視死亡是終極的解放，可是他的作品對生命和肉體之愛仍是愛恨交織。七等生辯護說，他對生活中某些常見事物的批駁並非是惡意的，因為在那種景況中他是誠懇的、是一種生活的反應。雖然他不以為如此的批駁會危害或傳染給讀者，可是他對如下的說法也不表意見；如此的批駁能影響社會趨向改善，喚醒它改變得更公正些。同時他覺得，僅只幾篇小說他的人物或主題是對抗社會的。

在某些方面，七等生的文學方法近似劉勰。劉勰於第五、六世紀間頗享盛名。劉若愚認為《文心雕龍》是中國文學評論中最廣博的作品。劉若愚在概說中指出的劉勰論及的創作方法，與七等生頗多相同。概說中首先提到：「作者累積知識上及觀察上的經驗」；此點有共通之處。雖然此處劉勰處理的經驗是長期的創作準備過程，可是也有相通之處，因為七等生的經驗是與生命息息相關的。七等生認為；如果作者不熟悉於所描寫的題材、或是不自覺於所使用的文字，產生的文學作品是沒有多大價值的。

七等生指出，作者的經驗與作品之間並無直接關係，譬如他的病與由此經驗產生的小說或散文中間並無直接關係。可是，是有一種不完全精確的反映，如同他所說，在小說中可以找到這個經驗的痕跡。

劉勰論及的第二點更有相通之處：事物之於作者知覺的吸引力及至作者情感上的回應，遠在創作之先。七等生談及某些特定的景況會喚起他的某些感情，寫作時他就利用這類景況來表現這類感情。

七等生雖然不否認某些他所描寫的景況的怪異性，但他認爲讀者終將沉入這種環境的氛圍，喚起他所描摹的那類感情。所以，所謂怪異性只是暫時的，讀者後來將建立起同樣的理解。

概說中有關劉勰創作方法論的其他論點，七等生似乎不曾表示過相關的意見。在創作之前一刻，劉勰以爲心靈是虛空以待容受天道。七等生似乎沒有這種天道的信仰。談到卡夫卡以及他自己和中國文學的差異時，他有近乎如此的觀點：較諸西方人執著信仰基督的神性存在，中國人，像他自己，顯得素樸又天眞。這種清新或質樸原屬於所有活生生的事物。

概說中的第四、五個論點：作者自身情感之於事物的投射及至事物的創生，並不存在於現實世界。從前面引用的某些七等生的陳述來判斷，此論點大體上也與七等生相通。雖然原經驗與小說寫下的兩者並不相吻合，但其間仍有所關連。在此，七等生尤其著眼於藝術技巧的運用。大約先對內容深思熟慮，隨後便決定怎樣的外在形式較爲適合。他強調：一篇完美的藝術作品，形式和內容是不能分離的。

從梁景峯的訪談中判斷，七等生並無完整的美學理論。但從七等生的陳述中，仍可以找出他的強調之點。至少他的早期短篇中，表現主義是最主要的。〈林洛甫〉和其他幾篇帶有暴力的意味。〈林洛甫〉中的妻子被描寫成受丈夫的忽視而委屈不平，他卻似乎是個不知寬諒的人。最怪異的是三角關係中的第三者，他多次被喚做林洛甫。至於妻子的奇怪作爲，是出於不用心以及未實現的欲望。總之，因爲道德上不斷的過失，帶來預料不到的騷亂難安。

同樣在其他小說裡，暴力並未遠離。短篇〈橋〉中，兩個中學生不顧腳下的狂風惡水，走過一座鐵橋。他們更拒絕傾聽權威人士或好心的上流人士的聲音，沒有一人上來阻止他們，當火車駛過的時候他們幾乎掉了下去。

其他短篇小說中，顯現某些他的憂慮和哀傷。短篇〈午後的男孩〉裡，描繪出小鎮生活的自私、親戚間的吝嗇，但在一場棒球賽中反襯出男孩的慷慨、同情心及樂觀活潑的氣質。短篇〈會議〉中，公義難明，臺灣「填鴨式」學校導致正規教育的腐敗和變質。小說的前景是一場教員家長間的磋商會議。

其他兩個短篇探討愛情的渴求與厭拒。其一，被拒絕的求婚者第一個反應是殘害拒絕的一方。另一篇，被拒的求婚者衝出去，在買賣的愛情中尋求安慰。在此，拒絕顯現出易碎的情感。

一九六七年的〈我愛黑眼珠〉帶來極大的震撼。有位小鎮男人，帶著一束花和點心前去見他的妻子，途中被阻於一場暴風雨，只好爬上一幢建築屋頂上避難。他發現屋脊上有個重病的女人，急待人幫助。當他接近她時，他的妻子在鄰近的屋頂上辨認出他。她叫喊著他的名字，但他拒絕回應她。他告訴病中的女人，他眞正的名字叫亞茲別。病中的女人則透露她是位妓女。

旁觀者嘈騷起來，他的妻子也愈來愈狂亂。他餵著女人點心，後來當女人用熾熱的吻來回報他的照顧時，他的妻子從屋頂躍入水中，想泅向她的丈夫。最後，她消失在那艘救難艇的不遠之處。丈夫流著淚，憂傷地向女人解釋說那個人一定沉了。

洪水退後，他帶那個女人到公車站。他把花送給女人，目送她離去……她將回鄉下去，開始一種新的生活。他自己回去睡個覺，然後才去尋找他的妻子。

某些論評者指責那位丈夫（經由作者七等生本人）對待妻子的不道德（如他們所見的）。楊牧認爲丈夫李龍第是「一個道德的人，一種自我折磨的苦悶經驗，是一篇最道德的小說。」這可能比較接近作者寫作這篇小說的心靈。一九七七年，七等生更在〈城之迷〉中透露了他對主角的心理分析。他比喻李龍第照顧病中妓女的行爲，就如同聖方濟克服了他起初對痲瘋病人的嫌惡，回到他一度閃避而過的病人，吻病人的腳並幫助他。

七等生在比喻中指出，聖方濟如何逐漸對天父感到絕望，跟他如何對抗那些封邑中敵對者的觀念，還遭受到一般百姓對他的輕蔑和侮辱，這些經驗是同等重要的。

七等生的分析中，聖方濟的行爲關心心靈價值，自然有別於對權力和欲望的關心。七等生宣稱，他的主角李龍第的行爲在神聖與褻瀆的二分法中是曖昧不明的，對權力與欲望的現實世界而言可能是不敬的，但對聖方濟那人道與悲憫的博愛理念而言是神聖的。

七等生的創作尙有一層詭密，即是他早期作品中充滿了陰暗的惡意。是否是一種淨化的作用，爲了驅除那些困擾他的夢魘呢？沒有這些因緣，他很可能不會寫出類似〈我愛黑眼珠〉中那些絕對的對比來。或許眞相是更爲曖昧的，此後他的小說仍然蘊含了這些陰暗，不過埋藏得更深罷了。以〈我愛黑眼珠〉爲例，七等生所揭露的證據顯示，在他自身的罪愆中可能含有「巨大且詭譎的深淵」，部份是生理上的，部份是環境或精神上的。

對於這篇小說，或許論評者太過於專注在李龍第與其妻之間的關係，忽視了小說所揭出的在廣濶的神學和哲學上的糾葛。起初，李龍第面對洪水和人們的反應時，他對群衆的憎惡已升到頂點。這種感覺攪混入他個人的願望，再加上群衆的歇斯底里和天災的逼壓，他在現實中的行動變得虛晃了。他覺得要在如此的人群中與妻相會，未免太受上天的偏愛了。他惱怒那些群衆對倖存者的鼓噪，他堅決起來對抗，他逐漸清楚自己是有所改變了。他是自然本分的忠實於過去，同樣的這支撐了他現在的反抗。如果他像別人那般爲了權力和私慾而爭鬥，他一定不能忍受失去這些。

如同在禪堂獲得頓悟一般，那些閃過他心中的理念存在於自己和眼前景況之間。而別人不是思慮著過往之事，就是煩憂著現在將延續之於未來。是否這顯示了他自身所擁有的神性。

當他瞥見妻子時，他意識到自己對病人的責任，在眼前的非常景況中那是一種奉獻，而非一種無知覺的悲觀主義或樂天派的揶揄。面對眼前的困窘，唯有克盡眼前的責任，方能支撐他存在的意義。

情況惡化時，妻子的憤怒更深了，而丈夫告訴病女人，點心弄溼了是爲了便於呑嚥，老天若是處於這種景況也會幫助他們的。其實妻子苦痛愈深時，他內心如置身煉獄中。他在內心質問她，毋寧是她的嫉妒而非他的背叛惹起了她的氣憤。然而就他本身而言，他必須選擇目前的景況，唯有承擔起他目前的責任，他才能問心無愧。他思想著，人一定要在生命中的每一時刻尋求生存的新義，他比喻生命如同一根燃燒的樹幹，燒到最後留存下來的才是最穩當的，雖然灰燼中的殘餘是無法觸摸了、崩場了、永不能再燃燒一次了。

夏志清論及臺灣五十年代末期的作家與存在主義的兩難關係時，認爲那要看他們的下一步如何發展。他將七等生涵括其中，但並不類同沙特那種以人生爲荒謬甚或猥鄙的存在主義。某些層面，七等生較近似齊克果，也嫌惡集體主義和僞善的既有道德。他厭惡某些作家自以爲是某種特定社會階級的代言人，歷史會證明這類型的作家別有野心。顯然，在他的個人主義與存在主義裡，七等生找到了另一種形式的社會主義和集體主義。

無論如何，七等生是關切現實的。他將個人的存在哲學和神學上的忠實行爲結合在一起。如同他提醒我們的，聖方濟被迫切需要他的痲瘋病者扣住了心弦，竭力付出了自己生命的潛能，他也給予李龍第同樣的崇高的地位。

或許有人如此質疑：不管在任何景況，即如面對突發事件時，與長久的親密關係具來的責任必要擁有優先權。依此推理處理文學中類此的事件，可能流於陳腐。七等生關切的是：在眼前的景況中，一個人如何回應對他的呼救。在他內心，他不能拒絕別人的不斷呼救，在此一刻，一個新的呼救聲擁有優先權。

七等生不願落入一般短篇小說的窠臼，他描寫的是人性掙扎著不願落人約定俗成的反應。有時，非約定俗成的反應可能較適合於那個景況。他無意提供一個社會藍圖。他眞正關切的是，人應該保有忠實。

就人的極限而言，聖方濟式的愛和悲憫是否即是完全的忠實？是否這同於基督的極崇高的忠實?對此，七等生並未透露出蛛絲馬跡。不過，比較聖方濟之於麻瘋患者的關係而言，李龍第的作爲顯然是正常的鄰居之愛而已。

這篇小說尙有一層重要意義。因此，猶太哲學家馬丁・巴布選定了這篇論文題材。麻瘋病患和病中妓女對過路的人均未說過一句話，雖然情況顯示他們急需幫助，唯一正常的反應是開口求救。麻瘋病患與妓女的無話，卻導引來聖方濟與李龍第的幫助，隨後人才有了更深一層的接觸。

換個情況，若是有句對話拒絕了對方，那麼那就是唯一的對話了，對過去或未來的悲觀或樂觀的思慮，就可能影響了個人自己或他人的權利，言語是多餘的，沉默是金。

小說中，李龍第打定主義以沉默面對他的妻子，但她只關心她眼中所見到的被危及的地位。只要他專注地凝看妓女的「臉」，便沒有什麼可以約束李龍第做約定俗成的反應。

最後，可以用來答覆對李龍第的質疑的是，不管李龍第是否具有神性，你都可以如此回答：在你的愛與悲憫的行爲中，仍需要懷抱著神的慈愛的形象，並且要記住聖經約翰章「如果一個人愛我，也會記住我的話，我父也會愛他，我等將皈依他，和他一起建立我們的家園。」

——原載《臺灣文藝》九六期，一九八五年九月刊行

凱文・巴略特（Kevin Bartlett）：澳洲人，墨爾鉢大學東亞研究所畢業，一九八三年夏天，曾應聘來臺任教，〈七等生早期短篇小說中的哲學、神學與文學理論〉爲其碩士論文，原題爲「Lilerary Theory, Philosophy and Theology in Chi-teny Shengs Early Short Stories.」

青春：本名陳國城，另有筆名黑貓、舞鶴、陳鏡花，一九五一年生，臺灣臺南市人。成功大學中文系畢業，師大國文研究所。發表有小說〈牡丹秋〉、〈微細的一線香〉、〈十年紀事〉、〈逃兵二哥〉、〈調查：敘述〉、評論〈「自我世界」的追求——論七等生一系列作品〉，出版有詩集《精子射到》。

七等生的道德架構

高全之

一

七等生作品的主要趣味，在於他個人在人我對待關係上，秉持一種特殊的價值觀念。如果個人道德架構，意味著個人處世待人，所奉行的一套價值標準，七等生作品的主要趣味，正建立在他個人的道德架構上。

本文將分節，分別自人我對待關係背道而馳的一面，兩性關係，以及人我對待關係相互關聯的一面，討論七等生建立個人道德架構的過程與結果。我們將討論七等生作品裡兩項重要的觀念：「自由」與「神」，並試探若干分析七等生文字風格的方法。

這樣的討論，或許可以使我們今後對七等生善感多思的心理發展，以及作品長期多變晦澀的現象，增加解釋上的便利。我們或許可以建立七等生作品相互的關係，與各別作品的特色。這些作品包括兩篇散文，四十三篇短篇小說，三篇中篇小說，二十四首詩①。

七等生原名劉武雄，一九三九年生，臺灣省苗栗通霄人，臺北師範學校藝術科畢業。根據散文〈冬來花園〉，一九六五年聖誕節前日，曾任園丁職，爲時數星期。根據詩集《五年集》自序，自師範學校畢業至一九七二年夏天以前，他做過小學老師，廣告公司企劃，會議速寫，咖啡室僕役等職業。除了本行小學教師以外，別的職業大概任職的時間都很短②。

二

這一節，我們討論七等生道德架構，在人我對待關係上，背道而馳的一面。我們分四點討論。第一點：七等生確實有意自異於世，並視自我以外「生活普遍的一切」，爲截然可一分爲二的客廳世界。短篇〈爭執〉是個很好的例子。故事裡的男人老戴，視那個「根植在他們衆人的心底，相信祂的眞實」的神像，是充滿「虛假和蒙騙的東西」。然後，老戴與神像交談。這段對話在形式上去掉了引號以減除音響，並暗示是出現在老戴的意識裡。對話裡有這樣的兩段：

「你敢情就是一樁欺騙。」
「願不願被欺決定在你，老戴，祂又說話。」
「我非常抱歉，當然決定是在我。」
「但把你交給我，你就省得自己煩心。」
「把我交給你，也許，但我對他們的卑視這怎樣說？」
「你也是他們中的一個。」
「戴回頭望望庭院的人們。」

「這一點我不願，我不是他們之中的一個。」

老戴「卑視」的「他們」，不只意謂著信教的群衆，已具有意指社會群衆的意思。短篇〈爭執〉是他第一本書《僵局》的第四篇。〈爭執〉這種卑視大衆的抉擇，在以後的作品裡幾乎沒有改變。當短篇〈虔誠之日〉男主角卻步於教堂之外，當〈爭執〉老戴自廟寺走出，當中篇〈放生鼠〉羅武格自靈糧堂走出，七等生都提昇本身與散贈靈糧的神祇平起平坐，自立一席之地。七等生得到與衆不同的滿足。如《五年集》後記所說：

他的存在完全是殊異於其他人的一件事實，當他內心充滿了孤獨、寂寞、敗喪且愚蠢的感覺時。

第二點，七等生不主張人爲信仰彼此爭鬪，並崇尚不受人擺佈的自由。〈爭執〉裡勸降失敗的神像，〈虔誠之日〉裡的上帝，以及〈放生鼠〉基督教靈糧堂佈道大會的牧師，雖然被七等生指爲欺騙，但他們都被認可爲善意的欺騙，對拒降者寬大，當社會群衆是一種需要，並且具有安定社會大衆的功能，在這些方面，他們是等値的。了解這點，就不難掌握〈巨蟹〉第八節裡，一段易生誤會的話：「除了神的信念，人不應自設信仰，發動戰爭。每一個人來自神處的使命都不相同，就像我們的面目和身體，每一個人都能擁有自我的特色的權力」。這段話裡的「神」，不僅指謂七等生認可的自我，也指謂七等生所拒絕的神祇。因此，這段話似可解釋爲：人在自我價値系統確定之後，不應該侵犯他人的價値系統。

這種看法與七等生「自由」觀念息息相連。《僵局》集以後一再強調的「自由」，都意含著

「不受他人左右」。比如中篇〈巨蟹〉：「當他們結成了團體便開始批評和排斥心靈自由的人」「這世界最糟的事是：當有自由便將自由當藉口」，「人類皆同等自由和平等」。比如中篇〈放生鼠〉第四篇暗示自由爲藝術家「受難的清苦生活」所享有的。這些「自由」都與《僵局》集的短篇〈跳遠選手退休了〉遙相呼應，都不曾意味著生活秩序，價值觀念自我確認以後的一種游刃自足，或閒逸的心態。不僅如此，七等生的自由，還意味了兩項難以實現的條件：生活空間的絕對獨佔，以及超越時間。短篇〈木塊〉裡的男人接到一張訃聞，使他驚異於自己的住處仍爲人所查知，「如同在那個小鎮，個人是個異常大而明顯的目標，不能像蟲蟻一樣渺小得看不出隱衷」，並且使他了解人生也有涯的時限。這時候，訃信不再如短篇〈天使〉引起亡友的深切悲痛，相反的，他「似乎失落了他一生中最珍貴的事物」。驚懼之餘，室間擺設的順序、大小、眞光線，整個違反他正常官能的反應。掛鐘鐘擺的聲響震嚇了他。在神智迷斷中，他用一統獵槍打碎了家具和掛鐘。

這個短篇不僅使我們了解到七等生「自由」的兩項條件，最重要的，是使我們看見七等生對社會人在社會裡的功能，對社會角色在社會裡的付出與收受，都缺乏清微冷靜的思考。他只是在概念上一味要求不受侵犯，獨立，避免死亡。要求不遂，似乎是必然的事，一如〈木塊〉題旁附語所說：

「——一切都準備好了，想贏得自由，在這座城市是斷不能實現的。」

第三點，他疑懼外在世界計劃迫害。這種疑懼，不僅是七等生要求「自由」不遂的自然結果，它幾乎已訴諸本能。短篇〈僵局〉鍾獨自坐在起居室裡，不需充分理由就「開始有一種感覺，當他抬頭時，他注意到那張長桌和圍著它排擺的十二張椅子，有著一群小組織正在那裡磋商計劃。他聞得一股流蕩過來的陰詭的微風」。再舉一個例子。短篇「訪問」《巨蟹集》並不提供任何線索就斷言市長對男女主角「巧設」一種「誘惑」。這誘惑來自女傭，而男主角大爲驚慌：

「一座城市像是一座森林，他從這森林裡捕獸的陷阱中逃出來，驚慌無目的地行走著。……」

缺乏安全感的傾向，《僵局》集以後日益擴大：「由於他的孤獨，他竟陷入於一種非常膽怯和過分思慮的不安境域」，他經常覺得「恐懼的感覺再度襲來」③。在《僵局》集以後，這種疑懼不再如《僵局》集裡藉小說故事事態發展，而使疑懼在故事裡合情理。比如《僵局》集短篇〈私奔〉，「他」害怕「她」的先生潘番追殺，而感到恐懼。

第四點，七等生似乎很了解缺乏安全感的主要原因在於自己。短篇〈來罷，爸爸給你說個故事〉說得很清楚：

「『誰在追趕著你，你要東奔西逃地。』

「他聲音低沉地說道：『我自己。』」

三

這一節我們討論七等生作品裡的兩性關係。七等生作品在男女兩性關係上，確實與世迥異。我們分四點詳細分析這些異點。

的侵害者。

第一點：基本上，男人需要獨立自由，也需要滿足性慾，因此，女人就被視爲男人獨立自由的侵害者。〈放生鼠〉描寫男人對性的需要如此迫切：

「自淫是他每在慾念來臨時用以敷衍它的短暫辦法，他獨自躺在帆布裡蠢笨地抖動著。日積夜累，他的情緒會變得怪異和難以平靜：身軀的筋肉充滿了緊張，且苦悶得要爆裂。在白日的工作後，恐懼襲向他，有如洪水淹沒他。他在電燈光下的偉人的傳記的研究總是半途而廢。無時無刻，敏捷的神經觸鬚把那底層的慾念揭醒，牽引著它，藉著曖昧惡毒的想像撩撥他。」

雖然有時在短篇〈我的戀人〉、〈某夜在鹿鎮〉、〈放生鼠〉、〈虔誠之日〉裡，男人可以輕易地捕捉女人洩慾，而且女人時常被描寫爲智能低下④，女人仍然被視爲男人生活的入侵者。舉兩個例子：

「我們一定要做愛，和彼此拉近。不要總是以爲那是男人的利益而已，妳們總認爲做愛時女人是犧牲品，這是不對的，反而有時情形是相反的。」（〈放生鼠〉）

「無疑地我信奉的自由，重建和維持已久的孤寂的樂趣將會毀棄；我已經預先看見她即將在未來在我面前顯現尖酸刻薄的面幕，她的巨臂的冰冷將刺戟我且扼困我使我逐漸窒息」。（〈虔誠之日〉）

不僅如此。短篇〈牌戲〉還描述女人用性爲手段輕易擺佈幾個男人。這就引伸出七等生「自由」的第二義：它有時是男人免於性慾左右以後的輕鬆狀況。短篇〈流徙〉，〈離開〉，〈笑容〉都在對與女人共同生活躊躇，退縮，但在性壓力之外覺得如釋重負。短篇〈銀幣〉，如果那「既高且大」掌握她「自由」（這裡自由意含不受他人左右）的「主人」意謂爲金錢，她就是個賣淫的女人。這麼看，他免於誘惑，心存餽贈，眼裡細辨銀幣上浮凸的異國文字就有意義：

Liberty

in

God we trust

畢竟是「異國」文字而已。七等生的國度未必追求這種免於性誘的自由。短篇〈讚賞〉雷拒絕陳小姐要求做愛後雖然博取「堅忍和高貴的節操」的讚美，卻流於尋找妓女縱慾。他一夜不侵犯她而覺得「空虛和悵惘」，而且想：「以後千萬不要遇到她，那實在太危險了」。免於性慾，對七等生作品裡的男人而言，幾近不可能。〈放生鼠〉的序章敘述畫家提供捕鼠籠向「婆娘」們交換一隻被捉到的大灰鼠，放生以後幾天，那隻灰鼠被毒死在河邊。這故事裡的大灰鼠，極適於做爲七等生「自由」第二義的註腳。

第二點：在婚姻裡，妻子仍然被視爲丈夫洩慾的對象。我們以短篇〈十七章〉爲例。在這個故事裡，Ｂ一如短篇〈結婚〉羅雲郎，短篇〈隱遁的小角色〉亞茲別，自好友Ａ與「她」之間退讓。起初在婚姻裡，他決定不再「隨自由意志去做一切事」（這裡自由意含不受他人左右），他「變得理智起來」，決定「把精神與肉體徹底分開，是唯一生存的佳徑」。他在這個「小而愉快享樂的王國」裡，遷就生理組成家庭，在精神上與妻子各馳其道。這種男女貌合神離，再加上一個朋友Ａ的結合，在故事裡藉由一個陌生人而有三次轉變。第一次在三人相處融洽的時候，那人著奇裝異服怪模怪樣，騎腳踏車在炎陽下，在河床上來回四五次。他引起讀者滑稽或不調和的感覺。第二次三人共處於「對絕望默然」，整天未進食物，那陌生人穿歌者服裝在城堡上展臂大唱。他引起讀者沉悶或聲嘶力竭的印象。第三次出現時，B已不告而別，A與「她」繼續逃亡，逃避另外一個男人的追捕。那陌生人在暮色田埂上放風箏。這風箏的景象投射在A與「她」不合法不安定的結合裡，具有受制（飛不遠），短暫（飛不久），和脆弱（一般而言，風箏是紙竹糊的）的影射。

那陌生人企圖引起的印象，大概就是七等生對三個人共同生活的看法。我們所感興趣的是：七等生對B靈肉二分的婚姻，「常常內心抱著懷疑但又不能不承認所謂人生的目的的單純」。這種完全以男人自我利益中心的抉擇，不僅對張愛玲、歐陽子一系列的女性本位是種大反動，可且也嚴重違反中國小說裡一種尊重貞節妻子的傳統。這種傳統最具代表性的作品是「浮生六記」。七等生作品裡的女人曾被描寫爲淫色。相反的，在婚姻裡的妻子，如B或賴哲森或羅雲郎或李龍第的妻子，都沒有這種影射，然而，她們都處境淒涼。

第三點，在婚姻裡，由妻子供養丈夫，以便丈夫做文化活動，藝術創作。我們以中篇〈精神病患〉爲例。這個故事裡，哲森與阿蓮的婚姻狀況是：「她繼續在幾個月前應徵的特產店做店員，我則在各大學裡旁聽哲學課程和戲劇課程」。理由很簡單：「第一，阿蓮不能放棄現在的職業，這是我們經濟的總來源。第二，我必須對學識一事持續著恆心」。類似的婚姻狀況，在短篇〈我愛黑眼珠〉裡可以找到。〈精神病患〉曾進一步說，「我雖然是個男人，可是能在我們的窩巢做著家庭工作感到十分愉快」，「我想再去應徵一些什麼工作，但檢討起來，斷定自己不能長久做下去；我的性格已經過分堅持我所規劃的做事原則而與整個社會對抗起來了」。這種由妻子負責家庭主要生計的觀念，延伸出拒絕生養子女的觀念。〈精神病患〉哲森最後發現自己身罹梅毒，在暴亂中殺死流產後偷偷再度懷孕的阿蓮。梅毒看似哲森拒絕生養子女的理由：以免哲森自己「弄得混亂和暴躁」。事實上，這是一項託辭，以掩飾他懲殺背叛者阿蓮的快感。七等生不諱言女人生養子女的渴念，如短篇〈私奔〉製「她」幻想自己有孩子：「有，我有，我是母親爲什麼沒有孩子？」。但是每一次女人懷孕，都自覺嚴重違抗男人的意願。〈來罷，爸爸給你說個故事〉在養育兒女上，顯得舉棋不定。〈虔誠之日〉把小孩寄養在公立托兒所裡。〈結婚〉裡羅雲郎使曾美霞懷孕，不肯結婚，終使曾美霞瘋狂，飲毒而死。

第四點，在婚姻裡，妻子必須忍受丈夫的冷漠和虐待。這是兩種不同程度的歧視待遇。我們分別舉例說明。冷漠可引〈我愛黑眼珠〉爲例。在個故事裡，李龍第受洪水所困，不僅以食物照顧妓女，而且以不認對面嘶號、流失的妻子晴子，來避免妓女的情感負擔。臨別時，他還送了一件雨衣給妓女。他在供養自己生活的妻子之外，表現得像一個不取回報的英雄。一如短篇〈私奔〉裡「他」自況的英雄主義。

這種英雄主義，使七等生作品裡的男人在逃亡，或在洪水中，做了保護女人的行爲。我們注意到：在逃亡或在洪水中，這些男人可以暫時不必考慮到他對文化活動、藝術創作的責任。免於這種責任感，這些男人並非不可以照顧女人。這樣看，我們就解釋了李龍第「奇怪的思維方式」

⑤。他擁著妓女，面對一水之隔的晴子，「居然」這麼想：「至於我，我必須選擇，在現況中選擇，我必須負起我做人的條件，我不是掛名來這個世上獲取利益的，我需負起一件使我感到存在的榮譽之責任。無論如何，這一條鴻溝使我感覺我不再是你具體的丈夫，除非有一刻，這個鴻溝消除了，我才可能返回給你。……」

舉幾個婚姻裡丈夫暴虐的例子。短篇〈呆板〉妻子不再等候「惡魔」回家重演互毆的「惡劇」而逃走。短篇〈AB夫婦〉丈夫A爲妻子B的死，而「爲自己無聊而殘酷的一生悔痛」。故事裡A逐次切斷蜘蛛腿的惡意快感，與B生前殘足的景象對比，證實了A的殘酷：A利用婚姻在法律和習俗上的力量，使飽受虐待的妻子受困於家庭，無法逃避。七等生筆下的男人眞是善用婚姻。他筆下的妻子從沒有訴諸法律離婚的觀念，更罔論法律常識或知識。她們只有偕同情人逃亡，或單獨逃亡，在逃亡裡疲乏衰老，或回來投降。這些情況，都使女人染上不貞的色彩。〈精神病患〉哲森知道阿蓮懷孕以後，大爲震怒，直到阿蓮出走以後，才「許願我不再將內心的憤怒之情緒殘待女性」。然而短篇〈絲瓜布〉裡「他」爲了面子出手打美麗的「她」，自覺理直氣壯。這兩個相對的例子，可以說明這些男人在婚姻裡的心理不平衡。這種不平衡不再懸於性慾的無法宣洩。它既是攻擊性的維護婚姻裡妻子對先生的服務，也是在這種維護之外，沒能得到足夠的心理補償。七等生作品裡的已婚男人，一如〈黑眼珠與我〉所說，在生活多半是「寄居蟹」。他們雖然獲得了性慾與經濟生活的雙重解決，在婚姻裡仍然覺得「喪失個體絕對自由和獨立」（〈十七章〉第六章），是個暴君。

四

這一節，我們討論七等生道德架構，在人我對待關係上，相互關聯的一面。我們的興趣，在於檢拾七等生作品裡，究竟肯定了什麼人生意義。進一步，如果這些人生意義使七等生與外在世界產生關聯，我們要討論：對七等生作品，產生了那些有意義的影響。

我們分四點討論。第一點：他張調「個性的尊嚴」，「自發的精神和奮鬪的生命力」，並且似乎崇尚勞工群衆的生活。中篇〈巨蟹〉第八節主張「我們活著是爲維護個性的尊嚴，我們脫離野蠻進入文明，是靠自發的精神和奮聹的生命力」。這段話似乎可做爲〈虔誠之日〉裡神的幻象的註腳。在那個故事裡，那個「習於到教堂尋到『一點慰藉緩和情緒』的男人，」這一次意料之外，在教堂門口「爲一位面不奇特的人阻止」。這個人的形象是這樣的：

「當他對我搖頭和注視我時，我突然醒悟他是誰。他相貌平凡和粗糙，並非一般狂烈者所宣傳的那種修飾過的漂亮和浮傲的神態，他的衣著簡陋沾有塵土而非秀緻和潔淨，他是個削瘦有臂力的工人而非肥弱的書生。他把守在那裡看來是爲了嘲諷和維護，彷彿一位小丑守在猛獸的檻門。那些在現世以名譽代表他的人，此時莊嚴地坐在高階的講壇上，瞟搖著浮幻的眼珠；象徵他的精神的燭火，在這日落的城市顯示暗澹和脆弱。他眞正的神奇，乃在於他善於多變，無所不在；他是突然降下擋住我走進，我一退步，他即形消失。」

這個目睹異象的男人認爲世間「一切都不能」慰撫人類心靈。他要「拋棄」現有的一切與否定「往日纏絆我的習俗和倫情」，爲「再活下去的理由」。七等生並沒有進一步界定那個幻象的意義。我們以爲，那個幻象似乎具有勞力階層大衆的影射：「相貌平凡和粗糙」，「衣著簡陋沾有塵土而非秀緻和潔淨，他是個削瘦有臂力的工人而非肥弱的書生」。七等生作品除了散文〈冬來花園〉敘述一九六五年聖誕節前日，謀得數星期園丁職務，感到「我爲工作，爲工作的時辰和機會感到神聖」以外，在意識上和情感上，大概都沒有再進一步擁抱勞力階層的興趣和魄力。因此，七等生作品在這一層意義上，與那個幻象的關聯，並不密切。

第二點：七等生曾肯定專屬於少數人的友情，並且曾談及愛情、事業、鄉土感情。短篇〈天使〉就明白肯定愛情、事業、友情爲人生意義，並且指責「現代人活著並不需要具備這些意義，廣泛地，人們活著是爲了滿足欲望」。經過本文第二節與第三節的討論，我們可以暫時擱下七等生的愛情、事業觀念不談。重要的是友情。自〈僵局〉集開始，友情這項主題就一貫爲七等生堅持。比如短篇〈讚賞〉（《僵局》集）和短篇〈使徒〉（《巨蟹集》），都強調在朋友方面所能得到的安適感。七等生的這項堅持，有時是生活實際的需要。比如〈讚賞〉坦白寫「我」苦等老同學雷，寄錢救濟。比如短篇〈墓場〉描述自己存在意義的確認焦慮，友情似乎可以使七等生自異於世以後，減輕那種焦慮。

進一步看，七等生作品的友情，只肯定在少數人身上。短篇〈空心球〉說得很明白：

「他與別人的不同就在他那自設的德操對他的派使。柯愛到世界僅存他一人挽持亙古傳來的高貴美德。他自飲在這種精神的堅忍愉悅裡。……他當然也有各種類似的欲望，但是一貧如洗的

柯不能做到；他沒有把時間充分利用來爲大衆服務，他寧願把自己貢獻給少數的人們。」（〈空心球〉）

這個短篇也提示了七等生在友我對待關係裡貢獻的意願。雖然實際上七等生作品裡的人物未必爲朋友做了什麼，至少他們能因貢獻一念，而覺得平衡。另一方面，我們說過，七等生貢獻的對象的範圍十分狹窄。短篇〈跳遠選手退休了〉是另一個例子。這個故事裡，退休的跳遠選手爲了追求個人「絕對的自由意志」（這個故事兩度提到「自由」，都意含「不受他人左右」），逃避爲鄉土種族在運動會上爭取光榮。雖然他曾困惑，並且在逃避之後曾說：

「掙脫束縛後的結果是孤獨——無意義的孤獨。」

那種鄉土感情仍然極爲徹底的，爲個人「自由意志」打敗。七等生始終罕於流露普渡衆人的意願。〈虔誠之日〉裡目睹幻象的男人，驚喜之餘，還恐怕洩密。除了短篇〈結婚〉、〈回鄉的人〉分別關切到婚姻、勢利觀念和戰爭的殘酷以外，七等生也罕於對外在世界流露關懷。

第三點：《僵局》集以後，中篇《巨蟹》第八節強調心靈自由者的責任感（這裡自由仍意含著「不受他人左右」），指向文化開拓的方向。這種關切，仍非實際生活的同情或改革。我們以爲，文化責任感可循兩種途徑來滿足：其一，參與文運工作；其二，確立本身作品的價值。這兩項滿足，七等生都極度缺乏。關於前者，除了〈放生鼠〉羅武格自許爲藝術家，曾爲了本身貧困的生活，而贊同一項宣稱忠於藝術的資助計劃以外，七等生作品一向忽視人類共同謀事的力量。關於後者，一方面他未曾受到批評家詳細的研究，許多批評都只限於讀後印象的陳述（如〈怪異〉、〈撲朔迷離〉、〈奇怪〉、〈頭皮發癢〉、〈奇怪的推理過程〉、〈大惑不解〉、〈暗澹的絕望和狂傲的晦暗〉、〈我們實在無法了解他的心理過程〉、〈七等生的小說到底是怎麼一回事呢？〉、〈七等生到底預備告訴我們什麼？〉、〈他究竟企圖象徵什麼？〉……⑥，另一方面，他已產生了確定自己作品成就的焦懼。《五年集》後記說：

「首先寫作是要保全我的記憶且一併對世界的記錄，把我與本來是混在一起的世界試圖分開來，所以筆名對於我，是我對生活中普遍的一切要加以抗辯，尤其在我生活的環境裡，他們幾乎是集體地朝向某種虛假的價值的時候。」

這段該表現的感情是憤怒。〈放生鼠〉羅武格卻顯出了自憐和驚懼：「……你別走開，我看看你，諸位也看看這位代表現代人的靈魂的苦痛的角色的絕佳人選。」羅武格聽見這話，「不知所措，萬分驚懼」。七等生在驚懼之外，也有慷慨於寫作的一面。當他自異於世，自得於世的時候，他說：「如果沒有他們，我的存在算是什麼意義呢？」（短篇〈墓場〉）然而最後他不免說：「我知道我有名字，可是沒有人叫我。」（〈墓場〉）

以上的討論使我們了解，除了少數人的友情之外，七等生在人我對待關係相關聯的一面上，所得不多。現在我們討論第四點：這些得失對七等生的作品，產生了怎樣的影響？

我們回憶一篇署名P．A的短文，曾對《僵局》集的風格有很生動的描寫：

「整本書很少採用流水帳式的日記寫法，他把每篇小說的重點放在幾種場景上，然後佈置好一個奇怪的角度或鏡頭，一筆一筆地勾勒出來，中間夾纏著一些人物的獨白或對白，讓你不自覺地走進他的畫面，插著手目擊一些發生的事；冷冷地看他一幕幕地把場景交代完畢，一點也不多加嚕囌，就把筆停掉，留下一大片空白，隨你自己去填補，你愛怎麼想就怎麼想，他從來不會要使你跟他笑成一團或哭成一團。他把事實客觀地鋪陳在你跟前，而不像通俗小說加上許多作者的好惡！（那些人通常把好人寫得太好，壞人寫得太壞！）我們不是常說『罄竹難書』什麼的嗎？有時候，你會發覺，有些字眼被用得太濫了，就像用鬆了的吊帶，容納不了那些眞實而又複雜的感受。拿悲傷來說，『哀莫大於心死』，實在用不上眼淚鼻涕來塡格子。七等生把這種技巧發展到只剩下對白和寥寥幾句加註動作的『劇本』；像〈俘虜〉這一篇可以算是一種嘗試，但是這種方法很容易流爲即興式的描寫，缺乏深刻的內涵⑦。」

由於七等生所依憑的人生意義，不足以減緩他的缺乏安全感。《僵局》集以後，那種恐懼或不安全感，就日益擴大。影響及於作品，P·A先生指稱的那些優點，在《僵局》集以後，就開始散失。《僵局》集以後的中篇〈精神病患〉、〈放生鼠〉、〈巨蟹〉，都夾雜了冗長的議論。七等生在這些中篇裡，逐漸喪失了以事件傳達意念（Will）的耐心。他意於向讀者宣揚某些紛紜的意念。如世界的虛僞，如極權政治對藝術的迫害。這些議論往往不但缺乏說服力，也缺乏哲學思辯的趣味。可以說，這些議論往往只能視爲作者在傾吐個人矛盾的心理或觀念，以及急躁的情緒。我們以爲，這是內省型作家的七等生，應該避免的一種自我宣揚的方式。基本的心理學常識告訴我們，我們每個人多少都會缺乏安全感，適度缺乏安全感可以幫助我們去尋求安全感。但是一味沉浸於缺乏安全感裡，而不知自拔，就會形成病態的心理。做爲小說作家，七等生即令想以他本身的紛亂爲題材，也不能採用那種缺乏節制的，傾近歇斯底里的敘述。至少，他必須減低他成就的焦慮，以紛亂爲題材，或另取題材，向我們證實他有處理中篇或長篇小說的能力。

在這一點上，我們實在無從想像葉石濤在「論七等生的小說」一文裡，說〈放生鼠〉、〈精神病患〉、「昨夜在鹿鎮」這三篇小說：「較他過去的許多小說已經開朗得多，成熟得多，而且有一些跡象足以證明他回歸到傳統的小說手法」⑧。

五

劉紹銘在「現代中國小說之時間與現實觀念」一文⑨裡，以臺灣政治環境做爲七等生及其同期作家，走向自我，避免談論社會現狀的外在客觀因素。事實上就外在因素而言，我們以爲，第一點，我們另外必須考慮到自由中國作家對集體安全的重要性的體認。自由中國作家多少都因爲五四文風漫談政治，育大中國共產黨，引起政治變動的事實，會默認文人改革社會熱情的限度。覆巢之下無完卵是一事實，文人的政見或許孤陋又是一事實。第二點，我們另外必須考慮到自由中國六十年代文風，深受達達、超現實主義、乃至虛無主義的影響。這種種西洋思潮的湧入，正好使自由中國的作家，得到精神上藉以站立的柱杖⑩。

本文的研究，使我們對劉紹銘引爲良例的七等生，尋得了個人內在的因素。了解七等生的道德架構，可以發現，《僵局》時期七等生罕於談論臺灣社會現狀，是一件極其自然的事。《僵局》集以後，七等生偏好空泛的議論藝術家與極權政治之間的概念，也是極其自然的事。我們相信，如果對七等生同期的作家，分別做仔細的研究，大概也可以分別尋得各別的個人因素。

劉紹銘另外在「七等生〈小兒痲痺〉的文體」一文⑪裡，提示我們不必以常情常理來衡量七等生的文字。這個觀念很普遍。P・A的「七等生的《僵局》」一文，以及雷驤「《僵局》之凝聚及其解脫」⑫一文，都強調過這一點。我們注意到七等生文字，運用歧義的一種慣用法。我們在七等生作品裡，時常會遇見一些不合語意或語用習慣的字詞。有的時候，我們可以藉由相當的英文字或字群，輾轉求得一種解釋。比如〈跳遠選手退休了〉有一句話是：「假如沒有責任的意志自由是一種虛無」。我們可以由「假如」聯想到英文IF。七等生似乎在這個字上有意引起歧義Ambiguity。他原意是「是否」，經由Whether想到If，再由If轉爲「假如」。

這就是說，了解七等生文字，可以藉助一點記號學的知識。文字不合語意、語用、甚至語法的規則或習慣，不必視爲作品不完善的部份。我們可以在習慣或規則之外，設法尋求了解。

根本上，我們設法了解七等生的文字，但是我們並不鼓勵讀者仿效七等生的文字。同樣重要的是，我們設法了解七等生的道德架構，我們未必贊同或鼓勵這種道德架構。我們只是在一個自由的國度裡，設法了解七等生個人的道德架構。七等生以身試社會傳統道德之大法。我們似乎不必鳴鼓攻之擊之。因爲一方面，七等生的部份想法，或部份想法的片段，確實有時已觸及現代中國人，或說中國人，內心私藏不露的心理事實。另一方面，七等生的道德架構可能又是源於一個藝術追求者，自以爲是，或自以爲眞的幻念。他的部份想法，或部份想法的片段，未必具有廣被的普遍性。

福克納說過，我們讀小說，首要了解，而不是褒貶。在這個了解的基礎上；我們對七等生的作品，產生了若干制約的批評。

註釋

①本文論及七等生以下這些作品：①短篇小說集《僵局》，民國58年1月15日出版，河馬文庫1，林白出版社印行；包括三組二十三篇：㈠僵局，虔誠之日，我的戀人，爭執，呆板，空心球，天使；㈡隱遁的小角色，讚賞，回鄉的人，父親之死，浪子，慚愧，結婚，俘虜；㈢獵槍，林洛甫，我愛黑眼珠，灰色鳥，私奔，AB夫婦，某夜在鹿鎮，跳遠選手退休了；②中篇小說集《放生鼠》，民國59年12月20日初版，大林文庫62，大林書店印行；包括兩個中篇：〈精神病患〉，〈放生鼠〉；短篇小說集《巨蟹集》，民國61年3月1日初版，紅葉文叢，新風出版社印行，包括中篇〈巨蟹〉與十六個短篇，木塊，訪問，回響，銀幣，希臘．希臘，爸爸給你說個故事，海灣，流徙，離開，笑容，墓場，眼，漫遊者，使徒，絲瓜布，十七章，另外還有散文〈冬來花園〉，郭楓序〈橫行的異鄉人〉，葉石濤〈論七等的僵局〉；詩集《1966—1971五年集》，民國61年9月初版，河馬文庫21，林白出版社印行，包括自序，後記，詩24首，短篇〈綢絲綠巾〉，現代文學22期，民國53年10月10日出版：短篇〈來到小鎮的亞茲別〉，現代文學26期，民國54年11月20日出版；短篇〈牌戲〉，現代文學27期，民國55年2月15日出版；短篇〈無葉之樹〉，現代文學51期，民國62年9月出版；散文〈黑眼珠與我〉，文學季刊3期，56年4月10日出版。

其中中篇〈放生鼠〉與〈精神病患〉，據葉石濤〈論七等生的小說〉一文說：「已更名爲〈錄音帶・羅武格〉，收在蘭開文叢」，並與《葉石濤評論集》書同時出版。葉文見《葉石濤評論集》書，蘭開文叢6，民國57年9月初版。

②《放生鼠》書與《五年集》書，都註明七等生生於一九三九年。隱地「七等生〈結婚〉」一文，註記爲一九三七年，恐怕是錯的。隱地文見《隱地看小說》書，大江出版社，民國56年9月1日出版。

③見中篇〈巨蟹〉第六節，見①。

④中篇〈放生鼠〉第39節，曾針對人類希望破滅的感覺說：「男人還可蠢動和抵抗，甚至反過來開玩笑，女人卻深植在寂寞裡甚至不能喚叫」。七等生在智能或文化開拓上，忽略女人的能力。除了在強調女性對男人性的吸引力時，女人才取得較爲突出的地位。比如短篇〈我的戀人〉、〈私奔〉、〈牌戲〉，中篇〈放生鼠〉、〈十七章〉，女人受到膜拜，但是女人的身體，仍是「一個外表完好的空殼」（〈牌戲〉）。

⑤見劉紹銘〈現代中國小說之時間與現實觀念〉一文，中外文學第41期，張漢良中譯；原文載民國62年4月出版的淡江文學評論——（Tamkang Review）。

⑥這些文字都引自本註解裡提到的有關七等生的文章。爲了避免對那些文章作者不恭敬的嫌疑，就一概不註明這些文字的出處。

⑦P・A「七等生的〈僵局〉」文。見青溪雜誌第25期，民國58年7月1日出版。

版。

⑧見葉石濤〈論七等生的小說〉。見①。

⑨見⑤。

⑩見余光中〈在中國的土壤上〉文，余文見〈望鄉的牧神〉書，藍星叢書之五，58年4月再版。

⑪見劉紹銘《靈臺書簡》書，三民文庫163，三民書局印行，民國61年11初版。

⑫見現代文學第48期。

七等生生活與創作年表

七等生　自撰
張恆豪　增補

一九三九年　出生於臺灣（日據時代）通霄。
原名：劉武雄。父名：劉天賜，母名：詹阿金。在十位子女中排列第五。

一九四五年　臺灣光復。

一九四六年　進通霄國民小學就讀。
父親失去在鎮公所的職位，家庭陷於貧困。

一九五二年　考入省立大甲中學。
父親逝世，家庭更加窮困。

一九五五年　中學畢業，考入臺北師範藝術科。首次接觸海明威作品《老人與海》和史篤姆的《茵夢湖》。

一九五八年　因學校伙食不好，在學生餐廳用筷子敲碗，爲了好玩跳上餐桌而遭致勒令退學。兩星期後，由洪文彬教授作保復學。隨後因教材教法不及格重修一年。
讀《諸神復活》（雷翁那圖、達文西傳記），惠特曼的《草葉集》，愛不釋手，在學校舉行個人畫展。

一九五九年　師範學校畢業。分派臺北縣瑞芳鎮九份國民小學當教師。

單車（腳踏車）環島旅行。

讀海明威作品：《戰地鐘聲》、《戰地春夢》、《旭日東昇》，以及D．H勞倫斯作品《查泰萊夫人的情人》。

一九六二年　改調萬里國民小學任教。

首次在聯合報副刊發表短篇小說，當時主編是林海音女士，在她的鼓勵下，半年間刊登〈失業．撲克．炸魷魚〉等十一篇短篇小說，以及散文〈黑眼珠與我〉、〈囂浮〉、〈狄克．平凡的女人．漁夫〉。

十月，在新竹入伍服兵役。十二月休假回通霄，長兄玉明因肺病去世。

一九六三年　在工兵輕裝備連服役，由岡山調嘉義。與東方白會晤於嘉義鐵路餐廳。

一九六四年　在頭份斗煥坪受平路機駕駛訓練。十月，在嘉義退伍，回萬里國民小學任教。

在《現代文學》雜誌發表短篇小說：〈隱遁的小角色〉、〈讚賞〉、〈綢絲絲巾〉。

一九六五年　與許玉燕小姐結婚。

十二月，辭去教職。

繼續在《現代文學》和《臺灣文藝》雜誌發表小說作品，計有〈獵槍〉等六篇。

一九六六年　在臺中東海花園楊逵家暫住數週。與尉天驄、陳映真、施叔青相識於臺北鐵路餐廳，創辦《文學季刊》，發表〈灰色鳥〉等七篇小說。
獲第一屆「臺灣文學獎」。

一九六七年　長子懷拙出生。
發表〈我愛黑眼珠〉、〈精神病患〉等六篇小說。
獲第二屆「臺灣文學獎」。

一九六八年　認識龍思良和羅珞珈夫婦。
發表〈結婚〉等十五篇小說及詩作。

一九六九年　女兒小書出生；九月，離開臺北獨往霧社，在萬大發電廠分校任教。
發表〈木塊〉等三篇小說。
出版短篇小說集《僵局》（林白出版社，絕版。後由遠景出版事業公司出版）。

一九七〇年　攜眷回出生地通霄定居；九月，在國民小學復職任教。
發表〈巨蟹〉等七篇小說。
出版小說集《精神病患》（大林出版社，絕版。後由遠景出版事業公司出版）。

一九七一年　發表〈絲瓜布〉等七篇小說以及散文和詩。

一九七二年　發表小說〈期待白馬而顯現唐情〉。

出版小說集《巨蟹集》（新風出版社，絕版）。
自費出版詩集《五年集》（絕版）。

一九七三年 次子保羅出生。
發表小說〈聖·月芬〉、〈無葉之樹集〉等五篇。
出版小說《離城記》（晨鐘出版社，絕版）。

一九七四年 發表〈蘇君夢鳳〉等三篇小說。
撰寫長篇小說《削瘦的靈魂》，和詩〈有什麼能強過黑色〉等五首。

一九七五年 撰寫〈沙河悲歌〉、〈余索式怪誕〉等小說。
出版小說集《來到小鎮的亞茲別》（遠行出版社，絕版。後由遠景出版事業公司出版）。

一九七六年 撰寫《隱遁者》中篇小說。
出版〈大榕樹〉、〈德次郎〉、〈貓〉等小說。
出版《我愛黑眼珠》、《僵局》、《沙河悲歌》、《隱遁者》、《削瘦的靈魂》等五部小說集（遠景出版事業公司出版）。

一九七七年 接受《臺灣文藝》雜誌安排，與學者梁景峰對談——〈沙河的夢境和眞實〉。
撰寫長篇小說《城之迷》。
發表〈諾言〉等八篇小說。

出版七等生小說全集十冊（遠行出版社，絕版。後由遠景出版事業公司延續出版）。

一九七八年　撰寫《耶穌的藝術》。
發表〈散步去黑橋〉等九篇小說。
出版《散步去黑橋》小說集（遠景出版事業公司）。

一九七九年　發表〈銀波翅膀〉等三篇小說。
出版《耶穌的藝術》（洪範書店）。

一九八〇年　決定暫時停筆撰寫小說。
出版《銀波翅膀》小說集（遠景出版事業公司）。

一九八一年　研習攝影和暗房工作。
撰寫生活札記。

一九八二年　與美國華盛頓大學研究生安東尼．詹姆斯（Anthony James Demko）通信。
發表〈老婦人〉等五篇小說。

一九八三年　接到Anthony James Demko的碩士論文：〈七等生的內心世界——一個臺灣現代作家〉（The Internal world of Chi-teng Sheng, A Modern Taiwanese Writer）。
八月接受美國愛荷華大學國際作家工作坊之邀赴美，十二月底回國。
發表〈垃圾〉等小說。

一九八四年　出版《老婦人》小說集（洪範書店）。

一九八五年　澳洲學者凱文·巴略特（Kevin Bartlett）來訪，並接受他的論文：〈七等生早期短篇小說中的哲學、神學與文學理論〉（Literary Theory, Philosophy and Theology in Chi-teng Sheng's Early Short Stories）。

發表《重回沙河》生活札記（聯合文學），長篇小說《譚郎的書信》（中國時報），出版《譚郎的書信》（圓神出版社）。

小說〈結婚〉拍成電影。

獲中國時報文學推薦獎。

獲吳三連先生文藝獎。

一九八六年　出版《重回沙河》（遠景出版事業公司）。

重回沙河札記攝影展（臺北環亞畫廊）。

一九八七年　發表小說〈目孔赤〉。

一九八八年　發表《我愛黑眼珠續記》小說集（漢藝色研文化事業有限公司）。

一九八九年　自小學教師的工作退休，重握畫筆，設工作室於通霄。

接受法國巴黎大學研究生白麗詩Catherime BLAVET女士碩士論文〈QI DENG-SHENG七等生ECRIVAINCONTEMPORAIN TAIWAN AISPRESENTATION ET IRAOUCTIONS〉。

一九九〇年　六月，成功大學歷史語言研究所研究生廖淑芳的碩士論文〈七等生文體研究〉獲得通過，爲國內學院裡第一篇研究七等生的碩士論文。

一九九一年　出版《兩種文體——阿平之死》（圓神出版社）。

臺北東之畫廊之鄉居隨筆粉彩畫個展。

一九九二年　接受《新新聞》記者謝金蓉女士採訪，談其近來心境，即〈我不想讓人覺得我有做大事的使命感〉一文。

與美國漢學家墨子刻Thomas A, metzger（HOOVER INSTITUTION, STANFORD）相會於通霄，此後，成爲莫逆之交，互相通信和造訪。

臺北欣賞家藝術中心邀請之「油畫與一張鉛筆素描」個展。

一九九三年　移居花蓮，設繪畫工作室。

法國出版〈沙河悲歌〉法文本，Catherime BLAVET翻譯。

一九九四年　移居臺北市，在阿波羅大廈畫廊區設畫鋪子。

義國威尼斯大學Elena Roggi女士的碩士論文及長篇小說〈跳出學園的圍牆〉（原名：削瘦的靈魂）義文翻譯。

一九九五年　結束畫鋪子，退居木柵溝子口。與傑出小說家阮慶岳相識。

一九九六年　發表中篇小說《思慕微微》（聯合文學）。

一九九七年　發表中篇小說〈一紙相思〉（拾穗）。

出版《思慕微微》合集（商務印書館）。
學習彈唱南管。

一九九九年　國家文化資料館（臺南市）展出七等生文稿及出版資料。

二〇〇〇年　國立成功大學研究生葉昊謹碩士論文《七等生書信體小說研究》。
〈沙河悲歌〉改編拍攝成電影（原名）（中影公司）。

二〇〇三年　七等生全集出版（遠景出版事業公司）。

編者按：一九三九年到一九八五年，爲作者自撰；一九八八年到一九九二年，爲編者增補。
一九九三年到二〇〇三年再由作者補述。

遠景出版事業公司圖書目錄(八)

	7忠黨報港	林行止著	240元
	8痼疾初發	林行止著	240元
	9如何是好	林行止著	240元
	10英倫采風(四)	林行止著	160元
	11終成畫餅	林行止著	240元
	12本末倒置	林行止著	240元
	13通縮初現	林行止著	240元
	14藥石亂投	林行止著	240元
	15有法無天	林行止著	240元
	16墮入錢網	林行止著	240元
	17內部腐爛	林行止著	240元
	18千年祝願	林行止著	240元
	19極度亢奮	林行止著	240元
	20王牌在握	林行止著	240元
	21破網急墮	林行止著	240元
	22主席發火	林行止著	240元
	23閒在心上	林行止著	240元
	24迫你花錢	林行止著	240元
	25少睡多金	林行止著	240元
	26中國製造	林行止著	240元
	27風雷魍魎	林行止著	240元
	28拈來趣味	林行止著	240元
	29通縮凝重	林行止著	240元
	30五年浩劫	林行止著	240元
	31如是我云	林行止著	240元
	32重藍輕白	林行止著	240元
	33閒讀偶拾	林行止著	240元

W傳記文庫

	1魯賓斯坦自傳（二冊）	楊月蓀譯	900元
	2阿嘉莎·克莉絲蒂自傳	陳紹鵬譯	480元
	3亨利·魯斯傳	程之行譯	180元
	4夏卡爾自傳	黃翰荻譯	240元
	5雷諾瓦傳	黃翰荻譯	320元
	6拿破崙傳	高語和譯	300元
	7甘地傳	許章眞譯	400元
	8英格麗·褒曼傳	王禎和譯	240元
	9鄧肯自傳	詹宏志譯	240元
	10華盛頓傳	薛絢譯	240元
	11希爾頓自傳	程之行譯	180元
	12回首話滄桑—聶魯達回憶錄	林光譯	390元
	13回歸本源—賈西亞·馬奎斯傳	卞雙成·胡眞才譯	390元
	14韋伯傳（二冊）	李永熾譯	400元
	15羅素自傳（三卷）	張國禎譯	840元
	16羅琳傳—哈利波特背後的天才	黃燦然譯	250元
	17蘇青傳	王一心著	240元
	18高斯評傳	易憲容著	240元
	19王度廬評傳	徐斯年著	280元
	20尼耳斯·玻爾傳	戈革譯	900元

X林語堂作品集

	1生活的藝術	林語堂著	160元
	2吾國與吾民	林語堂著	160元
	3遠景	林語堂著	140元
	4賴柏英	林語堂著	120元
	5紅牡丹	林語堂著	180元
	6朱門	林語堂著	180元
	7風聲鶴唳	林語堂著	180元
	8武則天傳	林語堂著	120元
	9唐人街	林語堂著	120元
	10啼笑皆非	林語堂著	120元
	11京華煙雲	林語堂著	360元
	12蘇東坡傳	林語堂著	180元
	13逃向自由城	林語堂著	160元
	14林語堂精摘	林語堂著	160元
	15八十自敘	林語堂著	100元

Y倪匡科幻小說集

	1老貓	倪匡著	130元
	2藍血人	倪匡著	180元
	3透明光	倪匡著	170元
	4蜂雲	倪匡著	180元
	5蠱惑	倪匡著	130元
	6屍變	倪匡著	170元
	7沉船	倪匡著	170元
	8地圖	倪匡著	170元
	9不死藥	倪匡著	170元
	10支離人	倪匡著	180元
	11天外金球	倪匡著	130元
	12仙境	倪匡著	160元
	13妖火	倪匡著	170元
	14訪客	倪匡著	100元
	15盡頭	倪匡著	130元
	16原子空間	倪匡著	130元
	17紅月亮	倪匡著	130元
	18換頭記	倪匡著	100元
	19環	倪匡著	130元
	20鬼子	倪匡著	130元
	21大廈	倪匡著	130元
	22眼睛	倪匡著	120元
	23迷藏	倪匡著	120元
	24天書	倪匡著	130元
	25玩具	倪匡著	130元
	26影子	倪匡著	100元
	27無名髮	倪匡著	130元
	28黑靈魂	倪匡著	130元
	29尋夢	倪匡著	130元
	30鑽石花	倪匡著	130元
	31連鎖	倪匡著	180元
	32後備	倪匡著	120元
	33紙猴	倪匡著	180元
	34第二種人	倪匡著	130元
	35盜墓	倪匡著	130元
	36搜靈	倪匡著	130元
	37茫點	倪匡著	130元
	38神仙	倪匡著	130元
	39追龍	倪匡著	130元
	40洞天	倪匡著	130元
	41活俑	倪匡著	130元
	42犀照	倪匡著	130元
	43命運	倪匡著	120元
	44異寶	倪匡著	120元

Z張五常作品集

	0流光幻影－張五常印象攝影集	張五常著	390元
	1賣桔者言	張五常著	
	2五常談教育	張五常著	
	3五常談學術	張五常著	
	4五常談藝術	張五常著	
	5狂生傲語	張五常著	
	6挑燈集	張五常著	
	7憑闌集	張五常著	
	8隨意集	張五常著	
	9捲簾集	張五常著	
	10學術上的老人與海	張五常著	
	11佃農理論	張五常著	
	12往日時光	張五常著	
	13中國的前途	張五常著	
	14再論中國	張五常著	
	15三岸情懷	張五常著	
	16存亡之秋	張五常著	
	17離群之馬	張五常著	
	18科學說需求——經濟解釋(一)	張五常著	
	19供應的行爲——經濟解釋(二)	張五常著	
	20制度的選擇——經濟解釋(三)	張五常著	
	21偉大的黃昏	張五常著	

遠景出版事業公司圖書目錄(七)

6樂樂集1	孔在齊著	240元
7樂樂集2	孔在齊著	240元
8鄧肯自傳	詹宏志譯	280元
9魯賓斯坦自傳（二冊）	楊月蓀譯	900元
10我的兒子馬友友	馬盧雅文口述	240元
11水滸人物	黃永玉著	600元
12我的貓	丁雄泉著	600元
13笑吧！別忘了感恩	黎智英詩、丁雄泉畫	600元
14樂樂集3	孔在齊著	240元
15樂樂集4	孔在齊著	240元
16莫扎特之魂	趙鑫珊、周玉明著	450元
17貝多芬之魂	趙鑫珊著	550元
18攝影藝術散論	莊靈著	280元

T 杜斯妥也夫斯基全集

1窮人	鍾文譯	160元
2死屋手記	耿濟之譯	200元
3被侮辱與被損害者	耿濟之譯	240元
4地下室手記	孟祥森譯	160元
5罪與罰	陳殿興譯	240元
6白痴	耿濟之譯	280元
7永恆的丈夫	孫慶餘譯	180元
8附魔者	孟祥森譯	480元
9少年	耿濟之譯	280元
10卡拉馬佐夫兄弟（二冊）	陳殿興譯	660元
11賭徒	孟祥森譯	180元
12淑女	鍾文譯	120元
13雙重人		
14作家日記		

U 諾貝爾文學獎文庫

1緣起、普魯東詩選	普魯東著	
米赫兒	米斯特拉爾著	
2羅馬史	蒙森著	
3超越人力之外	班生著	
大帆船	葉卻加萊著	
4你往何處去	顯克維支著	
5撒旦頌、基姆	卡度齊、吉卜齡著	
6人生的意義與價值	奧鏗著	
青鳥	海特靈克著	
7尼爾斯的奇遇	拉格洛芙著	
驕傲的姑娘	海才著	
8織工、沉鐘	霍普特曼著	
祭壇佳里	泰戈爾著	
9約翰克利斯朵夫（三冊）	羅曼羅蘭著	
10查理士國王的人馬	海登斯坦著	
奧林帕斯之春	史比德勒著	
11樂土	龐陀彼丹著	
明娜	傑洛拉普著	
12土地的成長	哈姆生著	
13天神們口渴了	法朗士著	
利害牽制	貝納勉特著	
14農夫們（二冊）	雷蒙特著	
15聖女貞德、母親	蕭伯納、德雷達著	
16葉慈詩選	葉慈著	
創造的進化	柏格森著	
17克麗絲汀的一生（二冊）	溫茜特著	
18布登勃魯克家族（二冊）	湯瑪斯·曼著	
19白璧德	劉易士著	
卡爾菲特詩選	卡爾菲特著	
20密賽特世家（三冊）	高爾斯華綏著	
21鄉村、舊金山一紳士	布寧著	
六個尋找作者的角色	皮藍德婁著	
長夜漫漫路迢迢	奧尼爾著	
22尙·巴華的一生	杜嘉德著	
23大地、兒子們、分家	賽珍珠著	
24聖者的悲哀	西蘭帕著	
荒原	艾略特著	
25玻璃珠遊戲	赫塞著	
26僞幣製造者、窄門	紀德著	
27西瑪蘭短篇小說集	密絲特拉兒著	
柏拉特羅與我	希蒙聶茲著	
28聲音與憤怒、熊	福克納著	
29西洋哲學史（二冊）	羅素著	
30巴拉巴	拉格維斯特著	
苔蕾絲、毒蛇之結	莫里亞克著	
31第二次世界大戰回憶錄	邱吉爾著	
32老人與海、戰地春夢	海明威著	
33獨立之子	拉克斯內斯著	
34墮落、異鄉人、瘟疫	卡繆著	
35齊瓦哥醫生	巴斯特納克著	
36人生非夢、遠征	瓜西莫多、佩斯著	
37德里納河之橋	安德里奇著	
38不滿的冬天、人鼠之間	史坦貝克著	
39阿息涅的國王	謝斐利士著	
嘔吐、牆	沙特著	
40靜靜的頓河（四冊）	蕭洛霍夫著	
41訂婚記	阿格農著	
伊萊	沙克絲著	
42總統先生	阿斯杜里亞斯著	
等待果陀	貝克特著	
43雪國、古都、千羽鶴	川端康成著	
44第一層地獄（二冊）	索忍尼辛著	
45一般之歌	聶魯達著	
九點半的彈子戲	鮑爾著	
46人之樹	懷特著	
47詹生短篇小說選	詹生著	
馬丁遜詩選	馬丁遜著	
孟德雷詩選	孟德雷	
48阿奇正傳	索爾·貝婁著	
亞歷山卓詩選	亞歷山卓著	
49莊園	以撒·辛格著	
50伊利提斯詩選	伊利提斯著	
米洛舒詩選	米洛舒著	
被拯救的舌頭	卡內提著	
51一百年的孤寂	賈西亞·馬奎斯著	
52蒼蠅王、啓蒙之旅	威廉·高定著	
53塞佛特詩選	魯斯拉夫·塞佛特著	
54豪華大酒店	克勞德·西蒙著	
55解釋者	沃爾·索因卡著	
56布洛斯基詩選	約瑟夫·布洛斯基著	
57梅達格胡同	納吉布·馬富茲著	
58巴斯葛·杜亞特家族	卡米羅·荷西·塞拉著	
59孤獨的迷宮	奧塔維奧·帕斯著	
60貴客	娜汀·葛蒂瑪著	
61奧梅羅斯	德里克·瓦爾科特著	
62所羅門之歌	東尼·莫里森著	
63萬延元年的足球隊	大江健三郎著	
64希尼詩選	席慕·希尼著	
65辛波絲卡詩選	維絲拉娃·辛波絲卡著	
66不付賬	達里奧·福著	
67失明症漫記	若澤·薩拉馬戈著	
68狗年月	君特·格拉斯著	
69		
70		

《諾貝爾文學獎文庫》平裝80鉅冊，定價28,800元

V 林行止作品集

1英倫采風(一)	林行止著	160元
2原富精神	林行止著	240元
3閒讀閒筆	林行止著	240元
4英倫采風(二)	林行止著	160元
5英倫采風(三)	林行止著	160元
6破英立舊	林行止著	240元

遠景出版事業公司圖書目錄(六)

58巴斯葛·杜亞特家族	卡米羅·荷西·塞拉著	
59孤獨的迷宮	奧塔維奧·帕斯著	
60貴客	娜汀·葛蒂瑪著	
61奧梅羅斯	德里克·瓦爾科特著	
62所羅門之歌	東尼·莫里森著	
63萬延元年的足球隊	大江健三郎著	
64希尼詩選	席慕·希尼著	
65辛波絲卡詩選	維絲拉娃·辛波絲卡著	
66不付賬	達里奧·福著	
67失明症漫記	若澤·薩拉馬戈著	
68狗年月	君特·格拉斯著	
69		
70		

《諾貝爾文學獎全集》精裝80鉅冊，定價36,000元

O 上海風華

1上海老歌名典	陳鋼編著	1200元
2玫瑰玫瑰我愛你	陳鋼編著	390元
3三隻耳朵聽音樂	陳鋼著	240元
4我的媽媽周璇	周偉·常晶著	390元
5摩登上海	郭建英繪·陳子善編	280元
6雨輕輕地在城市上空落著	毛尖著	240元
7上海大風暴	蕭關鴻著	280元
8上海掌故（一）	薛理勇編著	280元
9上海掌故（二）	薛理勇編著	280元
10上海掌故（三）	薛理勇編著	280元
11海上剪影	鄭祖安著	280元
12滬瀆舊影	張偉著	280元
13歇浦伶影	張德亮著	280元
14淞南俗影	仲富蘭著	280元
15滬濱閒影	羅蘇文著	280元
16春申儷影	戴云云著	280元
17上海俗語圖說（上）	汪仲賢著	280元
18上海俗語圖說（下）	汪仲賢著	280元
19上海怪味街	童孟侯著	240元
20老上海	宗部策劃	2500元
21		
22		
23		
24		
25		
26		
27		
28		
29		
30		

P 柯賴二氏探案（賈德諾著）

1來勢洶洶	周辛南譯	180元
2招財進寶	周辛南譯	180元
3雙倍利市	周辛南譯	180元
4全神貫注	周辛南譯	180元
5財源滾滾	周辛南譯	180元
6失靈妙計	周辛南譯	180元
7面面俱到	周辛南譯	180元
8不是不報	周辛南譯	180元
9一髮千鈞	周辛南譯	180元
10因禍得福	周辛南譯	180元
11一目了然	周辛南譯	180元
12驚險萬狀	周辛南譯	180元
13一波三折	周辛南譯	180元
14馬失前蹄	周辛南譯	180元
15網開一面	周辛南譯	180元
16峰迴路轉	周辛南譯	180元
17詭計多端	周辛南譯	180元
18自求多福	周辛南譯	180元
19一誤再誤	周辛南譯	180元
20禍福無門	周辛南譯	180元

Q 阿嘉莎·克莉絲蒂探案（三毛主編）

1A.B.C謀殺案	宋碧雲譯	180元
2加勒比海島謀殺案	楊月蓀譯	180元
3東方快車謀殺案	楊月蓀譯	180元
4鏡子魔術	宋碧雲譯	180元
5魔手	張艾茜譯	180元
6第三個女郎	楊月蓀譯	180元
7諜海	陳紹鵬譯	180元
8此夜綿綿	黃文範譯	180元
9不祥的宴會	陳紹鵬譯	180元
10鐘	張伯權譯	180元
11謀殺啟事	張艾茜譯	180元
12死亡約會	李永熾譯	180元
13葬禮之後	張國禎譯	180元
14白馬酒店	張艾茜譯	180元
15褐衣男子	張國禎譯	180元
16萬靈節之死	張國禎譯	180元
17鴿群裡的貓	張國禎譯	180元
18高爾夫球場命案	宋碧雲譯	180元
19尼羅河謀殺案	林秋蘭譯	180元
20艷陽下的謀殺案	景翔譯	180元
21死灰復燃	張國禎譯	180元
22零時	張國禎譯	180元
23畸形屋	張國禎譯	180元
24四大魔頭	陳惠華譯	180元
25殺人不難	張艾茜譯	180元
26死亡終局	張國禎譯	180元
27破鏡謀殺案	鄭麗淑譯	180元
28啤酒謀殺案	張艾茜譯	180元
29七鐘面之謎	張國禎譯	180元
30年輕冒險家	邵均宜譯	180元
31底牌	宋碧雲譯	180元
32古屋疑雲	張國禎譯	180元
33復仇女神	邵均宜譯	180元
34拇指一豎	張艾茜譯	180元
35漲潮時節	張艾茜譯	180元
36空幻之屋	張國禎譯	180元
37黑麥奇案	宋碧雲譯	180元
38清潔婦命案	宋碧雲譯	180元
39柏翠門旅館之秘	張伯權譯	180元
40國際學舍謀殺案	張國禎譯	180元
41假戲成眞	張國禎譯	180元
42命運之門	李永熾譯	180元
43煙囪的秘密	陳紹鵬譯	180元
44命案目睹記	陳紹鵬譯	180元
45美索不達米亞謀殺案	陳紹鵬譯	180元
46天涯過客	孟華譯	180元
47無妄之災	張國禎譯	180元
48藍色列車	張國禎譯	180元
49沉默的證人	張國禎譯	180元
50羅傑·亞克洛伊命案	張國禎譯	180元

R 史威德作品集

1經濟門楣	史威德著	240元
2經濟家學	史威德著	240元
3投資族譜	史威德著	240元
4一脈相承	史威德著	240元
5投資漫談	史威德著	240元

S 遠景藝術叢書

1要藝術不要命	吳冠中著	240元
2梵谷傳	常濤譯	320元
3夏卡爾自傳	黃翰荻譯	240元
4雷諾瓦傳	黃翰荻譯	320元
5音樂大師與世界名曲	劉璞編著	450元

遠景出版事業公司圖書目錄(五)

7銀波翅膀	七等生著	240元
8重回沙河	七等生著	240元
9譚郎的書信	七等生著	240元
10一紙相思	七等生著	240元

L 金學研究叢書

0金庸傳	冷夏著	350元
1我看金庸小說	倪匡著	160元
2再看金庸小說	倪匡著	160元
3三看金庸小說	倪匡著	160元
4讀金庸偶得	舒國治著	160元
5四看金庸小說	倪匡著	160元
6通宵達旦讀金庸	薛興國著	160元
7漫談金庸筆下世界	楊興安著	160元
8諸子百家看金庸（第一輯）	三毛等著	160元
9談笑傲江湖	溫瑞安著	160元
10金庸的武俠世界	蘇墱基著	160元
11五看金庸小說	倪匡著	160元
12韋小寶神功	劉天賜著	160元
13情之探索與神鵰俠侶	陳沛然著	160元
14析雪山飛狐與鴛鴦刀	溫瑞安著	160元
15諸子百家看金庸（第二輯）	羅龍治等著	160元
16諸子百家看金庸（第三輯）	翁靈文等著	160元
17諸子百家看金庸（第四輯）	杜南發等著	160元
18天龍八部欣賞舉隅	溫瑞安著	160元
19話說金庸	潘國森著	160元
20續談金庸筆下世界	楊興安著	160元
21諸子百家看金庸（第五輯）	餘子等著	160元
22淺談金庸小說	丁華著	160元
23金庸小說評彈	董千里著	160元
24金庸傳說	楊莉歌著	240元
25破解金庸寓言	王海鴻 張曉燕 著	160元
26給金庸小說挑毛病（上）	閻大衛著	160元
27給金庸小說挑毛病（下）	閻大衛著	160元
28挑燈看劍話金庸	戈革著	240元
29解放金庸	餘子主編	240元
30金庸小說人物印譜	戈革著	800元

M 中國古典詩詞賞析

1青青子衿（詩經選）	林振輝選註	180元
2公無渡河（樂府詩選）	張春榮選註	180元
3世事波舟（古體詩選）	李正治選註	180元
4冰心玉壺（絕句選）	李瑞騰選註	180元
5飛鴻雪泥（律詩選）	簡錦松選註	180元
6重樓飛雪（宋詞選）	龔鵬程選註	180元
7杜鵑啼情（散曲選）	汪天成選註	180元
8相思千行（明清民歌選）	陳信元選註	180元
9秋雁邊聲（杜甫詩選）	張敬校訂	180元
10滄海曉夢（李商隱詩選）	朱梅生選註	180元
11寒月松風（五言絕句選）	鄭騫校訂	180元
12江帆千里（七言絕句選）	鄭騫校訂	180元

N 諾貝爾文學獎全集

1緣起、普魯東詩選	普魯東著	
米赫兒	米斯特拉爾著	
2羅馬史	蒙森著	
3超越人力之外	班生著	
大帆船	葉卻加萊著	
4你往何處去	顯克維支著	
5撒旦頌、基姆	卡度齊、吉卜齡著	
6人生的意義與價值	奧鏗著	
青鳥	海特靈克著	
7尼爾斯的奇遇	拉格洛芙著	
驕傲的姑娘	海才著	
8織工、沉鐘	霍普特曼著	
祭壇佳里	泰戈爾著	
9約翰克利斯朵夫（三冊）	羅曼羅蘭著	
10查理士國王的人馬	海登斯坦著	
奧林帕斯之春	史比德勒著	
11樂土	龐陀彼丹著	
明娜	傑洛拉普著	
12土地的成長	哈姆生著	
13天神們口渴了	法朗士著	
利害牽制	貝納勉特著	
14農夫們（二冊）	雷蒙特著	
15聖女貞德、母親	蕭伯納、德雷達著	
16葉慈詩選	葉慈著	
創造的進化	柏格森著	
17克麗絲汀的一生（二冊）	溫茜特著	
18布登勃魯克家族（二冊）	湯瑪斯·曼著	
19白璧德	劉易士著	
卡爾菲特詩選	卡爾菲特著	
20密賽特世家（三冊）	高爾斯華綏著	
21鄉村、舊金山一紳士	布寧著	
六個尋找作者的角色	皮藍德婁著	
長夜漫漫路迢迢	奧尼爾著	
22尙·巴華的一生	杜嘉德著	
23大地、兒子們、分家	賽珍珠著	
24聖者的悲哀	西蘭帕著	
荒原	艾略特著	
25玻璃珠遊戲	赫塞著	
26僞幣製造者、窄門	紀德著	
27西瑪蘭短篇小說集	密絲特拉兒著	
柏拉特羅與我	希蒙聶茲著	
28聲音與憤怒、熊	福克納著	
29西洋哲學史（二冊）	羅素著	
30巴拉巴	拉格維斯特著	
苔蕾絲、毒蛇之結	莫里亞克著	
31第二次世界大戰回憶錄	邱吉爾著	
32老人與海、戰地春夢	海明威著	
33獨立之子	拉克斯內斯著	
34墮落、異鄉人、瘟疫	卡繆著	
35齊瓦哥醫生	巴斯特納克著	
36人生非夢、遠征	瓜西莫多、佩斯著	
37德里納河之橋	安德里奇著	
38不滿的冬天、人鼠之間	史坦貝克著	
39阿息涅的國王	謝斐利士著	
嘔吐、牆	沙特著	
40靜靜的頓河（四冊）	蕭洛霍夫著	
41訂婚記	阿格農著	
伊萊	沙克絲著	
42總統先生	阿斯杜里亞斯著	
等待果陀	貝克特著	
43雪國、古都、千羽鶴	川端康成著	
44第一層地獄（二冊）	索忍尼辛著	
45一般之歌	聶魯達著	
九點半的彈子戲	鮑爾著	
46人之樹	懷特著	
47詹生短篇小說選	詹生著	
馬丁遜詩選	馬丁遜著	
孟德雷詩選	孟德雷	
48阿奇正傳	索爾·貝婁著	
亞歷山卓詩選	亞歷山卓著	
49莊園	以撒·辛格著	
50伊利提斯詩選	伊利提斯著	
米洛舒詩選	米洛舒著	
被拯救的舌頭	卡內提著	
51一百年的孤寂	賈西亞·馬奎斯著	
52蒼蠅王、啓蒙之旅	威廉·高定著	
53塞佛特詩選	魯斯拉夫·塞佛特著	
54豪華大酒店	克勞德·西蒙著	
55解釋者	沃爾·索因卡著	
56布洛斯基詩選	約瑟夫·布洛斯基著	
57梅達格胡同	納吉布·馬富茲著	

遠景出版事業公司圖書目錄(四)

	21夢遊者的外甥女	方能訓譯	180元
	22口吃的主教	魏廷朝譯	180元
	23危險的富孀		
	24跛腳的金絲雀		
	25面具事件		
	26竊貨者的鞋		
	27作僞證的鸚鵡		
	28上餌的釣鉤		
	29受蠱的丈夫		
	30空罐事件		
	31溺死的鴨		
	32冒失的小貓		
	33掩埋的鐘		
	34蚊惑	詹錫奎譯	180元
	35傾斜的燭火		
	36黑髮女郎	李淑華譯	180元
	37黑金魚	張國禎譯	180元
	38半睡半醒的妻子		
	39第五個褐髮女人		
	40脫衣舞孃的馬		
	41懶惰的愛人		
	42寂寞的女繼承人		
	43猶疑的新郎		
	44粗心的美女		
	45變亮的手指		
	46憤怒的哀悼者		
	47嘲笑的大猩猩		
	48猶豫的女主人		
	49綠眼女人		
	50消失的護士		
	51逃亡的屍體	魏廷朝譯	180元
	52日光浴者的日記		
	53膽小的共犯		
	54最後的法庭	詹錫奎譯	180元
	55金百合事件		
	56好運的輸家	呂惠雁譯	180元
	57尖叫的女人		
	58任性的人		
	59日曆女郎	葉石濤譯	180元
	60可怕的玩具		
	61死亡圍巾		
	62歌唱的裙子		
	63半路埋伏的狼		
	64複製的女兒		
	65坐輪椅的女人	黃恆正譯	180元
	66重婚的丈夫		
	67頑抗的模特兒		
	68淺色的礦脈		
	69冰冷的手		
	70繼女的祕密		
	71戀愛中的伯母		
	72莽撞的離婚婦人		
	73虛幻的幸運		
	74不安的遺產繼承人		
	75困擾的受託人		
	76漂亮的乞丐		
	77憂心的女侍		
	78選美大會的女王	詹錫奎譯	180元
	79粗心的愛神		
	80了不起的騙子	張艾茜譯	180元
	81被圍困的女人		
	82擱置的謀殺案		

H 台灣文學叢書

	1亞細亞的孤兒	吳濁流著	180元
	2寒夜三部曲—寒夜	李喬著	320元
	3寒夜三部曲—荒村	李喬著	320元
	4寒夜三部曲—孤燈	李喬著	320元
	5邊秋一雁聲	吳念眞著	180元
	6台灣人三部曲	鍾肇政著	900元
	7遠方	許達然著	160元
	8濁流三部曲	鍾肇政著	900元
	9魯冰花	鍾肇政著	160元
	10含淚的微笑	許達然著	160元
	11藍彩霞的春天	李喬著	180元
	12波茨坦科長	吳濁流著	180元
	13一桿秤仔	賴和等著	240元
	14一群失業的人	楊守愚等著	240元
	15豚	張深切等者	240元
	16薄命	楊華等著	240元
	17牛車	呂赫若等著	240元
	18送報伕	楊逵等著	240元
	19植有木瓜樹的小鎮	龍瑛宗等著	240元
	20閹雞	張文環等著	240元
	21亂都之戀	楊雲萍等著	240元
	22廣闊的海	水蔭萍等著	240元
	23森林的彼方	董祐峰等著	240元
	24望鄉	張冬芳等著	240元
	25市井傳奇	洪醒夫著	160元
	26大地之母	李喬著	390元
	27殺生	何光明著	200元
	28紅塵	龍瑛宗著	240元
	29泥土	吳晟著	180元
	30沒有土地·那有文學	葉石濤著	240元
	31文學回憶錄	葉石濤著	240元
	32土	許達然著	160元

I 遠景大人物叢書

	1生根·深耕	王永慶著	220元
	2金庸傳	冷夏著	350元
	3王永慶觀點	王永慶著	180元
	4黎智英傳說	呂家明著	180元
	5李嘉誠語錄	許澤惠編著	99元
	6倪匡傳奇	沈西城著	180元
	7辜鴻銘印象	宋炳輝編	240元
	8辜鴻銘（第一卷）	鍾兆雲著	450元
	9辜鴻銘（第二卷）	鍾兆雲著	450元
	10辜鴻銘（第三卷）	鍾兆雲著	450元

J 歷史與思想叢書

	1西洋哲學史（二冊）	羅素著	600元
	2羅馬史	蒙森著	480元
	3王船山哲學	曾昭旭著	380元
	4奴役與自由	貝德葉夫著	280元
	5群眾之反叛	奧德嘉著	180元
	6生命的悲劇意識	烏納穆諾著	240元
	7奧義書	林建國譯	180元
	8吉拉斯談話錄	袁東等譯	180元
	9中國反貪史（二冊）	王春瑜主編	900元
	10現代俄國文學史	湯新楣譯	320元
	11歷史的跫音	李永熾著	180元
	12鄉土文學討論集	尉天驄編	550元
	13末代皇帝	愛新覺羅·溥儀著	320元
	14當代大陸作家風貌	潘耀明著	480元
	15第二次世界大戰回憶錄	邱吉爾著	360元

K 七等生全集

	1初見曙光	七等生著	240元
	2我愛黑眼珠	七等生著	240元
	3僵局	七等生著	240元
	4離城記	七等生著	240元
	5沙河悲歌	七等生著	240元
	6城之迷	七等生著	240元

遠景出版事業公司圖書目錄㈢

27諸世紀（第二卷）	諾斯特拉達姆士著	180元
28諸世紀（第三卷）	諾斯特拉達姆士著	180元
29諸世紀（第四卷）	諾斯特拉達姆士著	180元
30諸世紀（第五卷）	諾斯特拉達姆士著	180元
31盤空行一張騫傳	齊　桓著	280元
32宰相劉羅鍋	胡　學　亮　編著	280元
33都是夏娃惹的禍	陳　紹　鵬譯	180元
34都是亞當惹的禍	陳　紹　鵬譯	180元
35都是裸體惹的禍	陳　紹　鵬譯	180元
36文學的視野	胡　菊　人著	180元
37小說技巧	胡　菊　人著	180元
38紅樓水滸與小說藝術	胡　菊　人著	180元
39諾貝爾文學獎秘史	王　鴻　仁譯	240元
40張愛玲的畫	陳　子　善　編著	240元
41把水留給我	盧　嵐著	180元
42多少英倫新事㈠	魯　鳴著	240元
43多少英倫新事㈡	魯　鳴著	240元
44中國經濟史㈠	葉　龍　編著	240元
45中國經濟史㈡	葉　龍　編著	240元
46歷代人物經濟故事㈠	葉　龍著	240元
47歷代人物經濟故事㈡	葉　龍著	240元
48歷代人物經濟故事㈢	葉　龍著	240元
49太平廣記豪俠小說	楊　興　安著	240元
50行止・行止	駱　友　梅　等著	240元
51天怒	陳　放著	280元
52淚與屈辱	九　皐著	240元
53十年浩劫	九　皐著	240元
54逝者如斯夫	丁　中　江著	390元
55林行止作品集目錄	沈　登　恩編	240元
56亂世文談	胡　蘭　成著	240元
57石破天驚逗秋雨	金　文　明著	280元
58香港情懷	文　灼　非著	320元
59事實與偏見	黎　智　英著	240元
60我退休失敗了	黎　智　英著	240元
61我的理想是隻糯米雞	黎　智　英著	240元
62水清有魚	練　乙　錚著	240元
63說Ho—Ho的權利	練　乙　錚著	240元
64斷訊官司	尤　英　夫著	240元
65饑遊四海㈠	張　建　雄著	160元
66饑遊四海㈡	張　建　雄著	160元
67另類家書	張　建　雄著	160元
68說不盡的張愛玲	陳　子　善著	240元
69張愛玲短篇小說論集	陳　炳　良著	180元
70箱子裡的男人	安　部　公　房著	120元
71饑遊四海㈢	張　建　雄著	160元
72六四前後（上）	丁　望著	240元
73六四前後（下）	丁　望著	240元
74初夜權	丁　望著	240元
75蘇東波	丁　望　編著	240元
76前九七紀事一：矮人看戲	戴　天著	240元
77前九七紀事二：人鳥哲學	戴　天著	240元
78前九七紀事三：群鬼跳牆	戴　天著	240元
79前九七紀事四：囉哩哩囉	戴　天著	240元
80中西文學的徊想	李　歐　梵著	240元
81方術紀異（上）	王　亭　之著	280元
82方術紀異（下）	王　亭　之著	280元
83風眼中的經濟學	雷　鼎　鳴著	240元
84用經濟學做眼睛	雷　鼎　鳴著	240元
85紀德日記	詹　宏　志譯	180元
86愛與文學	宋　碧　雲譯	240元
87酒逢知己	楊　本　禮著	240元
88皇極神數奇談	阿　樂著	160元
89蜀山劍俠評傳	葉　洪　生著	240元
90佛心流泉	孟　祥　森　譯著	180元
91朱鎔基跨世紀挑戰	任　慧　文著	320元
92戰難和亦不易	胡　蘭　成著	280元
93藤夢花落	京　梅著	280元
94大宅門（上）	郭　寶　昌著	280元
95大宅門（下）	郭　寶　昌著	280元
96如夢如煙恭王府	京　梅著	280元
97餘力集	戈　革著	280元
98張愛玲與胡蘭成	王　一　心著	240元
99一滴淚	巫　寧　坤著	280元
100飲水詞箋校	納　蘭　性　德撰	280元

F 王度廬作品集

1鶴驚崑崙（上）	王　度　廬著	180元
2鶴驚崑崙（中）	王　度　廬著	180元
3鶴驚崑崙（下）	王　度　廬著	180元
4寶劍金釵（上）	王　度　廬著	180元
5寶劍金釵（中）	王　度　廬著	180元
6寶劍金釵（下）	王　度　廬著	180元
7劍氣珠光（上）	王　度　廬著	180元
8劍氣珠光（下）	王　度　廬著	180元
9臥虎藏龍（上）	王　度　廬著	180元
10臥虎藏龍（中）	王　度　廬著	180元
11臥虎藏龍（下）	王　度　廬著	180元
12鐵騎銀瓶（一）	王　度　廬著	180元
13鐵騎銀瓶（二）	王　度　廬著	180元
14鐵騎銀瓶（三）	王　度　廬著	180元
15鐵騎銀瓶（四）	王　度　廬著	180元
16鐵騎銀瓶（五）	王　度　廬著	180元
17風雨雙龍劍	王　度　廬著	
18龍虎鐵連環	王　度　廬著	
19靈魂之鎖	王　度　廬著	
20古城新月（上）	王　度　廬著	
21古城新月（中）	王　度　廬著	
22古城新月（下）	王　度　廬著	
23粉墨嬋娟	王　度　廬著	
24春秋戟	王　度　廬著	
25洛陽豪客	王　度　廬著	
26綉帶銀鏢	王　度　廬著	
27雍正與年羹堯	王　度　廬著	
28寶刀飛	王　度　廬著	
29風塵四傑	王　度　廬著	
30燕市俠伶	王　度　廬著	
31紫電青霜	王　度　廬著	
32金剛王寶劍	王　度　廬著	
33紫鳳鏢	王　度　廬著	
34香山俠女	王　度　廬著	
35落絮飄香（上）	王　度　廬著	
36落絮飄香（下）	王　度　廬著	

G 梅森探案（賈德諾著）

1大膽的誘餌	張　國　禎譯	180元
2倩影	鄭　麗　淑譯	180元
3管理員的貓	張　國　禎譯	180元
4滾動的骰子	張　慧　倩譯	180元
5暴躁的女孩	張　國　禎譯	180元
6長腿模特兒	張　艾　茜譯	180元
7蟲蛀的貂皮大衣	張　國　禎譯	180元
8艷鬼	施　寄　青譯	180元
9沉默的股東	宋　碧　雲譯	180元
10拘謹的被告	施　寄　青譯	180元
11淘氣的娃娃	張　艾　茜譯	180元
12放浪的少女		
13不服貼的紅髮		
14獨眼證人	張　國　禎譯	180元
15謹慎的風塵女子	鄭　麗　淑譯	180元
16蛇蠍美人案	葉　石　濤譯	180元
17幸運腿		
18狂吠之犬		
19怪新娘		
20義眼殺人事件		

遠景出版事業公司圖書目錄(二)

15黛絲姑娘	哈代著	180元
16山之音	川端康成著	160元
17齊瓦哥醫生	巴斯特納克著	360元
18飄（二冊）	宓西爾著	360元
19約翰・克利斯朵夫（二冊）	羅曼・羅蘭著	750元
20傲慢與偏見	珍・奧斯汀著	160元
21包法利夫人	福婁拜著	240元
22簡愛	夏綠蒂・白朗特著	180元
23雪國	川端康成著	160元
24古都	川端康成著	160元
25千羽鶴	川端康成著	160元
26華爾騰——湖濱散記	梭羅著	160元
27神曲	但丁著	240元
28紅字	霍桑著	160元
29海狼	傑克倫敦著	180元
30人性枷鎖	毛姆著	390元
31茶花女	小仲馬著	160元
32父與子	屠格涅夫著	160元
33唐吉訶德傳	塞萬提斯著	180元
34理性與感性	珍・奧斯汀著	180元
35紅與黑	斯湯達爾著	280元
36咆哮山莊	愛彌兒・白朗特著	180元
37瘟疫	卡繆著	180元
38預知死亡紀事	賈西亞・馬奎斯著	180元
39基姆	吉卜齡著	240元
40二十年後（四冊）	大仲馬著	800元
41塊肉餘生錄（二冊）	狄更斯著	400元
42附魔者	杜斯妥也夫斯基著	480元
43窄門	紀德著	160元
44大地	賽珍珠著	160元
45兒子們	賽珍珠著	160元
46復活	托爾斯泰著	180元
47分家	賽珍珠著	160元
48玻璃珠遊戲	赫塞著	240元
49天方夜譚（二冊）	佚名等著	500元
50鹿苑長春	勞玲絲著	180元
51一見鍾情	愛倫・坡著	180元
52獵人日記	屠格涅夫著	180元
53憨第德	伏爾泰著	160元
54你往何處去	顯克維支著	390元
55農夫們（二冊）	雷蒙特著	500元
56獨立之子	拉克斯內斯著	420元
57異鄉人	卡繆著	160元
58一九八四	歐威爾著	160元
59第一層地獄（二冊）	索忍尼辛著	500元
60還魂記	愛倫・坡著	180元
61娜娜	左拉著	180元
62黑貓	愛倫・坡著	180元
63鐵面人（八冊）	大仲馬著	2000元
64羅生門	芥川龍之介著	240元
65細雪	谷崎潤一郎著	360元
66浮華世界	薩克萊著	360元
67靜靜的頓河（四冊）	蕭洛霍夫著	1000元
68偽幣製造著	紀德著	180元
69鐘樓怪人	雨果著	280元
70嘔吐	沙特著	180元
71希臘左巴	卡山札基著	180元
72浮士德	歌德著	280元
73死靈魂	果戈里著	240元
74湯姆・瓊斯（二冊）	菲爾汀著	400元
75聶魯達詩集	聶魯達著	120元
76基度山恩仇記（二冊）	大仲馬著	400元
77奧德賽	荷馬著	320元
78少年維特的煩惱	歌德著	120元
79白璧德	辛克萊・劉易士著	280元
80坎特伯雷故事集	喬叟著	200元
81兒子與情人	D.H・勞倫斯著	200元

82謝利	夏綠蒂・白朗特著	480元
83明娜	傑洛拉普著	240元
84十日談（二冊）	薄伽丘著	360元
85我是貓	夏目漱石著	240元
86罪與罰	杜斯妥也夫斯基著	280元
87小婦人	阿爾柯特著	160元
88尙・巴華的一生	杜嘉德著	280元
89明暗	夏目漱石著	280元
90悲慘世界（五冊）	雨果著	900元
91酒店	左拉著	240元
92憤怒的葡萄	史坦貝克著	360元
93凱旋門	雷馬克著	240元
94雙城記	狄更斯著	240元
95白癡	杜斯妥也夫斯基著	280元
96高老頭	巴爾扎克著	160元
97人世間	阿南達・杜爾著	360元
98萬國之子	阿南達・杜爾著	360元
99足跡	阿南達・杜爾著	360元
100玻璃屋	阿南達・杜爾著	360元
101伊甸園東	史坦貝克著	280元
102迷惘	卡內提著	280元
103冰壁	井上靖著	180元
104白鯨記	梅爾維爾著	280元
105國王的人馬	羅伯特・潘・華倫著	360元
106克麗絲汀的一生（二冊）	溫茜特著	560元
107草葉集	惠特曼著	240元
108人之樹	懷特著	480元
109莊園	以撒・辛格著	280元
110里斯本之夜	雷馬克著	180元
111被拯救的舌頭	卡內提著	240元
112戰地春夢	海明威著	240元
113阿奇正傳	索爾・貝婁著	480元
114土地的成長	哈姆生著	240元
115九點半的彈子戲	鮑爾著	240元
116熊	福克納著	100元
117一位年輕藝術家的畫像	喬埃斯著	180元
118聲音與憤怒	福克納著	180元
119戰地鐘聲	海明威著	180元
120洛麗塔	納布可夫著	180元

E 遠景叢書

1預言者之歌	劉志俠譯著	300元
2兩性物語	何光明著	160元
3桃花源	陳慶隆著	180元
4溪邊往事	陳慶隆著	180元
5水鬼傳奇	陳慶隆著	180元
6結婚的條件	陳慶隆著	180元
7閒遊記饞	張建雄著	160元
8錢眼見聞	張建雄著	160元
9商海興亡	張建雄著	160元
10饞話連篇	張建雄著	160元
11一元五角車票官司	尤英夫著	160元
12請問芳名(一)	周平譯	200元
13請問芳名(二)	陳生保譯	200元
14請問芳名(三)	譚晶華譯	200元
15請問芳名(四)	莫邦富譯	200元
16縱筆	張文達著	160元
17洋相	蕭芳芳著	160元
18饞遊偶拾	張建雄著	160元
19陸鏗看兩岸	陸鏗著	280元
20點與線	松本清張著	180元
21霧之旗	松本清張著	180元
22由莎士比亞談到碧姬芭杜	陳紹鵬等譯	180元
23濟慈和芳妮的心聲	陳紹鵬等譯	180元
24現代俄國短篇小說選	高爾基等著	180元
25天仇	鄭文輝著	240元
26諸世紀（第一卷）	諾斯特拉達姆士著	180元

遠景出版事業公司圖書目錄(一)

遠景出版事業公司

A遠景文學叢書

1今生今世	胡蘭成著	280元
2山河歲月	胡蘭成著	180元
3遠見	陳若曦著	180元
4慵情書	鹿橋著	160元
5地之子	臺靜農著	180元
6人子	鹿橋著	160元
7酒徒	劉以鬯著	180元
8一九九七	劉以鬯著	180元
9建塔者	臺靜農著	180元
10小亞細亞孤燈下	高信譚著	180元
11花落蓮成	姜貴著	180元
12尹縣長	陳若曦著	180元
13邊城散記	楊文璞著	160元
14再見・黃磚路	詹錫奎著	180元
15早安・朋友	張賢亮著	180元
16李順大造屋	高曉聲著	180元
17小販世家	陸文夫著	180元
18心有靈犀的男孩	祖慰著	180元
19藍旗	陳村著	240元
20男人的一半是女人	張賢亮著	240元
21男人的風格	張賢亮著	240元
22萬蟬集	孟東籬著	180元
23電影神話	羅維明著	180元
24不寄的信	倪匡著	160元
25心中的信	倪匡著	160元
26羅曼蒂克死啦	高信譚著	180元
27大拇指小說選	也斯編	180元
28生命之愛	傑克・倫敦著	180元
29成吉思汗	董千里著	280元
30馬可波羅	董千里著	180元
31董小宛	董千里著	180元
32柔福帝姬	董千里著	180元
33唐太宗與武則天	董千里著	180元
34楊貴妃傳	井上靖著	180元
35續愛眉小札	徐志摩著	180元
36郁達夫情書	郁達夫著	180元
37郁達夫卷	王潤華編	180元
38我看衛斯理科幻	沈西城著	160元

B 高陽作品集

1緹縈	高陽著	260元
2王昭君	高陽著	180元
3大將曹彬	高陽著	160元
4花魁	高陽著	140元
5正德外記	高陽著	160元
6草莽英雄（二冊）	高陽著	360元
7劉三秀	高陽著	160元
8清官冊	高陽著	140元
9清朝的皇帝（三冊）	高陽著	600元
10恩怨江湖	高陽著	140元
11李鴻章	高陽著	180元
12狀元娘子	高陽著	240元
13假官真做	高陽著	140元
14翁同龢傳	高陽著	280元
15徐老虎與白寡婦	高陽著	280元
16石破天驚	高陽著	210元
17小鳳仙	高陽著	280元
18八大胡同	高陽著	160元
19粉墨春秋（三冊）	高陽著	420元
20桐花鳳	高陽著	160元
21避情港	高陽著	120元
22紅塵	高陽著	140元
23再生香	高陽著	160元
24醉蓬萊	高陽著	160元
25玉壘浮雲	高陽著	150元
26高陽雜文	高陽著	150元
27大故事	高陽著	150元

C 林行止政經短評

1身外物語	林行止著	240元
2六月飛傷	林行止著	240元
3怕死貪心	林行止著	240元
4樓台煙火	林行止著	240元
5利字當頭	林行止著	240元
6東歐變天	林行止著	240元
7求財若渴	林行止著	240元
8難定去從	林行止著	240元
9戰海蜉蝣	林行止著	240元
10理由氣壯	林行止著	240元
11蘇聯何解	林行止著	240元
12民選好醜	林行止著	240元
13前程未卜	林行止著	240元
14賦歸風雨	林行止著	240元
15情迷失位	林行止著	240元
16沉寂待變	林行止著	240元
17到處風騷	林行止著	240元
18撩是鬥非	林行止著	240元
19排外誤港	林行止著	240元
20旺市蓄勢	林行止著	240元
21調控神州	林行止著	240元
22熱錢興風	林行止著	240元
23依樣葫蘆	林行止著	240元
24人多勢寡	林行止著	240元
25局部膨脹	林行止著	240元
26鬧酒政治	林行止著	240元
27治港牌章	林行止著	240元
28無定向風	林行止著	240元
29念在斯人	林行止著	240元
30根莖同生	林行止著	240元
31股海翻波	林行止著	240元
32劫後抖擻	林行止著	240元
33從此多事	林行止著	240元
34幹線翻新	林行止著	240元
35金殼蝸牛	林行止著	240元
36政改去馬	林行止著	240元
37衍生危機	林行止著	240元
38死撐到底	林行止著	240元
39核影幢幢	林行止著	240元
40玩法弄法	林行止著	240元
41永不回頭	林行止著	240元
42誰敢不從	林行止著	240元
43變數在前	林行止著	240元
44釣台血海	林行止著	240元
45粉墨登場	林行止著	240元

D 世界文學全集

1魯拜集	奧瑪・開儼著	180元
2人間的條件（三冊）	五味川純平著	720元
3源氏物語（三冊）	紫式部著	720元
4蒼蠅王	威廉・高定著	180元
5查泰萊夫人的情人	D・H・勞倫斯著	180元
6安娜・卡列尼娜（二冊）	托爾斯泰著	400元
7戰爭與和平（四冊）	托爾斯泰著	800元
8卡拉馬佐夫兄弟（二冊）	杜斯妥也夫斯基著	660元
9三劍客（三冊）	大仲馬著	600元
10一百年的孤寂	賈西亞・馬奎斯著	180元
11美麗新世界	赫胥黎著	160元
12麥田捕手	沙林傑著	160元
13大亨小傳	費滋傑羅著	160元
14夜未央	費滋傑羅著	180元

銀波翅膀

七等生全集　K⑦

作　者　七等生
主　編　張恆豪
發行人　沈登恩
出版者　遠景出版事業有限公司
郵撥：0765255—8
電話：（02）8226—9900
傳眞：（02）8226—9907
網址：http://www.vistagroup.com.tw
台北郵局7—501號信箱
香　港
發行所　遠景（香港）出版集團
九龍旺角西洋菜街62號2樓
總代理　藍圖出版事業有限公司
台北縣板橋市中正路13號
印　刷　加斌有限公司
台北市復興南路二段210巷30號
定　價　新台幣240元．港幣80元
初　版　2003年10月
行政院新聞局登記證局版台業字第0105號

ISBN 957-39-0635-X